THE SUIT ACTOR FILES

スーツアクター探偵の事件簿

大倉崇裕

WRITTEN BY
OKURA TAKAHIRO

河出書房新社

PUBLISHED BY
WADE SHOBO SHINSHA

目　次

illustration: pomodorosa
book design: jun kawana (prigraphics)

スーツ
アクター探偵の
事件簿

彷徨《さまよ》うスーツアクター

一

「何あれ、気持ち悪ーい」

三人組の女子高生が、こちらを指さして笑っている。

「何がおかしいんだよ」

椛島《かばしま》雄一郎《ゆういちろう》のつぶやきは、彼女たちには聞こえない。

ティッシュを差しだした椛島の手を身を引いて避けながら、三人は甲高い笑い声を残し、足早に遠ざかって行った。

「せめて取れよ」

日が高くなるにつれ、気温も上昇してくる。頭に巻いたタオルが、汗で湿《しめ》り気《け》を帯びてきた。予報によれば、午後の気温は三十三度までいくらしい。

「おっと」

猛スピードで走ってきた自転車と、危うく衝突しそうになった。乗っているのは、若い男だ。

「ちっ」という聞こえよがしの舌打ちが、はっきりと耳を打った。

「案外、よく聞こえるんだよな」

そんな椛島のつぶやきが、外に漏れることはほとんどない。

気を取り直し、通行人に注意を戻した。

「あっ、ケロちゃん」

母親に手を引かれた、小さな子供が足下に近寄ってきた。

「ケロちゃん」

小さな足で、椛島のすねを蹴り上げた。痛みはまったく感じない。

「ケロちゃん、ケロちゃん」

子供は二発、三発と蹴りを繰りだしてくる。

「親、止めろよ」

母親は素知らぬふりで、ドラッグストアのワゴンを物色している。

椛島は子供を蹴倒さないよう、慎重に体を動かした。今、椛島の総体重は九十キロを超えている。バランスを崩し子供の上に倒れたら、ケガどころではすまないだろう。

「ケロちゃーん」

母親がこちらを向いた。

「ほら、行くわよ」

「ケロちゃん」

「汚いから、触るんじゃないの。まったく、気持ちの悪いカエル！」

母親はこちらをひと睨《にら》みすると、子供を引きずるようにして、離れて行った。

「気持ち悪いはともかく、汚いはねえよな」

椛島は苦笑いをして、ごくごく小さな「のぞき窓」から、自分の手を見た。

薄緑色の毛はほつれ、ところどころ、下の生地が破けている。

「うん、たしかに汚いな」

椛島が被《かぶ》っている着ぐるみ、通称「ケロちゃん」は、デビュー五年目を迎える。夏も冬も、ドラッグストアの前に立ち、人々にティッシュを配りつづけてきた。

もともとは、世田谷区三軒茶屋《せたがやくさんげんぢゃや》駅近くにある戸沢《とざわ》通り商店街のマスコットキャラクターとして、ドラッグストアの店主、倉田《くらた》がデザインし、洋品店のオーナー浜芝《はましば》がツテを頼って着ぐるみをこしらえてきたものだ。全身黄緑色の毛で覆われ、大きなくりくりとした目に、大きく赤い口がついている。頭にはネズミのような丸い耳がつき、尻の少し上には、ふさふさとしたベージュの尻尾がつく。

ケロちゃんというから、カエルのイメージなのだろうが、どこをどう見ても、カエルには見えない。鼻の折れた天狗、あるいは、牙が落ちたナマハゲといった様相である。

だがそんな怪異な容貌が、子供には受けがいい。着ぐるみ姿で歩道に立つと、必ず子供たちに絡まれる。

「おーい、椛島ぁ」

間延びした声が聞こえた。灰色の髭をたくわえた倉田が、ドラッグストアのレジから手招きをしている。

椛島はゆっくりと歩道を横切り、倉田の前に立った。

「ひと箱は配り終えました。人通りが思ったより少ないっすね。午後、もうひとがんばりしますよ」

「了解、了解。今日は暑くなるっていうからさ、ひとまず休んでよ。飲み物は好きに飲んでかまわないから。ただし、脱水で倒れるのは勘弁してくれよな」

「判ってます。じゃあ、休憩、いただきます」

ドラッグストアと隣の喫茶店の間には、ひと一人が何とか通れるほどの通路がある。そこを使って、店の裏手に出ることができる。

ケロちゃんの皮膚を痛めぬよう、慎重に通路を進む。

ドラッグストアの裏手には、車三台が止められるほどのスペースがある。午前の搬入も終わったため、車は一台もない。

裏口の前に、椛島専用の椅子があった。プラスティック製のビールケースを裏返しにしたものだ。

椛島は右手、左手の順で手袋を外した。ケロちゃんの両手は、市販の手袋に毛をはっただけのものだ。だから、簡単に脱着できる。

自由になった手で首のところにあるファスナーを外す。頭を取ると、まぶしい光、新鮮な空気が五感を覆う。

都会の汚れた空気だが、それでも、ケロちゃんからの解放感には勝る。巻いたタオルを取り、深い呼吸を繰り返しながら、首筋を拭った。

駐車場は路地の奥まったところにあり、ケロちゃんが正体をさらしていても、目撃される確率は低い。

首から下はケロちゃんのままという、半獣半人の格好で、椛島は壁際にある小型冷蔵庫を開ける。店から提供されたスポーツドリンクが入っていた。「ジグラ８００《エイトオーオー》」を取る。

このアルバイトを始めて二年ちょうど。暑さはこたえるが、慣れた仕事でもあるし、何とか乗り切れるだろう。

唯一の問題は、時給の安さだった。一時間六百円。一日五時間がんばったとしても、三千円にしかならない。携帯の料金を払ったら、いくらも残らない。

口座の金はとっくに底をついているし、光熱費の延滞も、そろそろ限界だった。

いや、それ以上に何とかしなければならないのは、家賃だ。今月は何とかもちこたえるとして、来月はもう駄目だろう。

今のところを追いだされたら、いよいよホームレスになるよりない。

落ちこんでいく気分に同調して、腹がきゅるると鳴った。

冷蔵庫を開け、もう一本、「ジグラ８００」をだす。口に入れられるものは、今のうちに入れておけ。現場の教えだった。

空になった瓶を、「ビン専用」と書かれたゴミ箱に放り投げたとき、裏口のドアが開いた。

汗を拭き拭き、店主が顔をだす。

「午後は駄目だ。三十五度越えるって。今日は中止だなぁ」

二

午前中二時間分のバイト代千二百円を手に、椛島は戸沢通りを一本外れた細い路地を抜けていった。

照りつける太陽の熱を首筋で受け止めつつ、ワンブロック先に迫った我が家へと急いだ。

世田谷区とはいえ、この近辺には古い建物が多く、信じられないほど安い物件が、まだ数多く残っていた。椛島が住んでいるアパートも、築四十年、畳敷きの六畳一間、風呂なしで月四万円というものだ。エアコンは備えつけのものがあるが、とっくの昔に壊れて使えない。代わりに買った扇風機は、別の家電と同時に使うとブレーカーが落ちる。

部屋数は一階と二階、合わせて八戸。椛島が借りているのは、一階のまん中、一〇三号室だ。両隣は空き部屋、一〇一号には、外国人の男性が四人で住んでいる。二階は一番奥の二〇四号にだけ、入居者がいるが、二週間ほど前に男たちの言い争う声が聞こえた後、一度も姿を見ていなかった。

そんな環境下にある月四万円の部屋であったが、椛島は既に、二ヶ月分の家賃を滞納していた。支払期限は明後日だが、払える当ては今のところない。千二百円が手元にあったところで、焼け石に水だった。

さて、どうしたものか。

思案に暮れながら、椛島は部屋の鍵をだした。

「よう、椛島」

階段の陰から、ひょろりと痩せた長身の男が姿を見せた。体は細いが、華奢《きゃしゃ》なわけではない。シャツからのぞく胸元や腕はしなやかな筋肉で覆われ、背筋は定規で矯正したようにぴんと伸びている。

「磯谷じゃないか」

磯谷慎也《いそがいしんや》は、現在椛島が所属している「オール・アクションスタッフ」の同期生である。研修初日に出会ったわけだから、かれこれ五年のつき合いになる。思えば、当初二十人以上いた同期の面々も、ほとんどがスーツアクターという仕事に見切りをつけ、去っていった。中には努力が実を結び、より大きな事務所に移り、テレビの特撮ドラマで活躍している者もいる。

俺たちは、ちょうどそのまん中か。

アトラクションショーなどで不定期の仕事はあるが、それだけでは食っていけない。

久しぶりに会う磯谷も、そんなまん中組の一人だった。もともと空手をやっていたせいもあり、動きの切れは抜群、身体能力も高かった。だが、武道の才があるからといって、スーツアクターとして大成するわけではない。武道の動きと、アクションの動きは似て非なるものだ。

当初は先輩たちを唸らせた磯谷であったが、身に染みついた空手の癖を抜くことができず、この二年ほどは鳴かず飛ばず、仕事らしい仕事もしていない状態と聞いていた。

「話がある、ちょっとつき合ってくれ」

磯谷が言う。話の内容はもう判っていた。それだけに断るわけにもいかない。金がないなどと言えるはずもなかった。


「そうか、辞めるか」

駅近くの昼から開いている居酒屋に入り、ビールとつまみを二品だけ頼んだ。

ビールを流しこむように飲みながら、磯谷は、椛島が予想していた通りのことを口にした。

「俺、故郷に帰ろうと思うんだ」

磯谷は秋田の生まれで、実家は造り酒屋の次男坊だ。しっかり者の兄が家の跡を継ぐということで、磯谷は自由に夢を追うことができた。

「どうにも行き詰まってしまってな。金はなし、仕事もなし。突っぱっているわけにもいかなくて、兄貴に頭を下げたよ」

「そうか……」

それ以外にかける言葉なんてなかった。

ビールのお代わりを頼んだ磯谷は、ぼんやりと赤くなった顔でこちらを見た。

「おまえはどうなんだよ？　不定期のアトラクションショーだけで、食っていけるのか？」

「いけるわけないだろう。さっきもバイトしてたんだ。商店街のマスコット。ケロちゃん」

磯谷がうぃ！　と喉を鳴らした。

「おまえ、あれに入ってたの？　俺、すぐ脇を通ったぜ。子供にボコボコ蹴られてたよな」

「着ぐるみの視界が狭いことは、おまえも知ってるだろう？　全然、気づかなかった」

「そうか、ケロちゃんか」

「大した稼ぎにはならないけど、もう二年近くやってる、大事な仕事なんだ」

磯谷は枝豆を一つつまむと、言った。

「おまえ、俺なんかよりずっと技もあるんだからさ、ヒーローとかやればいいんだよ。いくらでもくるぜ、仕事」

「いや、ヒーローはいい」

「妙なこだわりなんか捨てろって。今時、怪獣の仕事なんて、ないぜ」

「いや、俺は怪獣しかやらない。怪獣がやりたくて、この世界に入ったんだから」

「ああ、もったいねえ。だけど今は、怪獣冬の時代だぜ。テレビのレギュラーなんて、『ブルーマン』一本だけだろ？　毎年作られてた怪獣映画もここ十年以上、音沙汰なしだ」

「ブルーマン」というのは、毎週土曜日の夕方六時半からやっている特撮テレビ番組のことだ。都市を破壊する怪獣や地球侵略を狙う宇宙人を、身長四十五メートルの巨人が迎え撃つ。今年で三年目を迎える大ヒットシリーズだった。

椛島は言った。

『ブルーマン』一本あるだけで十分さ。遊園地のショーなんかで、年に数回、怪獣をやらせてもらっている」

「年に数回って……。だからヒーローにも目を向けろよ。特撮ヒーローは、深夜も含めれば週に六本だぜ。夏と冬にはそれぞれ映画もある。アトラクションなんて、全国のショッピングモールで毎週開かれてる。おまえクラスなら、いくらでも……」

「いや」

椛島はぬるくなったビールを飲み干した。「俺は怪獣だけだ」

磯谷が噴きだした。

「おまえ、やっぱりバカだな」

「バカでなくちゃ、こんなこと、やってないだろう？」

「違いない」

「おまえこそ、いいのか？　スーツアクターは夢だったんだろ？」

「夢で飯は食えない」

「大人になったな」

「よーし、もう一度、乾杯だ」

椛島は空になったジョッキに目を落とす。

「すまん、俺、持ち合わせがないんだ」

磯谷が椛島の肩を叩いた。

「気にすんな、おごるよ。ガンガンいけ」

叩かれた肩がヒリヒリと痛んだ。

三

薄暗い会議室の中で、椛島はパソコン画面を見つめていた。

画面の中では、焦げ茶色の怪獣が街を破壊していた。太く逞《たくま》しい足には爪が四本はえている。胴体は硬い甲羅に覆われ、前方にぐっとせりだした太い首には、黄色い縞模様がついていた。目は昆虫のような複眼で、鋭くつり上がり赤く光っている。両腕は鋭い刀になっていて、左右のそれを重ね合わせ、チャリン、チャリンと不気味な金属音を発していた。

画面の右上には、カブトムシを大きくしたような、不格好な宇宙人が目を黄色く光らせながら、こちらに向かってだみ声を響かせていた。

『一から九までの数字を足すと、いくつになる？』

場面が変わり、オレンジ色のスーツを着た、派手な若者が登場する。右手にタブレット端末を、左手には赤く光る球を持っていた。

「くそう、この問題が解けないと、変身できない。みんな、考えてくれ」

カブトムシがまた声を張り上げる。

『ははは、無駄だ。問題が解けなければ、おまえは変身できない。やれえ、怪獣ビリオンよ』

「ビリオン」と呼ばれた黒い怪獣は、目から光線をだして、街を破壊する。ビルが崩れ落ち、怪獣の足下から火の手が上がる。

それを見上げる若者はくやしそうに唇を噛んだ。

「くそぅ。このままでは、エグザミネーション人の思うがままだ」

そのとき、タブレットに通信が入る。画面に現れたのは、小学校低学年とおぼしき男の子だ。ホームビデオで撮ったと思われる手ぶれの激しい画像の中、緊張気味の男の子が、言う。

『のびの小学校三年のふじわらこうたです。答えは四十五です』

それを聞いた若者の表情が輝いた。

「そうか、判ったよ、こうた君、ありがとう」

若者がタブレットに数字を入力した。

「四十五」

画面が光ると、彼の左手で赤く光っていた球が、青色に変化した。

「よし、これで変身できる。マテマティィーックス！」

球をかざすと、画面が光に包まれ、銀色をした巨人が街に現れた。

カブトムシが叫ぶ。

『おのれ、マテマティックス！　やれ、ビリオンよ、マテマティックスをやっつけろ』

怪獣は巨人に向かっていくが、頭部にパンチを受け、フラフラになった。

「くらえ、ライト・アンサー」

巨人の手から光に包まれた数字が放たれ、火の玉となって怪獣に当たる。断末魔の叫びと共に、怪獣は爆発した。

右上の小窓では、「エグザミネーション人」が上体を震わせながら、叫ぶ。

『おのれ、次こそは』

一方、若者の姿に戻った巨人は、画面に向かって語りかける。

「君たちのおかげで、地球の平和を守ることができた。さあ、来週の問題はホームページに載っているよ」

画面には、応募要項が現れ、やがて、「算数の巨人マテマティックス・終」と出た。

椛島が画面から目を離すと、それまで後ろの壁にもたれていた男が耳障りなほどに明るい声で言った。

「どうだい、『ビリオン』の動き。頭に入った？」

「だいたい判りました。目から光線だすリアクションと、両手の剣をチャリンチャリンいわすところがポイントかな」

「ま、ショーと違って、効果音とかは出ないから、子供たちの反応を見て、適当に動いてよ」

簡単に言うが、それが一番難しい。

そんなこちらの思いなど知らぬ存ぜぬといった体《てい》で、明るい声の男、「算数の巨人マテマティックス」のディレクター、河野悟郎《こうのごろう》は言った。

「この間やったみたいなアクションで。ライト・アンサーの声がかかったら、派手に倒れて、そのまま動かなくなってくれればいい」

「判りました。ただ俺、まだ台本もらっていなくて」

「台本、間に合いそうもないんだ。現場合わせで適当に頼むよ」

「適当？」

「『ビリオン』の登場は最後だから。うわーって出てきて、ぐわーっと暴れて、どわーっとやられてくれればいいから。じゃ、よろしく。あと五分でリハーサルだから」

河野は最後まで明るく笑いながら、部屋を出ていった。

うわーでぐわーでどわーかよ。半ばうんざりした気持ちで、パソコンを閉じる。

「算数の巨人マテマティックス」は、子供テレビというケーブル放送の十五分番組である。地球侵略にきた宇宙人「エグザミネーション」が怪獣に街を破壊させる。平和の使者「マテマティックス」が変身しようとするが、「エグザミネーション人」の罠にかかり、変身できなくなる。罠を破るためには、数字が必要で、その答えを求める問題が、毎週出題される——。問題を解いた子供たちは、動画を番組サイトに投稿、採用された者は番組に出演、「マテマティックス」を助けることができるのだ。

当初は月二本放送の「算数の巨人マテマティックス」であったが、瞬く間に局の人気番組となり、今では毎週新作が放送されるようになった。

主人公「マテマティックス」や怪獣のスーツは、ディレクター河野自身がデザインし、「ブルーマン」などの造型で知られる「ブラボープロダクション」に発注した。もっとも毎回、新怪獣をだす予算は到底なく、ひと月の間は同じ怪獣が出現する。それ以降は、既存のスーツに改造を施したり、再登場させたりして、何とかやりくりしていた。

椛島の許に、怪獣「ビリオン」の仕事が来たのは、三ヶ月ほど前のことだ。番組の人気にあやかり、月に一度、様々な場所で子供たち相手のショーを行いたい。だが、番組本編のスーツアクターに依頼することは、スケジュールやギャラのために難しい。

そんな中、暇で格安のスーツアクターを探していた河野の目に、椛島が留まったのだった。

不定期で格安という厳しい条件だったが、椛島は二つ返事で引き受けた。憧れの怪獣だ。断る理由がない。

最初のショーは、世田谷区のコミュニティーセンターで行われた。区の子供たちがたくさん集まり、会場には熱気がたちこめていた。

椛島は、「ビリオン」の前身怪獣「ミリオン」に入った。二本足で、背中にとげとげのついた、ハリネズミのような怪獣だった。

冒頭、「エグザミネーション人」が会場を占拠。そこに変身前の「マテマティックス」が現れるが、いつものように、罠に落ち、変身を封じられる。そこで算数の問題が三問出題され、司会者が会場の子供たちと一緒に正解を導きだしていく。

三問すべてが正解されたとき、「マテマティックス」が登場。それに対して、「エグザミネーション人」は、怪獣「ミリオン」で対抗する。

ドアの向こうから部屋に入った椛島は、大きな動きで子供たちを脅かし、会場中を動き回った。「マテマティックス」との数分に及ぶ激闘の後、必殺技「ライト・アンサー」にやられ、派手にぶっ倒れるまでを、精一杯演じた。

子供たちは大喜びであり、その歓声を聞きながら、椛島は控え室に引き上げたのだった。

今回は二回目のイベント。会場は世田谷区の遊園地「クイントータス」のプールで行われる。

園内の設備点検による休園日にあわせ、撮影が行われるのだ。

椛島は部屋を出ると、薄暗い通路を抜け、広大な敷地へと入った。

プールは大プール、小プール、幼児用プールがあり、その回りを流れるプールが取り巻くという大規模なもので、夏休み期間中は常に超満員となる人気スポットである。

今は幼児用プール改修のため、番組のスタッフが数名と、トラックが一台、駐まっているだけだ。作業員五人が、水を抜いたプールの中に入っている。

撮影はトラックや作業員が映りこまないよう、大プールと幼児用プールの間で行われると聞いていた。

二つのプールの間にはかなりのスペースがあり、二十人近い子供たちも楽に並ぶことができる。撮影開始はまだ先だ。リハーサルを何度か行い、進行を確認する余裕もある。

「椛島くーん」

河野が手を振りながら近づいてきた。「ちょうどよかった。まだ早いんだけど、一度、『ビリオン』の着ぐるみをつけてくれないかな。『ミリオン』のときと違って、スーツが馴染むかどうか、判らないんだよね。一応、確認してみてくれる？」

怪獣の着ぐるみは、中に入るスーツアクターの体格に合わせて作られる。「ミリオン」や「ビリオン」もそうだ。当然、代行スーツアクター椛島の体格などは考慮されていない。足や腕の位置などは、椛島が着ぐるみに合わせなければならないのだ。

「ミリオン」に入っていたのは、椛島と体格の似たアクターだったため、入るのは簡単だった。だが「ビリオン」のアクターはかなり長身だった。足の長さや肩の位置、腕の挿入位置などがかなりずれる恐れもあった。本番前に試着ができれば、これほどありがたいことはない。

プールサイドで待っていると、「ビリオン」の着ぐるみを乗せた台車を、河野自らが押してきた。

午後二時、太陽は真上近くからジリジリと照りつけてくる。撮影の開始は午後四時からとなっているので、あまり時間はない。

「ビリオン」は動きやすさを考慮して、見た目より軽さを重視して製作されている。さきほど画面で見た際には、なかなかよくできた着ぐるみと思っていたが、実物はかなりくたびれており、あちこちに応急処置の跡があった。

「よし、手伝うよ」

河野が手慣れた様子で、着ぐるみを持ち上げる。「ビリオン」の着脱口は、背中にある。かつての着ぐるみは、ファスナーむきだしのものも多かったが、最近はきっちりと隠すデザインになっている。「ビリオン」も背中の皮膚がマジックテープによって脱着できるようになっており、それを装着すると、ファスナーの類はまったく見えなくなるよう作られていた。「ブラボープロダクション」の作品だけのことはある。

河野が胴体部分を足で押さえ、手荒くマジックテープをはがしていくと、ベリベリという音が響き、背中がめくれ上がっていった。

「これもけっこう使っているからねぇ。補修も限界だ。来月、新怪獣が登場したら、引退かな」

台車の上で丸くなった「ビリオン」の目は、電飾が消えているため、まっ黒なただの穴だ。それでも、だらりと垂れた下あごや、祈るようなポーズで折れ曲がった両腕を見ると、どこか切ない気分になる。

「よっしゃ」

はいだ皮を地面に投げ、河野は背面に現れたファスナーを、これまた乱暴に開いていった。ところどころ噛むらしく、舌打ちをしながら、ぐいぐいと留め具を引っぱっていく。

「あ、俺、やります」

たまらず、椛島は留め具をひったくった。固いファスナーをゆっくり慎重に開いていく。着ぐるみの中からは、様々な臭いが漏れてきていた。有機溶剤、汗、それらが入り交じり、何とも形容し難い臭いとなっている。椛島は首の手ぬぐいを取ると、それをマスクとして顔に巻いた。

ここからの装着は、一人では無理だ。まず河野が、着ぐるみを正面から持ち上げて立たせる。椛島はまず左足を着ぐるみに入れた。太さ、長さともに問題ない。両足を入れた後、上半身を潜りこませる。直射日光にさらされていたため、中は蒸し風呂のようだった。とたんに汗が噴きだし、頬を流れ落ちていく。

顔の汗を拭うと、左、右の順に腕を差しこんだ。こちらも良好だ。

腰を落とし重心を安定させながら、体全体を中に入れた。

着ぐるみの中はまっ暗だが、ちょうど目の前にポツポツと小さな光点があった。着ぐるみの喉のあたりに開けられた、通称「のぞき穴」だ。演者は、この穴を通して、外を見るのである。小さな穴の集合体であるため、当然、視界は狭い。見えるのは、自分の数メートル正面だけだ。足下すら見ることができない。このあたりの仕組みは「ケロちゃん」も同じであった。

椛島は感触を確かめつつ、一歩、足を踏みだしてみた。バランスは悪くない。

続いて、自分の頭の上に注意を向けた。

「ビリオン」の着ぐるみは約二メートル。椛島より二十センチ高い。中に入ると、椛島の頭の上に、「ビリオン」の頭が乗る格好となるわけだ。顔の部分には、口を開閉させるシリンダーや、目を光らせる電飾などが入っている。そこが重くなると、よりバランスを取りづらくなるが、「ビリオン」の場合は最低限の機材しか積んでいないためか、それほどの負荷はかからなかった。

一歩、二歩、前に進む。

真正面に、河野の姿が現れた。何か喋っているが、よく聞こえない。とはいえ、今の椛島にはそれを表現することもできない。いったん着ぐるみに入ってしまうと、自分の意思を外に伝える術がなくなる。気分が悪くなっても、着ぐるみ内で何か問題が起きても、気づいてもらえないわけだ。

椛島は前進を止め、その場で棒立ちの体勢を取った。意図を察したのか、河野はさらに近づき、声を張り上げた。

「どう？　具合は」

「大丈夫です」

叫びながら、右腕をひょいと上げてみせた。

河野は指でオーケーマークを作ると、機材準備をしているスタッフたちの方に歩いて行った。

椛島は一人、様々な動きを試してみる。腰を捻る動きや、頭を下げて突進する動き。これならば、即興で派手なこともできそうだ。残る問題は、今日、相方となる「マテマティックス」に入る役者だった。誰が入るのかは、直前まで決まらないのだろう。いまだに、何も聞かされていない。

「おーい、飯行くぞー」

プールの工事現場の方から軽トラックのエンジン音が聞こえてきた。

視界の狭い「ビリオン」の中からは、外界の動きは把握できない。

工事が終わったのか、車を移動する必要が生じたのか。

椛島は気にせず、動きの確認を続けようとした。

「おい、何やってる！」

男の怒鳴り声が聞こえた。

何だ？　何が起きている？

声の方向に体を向けようとした途端、ものすごい衝撃がきた。固いものが着ぐるみごと、椛島をはじき飛ばした。地面への激突に備え、身を固くした椛島だったが、体はふわりと宙に浮いたままだった。のぞき穴からは、うっすらとかすむ空が見える。

飛んでいる……？

次の瞬間、再び猛烈な衝撃がきた。腰や背中が悲鳴を上げ、顔が着ぐるみの内面にこすりつけられる。

プールに落ちたと気づいたのは、手足の先に水がじわじわと染みこんできたからだった。着ぐるみは足を下にして、かろうじて浮いている。

「おい、ちょっと！」

椛島はとっさに叫んだ。下半身はすでに水に浸かっている。着ぐるみはあっという間に沈み始めた。プールの底に何かがいて、椛島を引きずりこもうとしているかのようだった。

着ぐるみ内の水位は上がり、すでに腹のあたりまできている。

「助けて、助けてくれぇ」

水を吸って重くなった着ぐるみは、鉛と同じだ。既に両足はまったく動かせない。両腕もかすかに上下させるのが、精一杯だ。

「助けて」

のぞき穴から、水が噴きだしてきた。鼻や口に水流が入る。

声を上げようとしたが、むせ返っただけだった。息を吸う間もなく、口から鼻に水が上がってくる。暗闇の中、プールの底に、ゆっくりと沈んでいくのが判った。水は完全に頭の上にまできていた。

呼吸が徐々に苦しくなってくるが、両手両足は、着ぐるみに固定されている。もがくことすらできない。動くのは頭だけ。何とか浮かび上がろうと、上体を起こそうと試みる。

背中にわずかな衝撃があった。プールの底だ。椛島は着ぐるみに閉じこめられたまま、プールの底で仰向けになっている。

水深は一メートル五十センチほどだろう。立てば足がつくプールで溺れかけている。何て間抜けな話だろう。泳ぎだって得意だった。中学のときには、遠泳の大会にだって出たことがあるのに……。

ダメだ、もうダメだ。呼吸が続かない。

ゴンと後頭部に衝撃がきた。

何だ？　と思う間もなく、何かに背中を押された。まるでジャッキでも差し入れられたようだ。左右に揺さぶられながら、少しずつ上体が起きていく。

呼吸を止めているのは既に限界だった。体を固められ、叫び声も上げられず、椛島の意識は、少しずつ白い霧に包まれていった。

唯一感じるのは、背中を叩かれる衝撃だ。

何を……やってるんだ？　まさか、着ぐるみごと引き起こそうというんじゃないだろうな。

水を吸った着ぐるみは、かなりの重さだ。人の力でどうなるものではない。

どうせなら、早く意識を失ってしまいたい。だが、閉じこめられ溺れていく恐怖に、椛島の神経はいつも以上に鋭敏となっていた。

何かが聞こえる。人のわめき声のようだ。水の中で？

頭が激しく揺さぶられる。何だ？　何が起きている？

目の前にあるのぞき穴から、明るい光が差しこんでいた。

背中に衝撃が走り、着ぐるみの内部がさらに明るくなった。椛島を取り巻いていた水が、一方向に流れだす。水は瞬く間に減っていき、椛島の肩の辺りまで下がった。

口を大きく開け、空気を吸いこもうとした。だが、できない。喉がヒューヒューと音をたてるだけだ。苦しさが増した。

なぜだ。なぜ、空気が吸えない。

体が後ろに引っぱられる。皆が口々に叫ぶ声が聞こえる。誰かが自分の名前を呼んでいる。

脇の下に手が差しこまれ、後ろに引っぱられた。両腕が、両足が自由になった。白く光る太陽と青い空が目に入った。

息はまだできない。腕と足を振り回し、何とか空気を得ようともがいた。

太い腕で羽交い締めにされ、動きを封じられる。なおも足をばたつかせていると、地面に引き倒された。熱いタイルが、頬に押し当てられる。意識が一瞬遠のき、ふと気づいたときには、口から水を吐きだしていた。むせ返りながら、空気を貪る。今度は、難なく吸いこむことができた。縛《いまし》めは、いつの間にか解かれていた。四つん這いになりながら、ゆっくりと深呼吸を繰り返す。

「椛島、椛島」

目の前に、河野の顔があった。

「大丈夫か？　息はできるか？」

椛島はうなずいた。

「はい、何とか」

「ああ……」

河野はその場に座りこんだ。髪は乱れ、ワイシャツは汗で肌にへばりついている。

「良かった……。もうどうなることかと」

「何が……何があったんです？」

「あれだよ」

顔を顰《しか》めながら、河野は親指で示した。

プールサイドに、軽トラックが止まっている。工事業者のものだ。スタッフ数人がトラックを取り巻き、工事現場の責任者と思しき男と睨み合っている。

「あれが急発進して突っこんできた。おまえははじき飛ばされて、プールに落ちたんだ」

あのときの衝撃……。確認すると、右肩と上腕に酷いあざができていた。バックのまま突っこんできたトラックの、荷台部分が当たったのだろう。着ぐるみがクッションとなり、打撲はこの程度で済んだわけか。

「でも、着ぐるみごとプールに落ちたんですよ。どうやって引き上げたんです」

「あいつだよ」

河野の視線の先には、がっしりとした大男がいた。人々の輪から離れ、一人、ぼんやりとプールの水面を見つめている。

「あいつが、一人でおまえを引き上げた」

「一人で?」

「ああ。俺たちが呆然としている中、水に飛びこむと、一気におまえを引き上げた。すごい力だった。おまえが装着しているところを、どこかから見てたんだろうな。背中を外して、ファスナーを開けた」

男は手持ち無沙汰な様子で、ぼんやりとその場に突っ立っている。

あいつが、命の恩人か。

「名前は何ていうんですか?」

「知らん」

そう言った河野は、さらに声を低くした。

「今日のところは、撮影中止だ。帰って休め」

「え……でも……」

「明日、仕切り直しだ。スーツアクターは別のヤツを頼むから」

「待って下さい」

椛島は身を乗りだした。「俺なら大丈夫です。明日なら、やれますから」

「いや、だけどねぇ……」

「お願いします」

「だけど、『ビリオン』は当分使えないし……」

「ビリオン」はいま、プールの中をプカプカと漂っている。再び水を吸った着ぐるみは、もはやどこが頭でどこが尻尾なのかも判らない、正体不明の異形と化していた。

「多分、『ハンドレッド』を使うことになると思う。少し前の怪獣だけど、補修が終わっているのは、あれだけだから」

「ハンドレッド」はゴリラ型の重量級怪獣だ。着ぐるみもかなり重く、ショーなどで臨機応変な動きが求められる場には、不向きである。

「大丈夫です。俺、ちゃんとやりますから」

河野はまだ迷っていた。「うーん」と首を傾げながら、煮え切らない態度を続けている。

「河野さーん」

トラックの回りにいた男たちから、声がかかった。プールの責任者と思しき男も加わり、議論は紛糾していた。

河野は忌々しげに膝を叩くと、言った。

「おまえに賭けるしかないか。よし、ここは何とかする。明日、同じ時間に集合だ」

「了解」

首の皮、一枚でつながった。この仕事を逃したら、もう次はないかもしれない。

安堵した途端、目眩《めまい》が襲ってきた。大丈夫と言ったものの、気分は最悪だった。頭痛はするし、腕、肩の打撲は徐々に痛みを増してきている。

幸いだったのは、足腰に問題がないことだ。立ち上がり、ゆっくりと体の曲げ伸ばしをする。これならば、重量級「ハンドレッド」の重さにも耐えられる。

トラックの回りでは、河野を中心にして、話が進み始めていた。

その成り行きは、椛島の関知するところではない。だが、帰る前に、することがあった。

椛島はまだふらつく足で、プールサイドに佇む巨漢の所へ向かった。

巨漢はこちらの気配を察し、怯えたような目を向けた。

「あ……」

「さっきは、ありがとうございました。おかげで、死なずに済みました」

「あ……」

「俺、椛島雄一郎」

巨漢はおどおどと視線を宙に泳がせると、低く小さな声で言った。

「太田太一《おおたたいち》です」

「おおい、太田ぁ」

トラックの方で呼ぶ声がした。

「……あ、ちょっと」

太田は背を丸め、肩をすぼめ、足を引きずるようにして、その場を離れていった。

何だ、あいつ。

見た目は厳《いか》つい癖に、小心者のようだ。太田は現場の責任者と思しき初老の男と話をしている。頭をぺこぺこと下げ、何やら怒られているようだ。

挨拶も済ませたし、そのまま帰ろうと思っていた椛島だったが、その様子を見て足を止めた。太田が怒られる原因を作ったのは、自分なのではないか。俺を助けたせいだとしたら、何とも申し訳がない。椛島はその場で、太田を待つことにした。

五分ほどで、トボトボと太田は戻ってきた。

そこにまだ椛島がいたことに、えらく驚いた様子で、細い目を丸くする。

「……あ」

「大丈夫か？　何だか怒られてるみたいだったからさ、気になって」

「怒られてたわけじゃないんだ。ただ、クビになっちゃっただけ」

「あん？」

「この現場、明日までなんだけど、ここが終わったら、もう来なくていいって」

「それって、やっぱり俺を助けたから……」

「違うって。俺、あんまり器用じゃないし、迷惑ばっかかけちゃうから。そろそろ、潮時かなと思ってたんだ」

太田は悲しげに目を伏せると、すぼめた肩をさらにすぼめた。それでも、図体は椛島よりよほど大きい。

椛島は言った。

「なあ、飲みに行かないか?」

「え?」

「おごるよ。命を救って貰った礼だ」

「いいよ、別に、そんなこと」

「遠慮するなって。ただし、金はないから、つまみは二品までな」

なおもしぶる太田の手を引き、椛島はプールを出た。

四

駅前の居酒屋に入り、ビールと枝豆、キャベツを頼んだ。時間が早いため、店内はガラガラだ。

太田は一杯目のジョッキをほぼひと息で飲み干してしまい、物欲しそうな目で、壁の品書きを見つめる。

「つまみをこれ以上頼まないなら、あと三杯までオーケーだ」

「あは。じゃあ、もう一杯」

二杯目はちびりと口をつけると、テーブルに置いた。

「一気に飲んじゃ、もったいないからね」

太田に三杯飲ませるため、自分も三杯で我慢しなければならない。椛島もまた、ちびちびとなめるようにビールを飲んだ。

二杯目が空くころになると、太田の頬が赤らんできた。飲みっぷりの割に、それほど強くはないようだ。

だが、太田という男、極度の人見知りなのか、自分からはほとんど喋らない。そのくせ、人の話に合わせ相づちを打つのは上手い。結局、酔いも手伝い、椛島がただ一方的に喋るだけになった。

「スーツアクターになるのは、俺の夢だった。子供のころに見た、『大怪獣メドン』、すごかったよなぁ」

「それ何だい?」

「おまえ、知らないの? メドン」

「ああ、知らない」

「おまえ、いくつ?」

「今年で二十三」

「俺より一つ下か。てことは、二〇〇〇年のメドンリバイバルブーム直撃世代じゃないか。それで、『メドン』知らないのかよ」

「子供だからって、必ず怪獣に熱狂するとは限らないだろう?」

「そりゃあ、そうだけど」

「でも、そんなに面白かったの? 『メドン』って」

枝豆を口に放りこみながら、太田は言った。

「何だよ、『メドン』について語らせる気かよ」

「うん」

「長いぞ」

「構わないよ」

「『大怪獣メドン』っていうのは、今から約三十年前、一九八五年に公開された怪獣映画だ。でっかい羽を持ってて、頭のてっぺんが黄色く光ってさ、口から炎を吐くんだ。尻尾は長くて、先に鋭い剣がついてる。尻尾を曲げて、敵に突き刺したりする」

「敵？『メドン』には敵がいるのかい？」

「ああ。一作目をのぞいて、必ず敵怪獣が出てくるんだ」

「一作目？『メドン』の映画って何本もあるの？」

どうにも話しづらくて仕方ない。

「おまえ、本当に、何も知らないんだな」

「言ったじゃないか。知らないって」

「ああ、もう面倒くせえ。おい太田、いくら持ってる？」

「え？」

「あり金をだせ」

「だって、今日はおごりだって……」

「状況が変わった。もう少し飲まなくちゃ、やってられねえ」

「酷いなぁ。これでも、命の恩人だよ」

「恩はいずれ、別の形で返すから」

太田はしぶしぶ、財布をだした。

「でも、そんなに持ってないんだ。千十三円」

「ホントにねえんだな」

「いろいろあってね」

「とにかく、それだけあれば、あとビールが二杯ずつ飲める」

「何が何でも、飲むんだろう?」

「ああ、飲む」

「なら、飲んじゃいなよ」

椛島は中ジョッキを二杯頼んだ。

「で、『メドン』だがな」

「怪獣はもういいよぉ。そのせいで、一文無しになっちゃった」

「いいから聞け……って、どこまで話したんだっけ」

「映画の本数だよ。『メドン』の映画って何本もあるのかい?」

「最終的に作られたのは、聞いて驚け十一本だ。東洋《とうよう》映画の正月作品として、年に一本のペースで作られ、一九九五年まで続いた」

「へえ」

「今でもけっこう人気があるんだ。本屋に行けば関連本が並んでいるし、DVDのレンタルショップに行けば、全作揃っているはずだ」

「俺、一本も見たことないや」

「すぐに見ろ。ここを出たら、レンタル屋に行け」

「金がないよ」

「そうか、そうだったな。……とにかく、金ができたら、すぐに見ろ」

「うーん、ちょっと難しいなぁ」

「その件については、後で話そう、とにかく『メドン』だ。東洋映画っていうのは、戦争映画やチャンバラ映画で大当たりをとった、国内最大の映画会社だ。もともとは特撮を使った怪獣映画もお家芸だったんだが、粗製濫造《そせいらんぞう》がたたってな、七〇年代後半から八〇年代にかけて、一時期、人気が凋落《ちょうらく》しちまった。だが、昔見た怪獣映画が忘れられないってヤツはたくさんいてさ、そうした機運が盛り上がって、東洋映画が久々に怪獣映画を作ることになった。それが、『大怪獣メドン』だ。監督は伊藤義徳《いとうよしのり》、特撮監督に抜擢されたのは、豆田源太郎《まめだげんたろう》、通称豆源《まめげん》。知ってるか？」

「どっちも知らない」

太田はこちらの話を聞いているのかいないのか、ぼんやりとした顔で、皮だけになった枝豆の皿をテーブルの上で回している。

「伊藤監督は、三十歳になるまで、巨匠中辻郁夫《なかつじいくお》監督の助監督を務めていた。中辻監督引退後に監督デビューして、三十四歳のとき、『大怪獣メドン』の監督に抜擢されたんだ。豆田監督の方は、特撮現場の叩き上げだ。七〇年代にアルバイトとして撮影所に入り、特撮界の巨匠、中堂栄一郎《ちゅうどうえいいちろう》の弟子として……」

「ねえ、どうして、監督が二人もいるんだい？」

「何？」

「映画撮るのなら、監督は一人だろう？」

椛島はため息まじりに続けた。

「怪獣映画には通常、本編監督と特撮監督がいるんだ。本編っていうのは、いわゆる人間ドラマ担当。特撮監督というのは、怪獣担当。その二つが融合して、一本の映画になるんだよ」

太田が珍しく、目を輝かせた。

「ああ、なるほど。怪獣映画って言っても、ちゃんと人間も出ているもんねぇ。そっちを撮るのが本編、つまり、えーっと、伊藤監督か。それで、怪獣のぬいぐるみを被って、オモチャの街を壊したりするのが特撮、豆田監督の担当ってことか」

ぬいぐるみにオモチャの街だと？　特撮を愚弄する言葉の連打にはらわたが煮えくり返るが、まったくの素人、かつ命の恩人である太田に喧嘩を売っても始まらない。椛島は不本意ながら、小さくうなずいた。

「まあ、そういうことだ。豆田監督も伊藤監督と同じ三十四歳。これが名コンビでさ。若いスタッフをまとめ上げて、素晴らしい作品を作り上げた。八五年の正月映画興収ではトップになった」

「へぇ」

「ヒットすれば、当然、続編が作られる。翌年の正月映画の目玉として、『メドン大逆襲』の製作がスタートした。監督は当然、伊藤・豆源コンビだ。その後九十二年までに八本。どれも一級品だった。『メドン対ハンラゼンラー』『メドン対ジャイアントコング』、すごかったよ。あのコンビが引退しなければ、今もシリーズは続いていたと思う」

「引退？」

「忘れもしない、一九九二年『メドン対ナッツベロン』」

「忘れもしないって、アニキ、いくつだったの？」

「一歳」

「すげえ。覚えてるんだ」

「ねえよ。冗談だ。とにかく、その作品を最後に、伊藤・豆源コンビが突然、引退しちまったんだ。理由は今もって不明。翌九三年に『メドン対アゴラ』ってのを別の監督が撮ったんだが、全然、ダメだった。やっぱり、あの二人じゃないとダメなんだ。興行収入もどんどん悪くなっていって、三年後の『メドンファイナルバトル』がシリーズ最終作になった」

「それが今から二十年前かぁ」

「以来、東洋映画の怪獣映画は作られていない」

「何だか寂しいねぇ」

本当にそう思っているのか、はなはだ疑わしい態度を取りつつ、太田はジョッキのビールを飲み干した。

「だけどさあ、そんなに怪獣映画が好きなら、どうして映画監督にならないんだい？　監督になって、怪獣映画を作ればいいじゃないか」

「簡単に言うなよ。映画一本作るってのは、大変なことなんだぜ。それに、『メドン』シリーズが終わって以来、怪獣の人気はさっぱりでさ。作りたくたって作れない」

「それで、仕方なく、スーツアクターなのかい」

「バカ！　そんな単純な話じゃない」

頭に血が昇り、つい大声をだしてしまった。太田は目を丸くしている。

「俺、何か悪いこと言ったかい？」

「いや、気にしないでくれ」

「ごめんよ。そんなつもりはなかったんだけど」

「いいんだ。怪獣映画のこと、何も知らないんだから、仕方がない。俺が『メドン』シリーズにぞっこんだったのは、映画が面白かったからじゃない。もちろん、伊藤、豆田両監督は尊敬しているし、映画も好きだ。だが、一番感動したのは、『メドン』そのものだったんだ。破壊神として登場して、街を火の海にして暴れ回る。その動きに惚れ惚れした」

太田は恐る恐るといった調子で、口を挟んだ。

「それはつまり、『メドン』に入っている人に惚れたってこと？」

「ああ。『メドン』に入っていたのは、倉持剣《くらもちけん》って人でな。もともとは売れない役者だったんだ。武道経験があったから、アクションもののやられ役とか、スタントマンのようなことまでやっていたらしい。それが、豆田監督の目に留まって、『メドン』役に決まった。最初はみんな、懐疑的だったんだ。普通のスタントやアクションとスーツアクターは別物だからな。ヒーローや怪人をやっていたベテランのスーツアクターもいたから、そっちに任せるべきだって言うヤツもいた。豆田監督はそうした意見をすべてはねつけ、倉持さんにすべてを任せたんだ。結果は大成功。倉持さんは全十一作、すべてで『メドン』を演じた」

「そうかぁ。つまり、その倉持って人に憧れてるわけだねぇ」

「憧れているのは、倉持さんだけじゃない。鈴木誠一《すずきせいいち》さんを忘れたらダメだ」

「誰、それ？」

「メドンシリーズの敵怪獣に入っていた人さ。ベテランでな。本当なら、主役のメドンに入るところを、あっさりと身を引いて倉持さんに役を譲った。なかなかできることじゃない。倉持さんとの息もぴったり合っていたし、鈴木さんなしに、メドンシリーズは作れなかった」

「ふーん。じゃあ、その人も全部の作品に出ているのかい？」

「いや、シリーズ途中で腰を痛めて、『メドン対アゴラ』で引退した。その後はずっと体調が悪かったらしい。復帰することなく、十年後の二〇〇三年に亡くなった」

「ふーん。何だかすごいね」

「壮絶な人生さ。だけど、かっこいいじゃないか。憧れるだろ？」

「そうかなぁ」

「俺の目標はスーツアクター一本だ。それも、ヒーローとかじゃない、怪獣専門でやっていきたい」

「へぇ、すごいなぁ。しっかりとした目標があって。うらやましいや」

「そうは言っても、怪獣は斜陽だろう？　仕事としてあるのは、ヒーローや怪人ばかりなのさ。今日の仕事は久しぶりの怪獣役だったんだが、あんなことになっちまった」

「だけど、明日も撮影、あるんだろう？」

「ああ。同じ場所でな。おまえも明日までは、あそこで仕事だろう？」

「うん。でも、日当貰ったらそれでおしまいだ。また仕事探さなくちゃ」

「そうか、大変だな」

「慣れてるから、平気だよ」

そう言って、太田は新しく運ばれてきたビールを飲んだ。

語るだけ語ったので、椛島も満足だった。無言のままビールを飲み、勘定を済ませ、二人並んで外に出た。

「じゃあ、また明日な」

「うん」

「今日はありがとな。おまえがいなかったら、死んでた」

「うん」

角を曲がる所で振り返ると、太田は歩道に立ったまま、まだこちらをぼんやりと見つめていた。

妙なヤツだな。

五

プールサイドに立った椛島は、着ぐるみ「ハンドレッド」の到着を待っていた。「ハンドレッド」は、番組初期に活躍した怪獣だ。「サウザンド」「ビリオン」と世代交代が進み、最近は製作会社の倉庫で眠り続けていた。今回は久しぶりの覚醒である。

「ハンドレッド」は「ビリオン」と同じく二本足で立つ怪獣だ。恐竜型ではなく、どちらかというと、ゴリラに近い。体は濃いブラウンであり、太く長い腕、分厚い胸板と、椛島も初めて入るタイプの怪獣だった。

見た目は軽そうな着ぐるみだったが、台車で運ばれてきた現物をみると、かなりの重量があった。何より、腕を含む上半身の重さがすごい。今まで椛島が経験してきたのは、下半身に負荷のかかるものが多かった。両足から腰に重心を集め、上体はそれに合わせて動かす。だが、「ハンドレッド」は逆だ。重い上半身を支えつつ、軽快な動きを見せなければならない。

それでも何とか、乗り切れる自信があった。昨夜、帰宅してから、「ハンドレッド」登場回の番組を繰り返し見た。動きはほぼ頭に入っている。

昨日と同じく、台車を椛島の前に止めると、河野は明るく言った。

「体調はどう？　大丈夫だった？」

「ばっちりですよ」

「さすが。頼りにしてるよ」

そう言い置くと、プールサイドにたむろする撮影スタッフの方に向かう。

椛島はそのさらに向こうにいる、作業員たちを見た。プールの補修工事の面々。太田の巨体もその中にあった。視線を感じたのか、太田はこちらを振り返り、周囲を気にしつつ、頭を下げた。

椛島は大きく手を振ると、台車上の「ハンドレッド」に向き合った。かなり大型の着ぐるみではあるが、簡単に脱着できるよう、胴体の所で分割できる、ツーピース式になっている。下半身をまず装着し、あとは、河野に手伝ってもらい、上半身パーツを被るだけだ。上下をつなぐファスナーは鱗状のパーツで巧みに隠され、外見上はまったく判らない。電飾は目玉のみで、極力、簡略化が図られている。椛島は改めて、着ぐるみ制作者のこだわりと信念を感じた。

「河野さん」

下半身パーツをつけ終えた椛島は、河野を呼んだ。河野はスタッフたちとの打ち合わせを切り上げ、いそいそとこちらにやって来た。

「いやあ、久しぶりだなぁ、『ハンドレッド』。こいつがいたからこそ、今の番組があるんだよ」

台車の上でくたりと丸くなっている着ぐるみの頭を、ポンと軽く叩く。

「俺一度だけ、『ハンドレッド』に入ったことがあるんだよ。スーツアクターが来なくてさ。仕方なく、俺が入ったわけ。結果は散々でね。もう暗いし重いし、まともに歩くこともできなかった」

その放送回は、今でも伝説となっている。ネットの動画サイトにも、あがっているはずだ。街を破壊するために現れた「ハンドレッド」だが、その場に立ち竦《すく》み、腕をバタバタさせるだけ。現れた「マテマティックス」に一方的に攻撃され、「ライト・アンサー」を受ける。

「その回、俺も見ましたよ」

「まったく、恥ずかしい話さ。だけど、けっこう人気があるんだよね。インタビューでも、あのときのことをよくきかれる」

「たとえ動けなくても、あのときの『ハンドレッド』には魂が入っていましたから。河野さんの本気が、画面を通して伝わってきましたよ」

河野は照れくさそうに頭を掻く。

「あのときは無我夢中でね。だけど、もう二度とできないよ、あんなことは。ま、今日のところは、そんな必要もないだろうけど」

河野は慣れた手つきで、「ハンドレッド」の上半身を抱え上げる。

「ぬは、やっぱり重いねぇ」

上半身の背面にも、「ビリオン」同様、ファスナーがあり、そこを広げることで、演者が簡単に着ぐるみを被ることができるようになっている。演者が両腕を通し、首と肩の位置を決めたところで、背面のファスナーを締め、最後に、上半身と下半身をつなぐファスナーを留める。これで、「ハンドレッド」が完成だ。

いつもながらの暗闇と、のぞき穴を通して見える外界。染みついた汗と埃の臭い。両腕の動きを確認し、次は前進と後退を試す。腕に力を入れたところで、椛島は異変に気がついた。

息ができない。口を開き、空気を吸いこもうとするが、喉がヒーヒーという甲高い音をたてただけだった。いつの間にか、全身、汗にまみれていた。動いた後の心地よい汗ではない。押し寄せる悪寒に震えながら、ダラダラとしたたり落ちる、べとついた、冷たい汗だった。

何が、起きているんだ……？

訳が判らなかった。息苦しさと共に感じるのは、耐えがたい恐怖感だった。暗く狭いところに閉じこめられる恐怖だ。

「助けてくれ！」

気づかぬ内に叫んでいた。頭にあるのは、早くこの場から逃げだしたいということだけだ。

「助けてくれ！」

傍《そば》にいた河野が、声に気づいた。ぎょっとした顔で、脇に立ち、着ぐるみに耳をつける。

「助けてくれ！」

「何だ？　どうした？」

「助け……てぇ」

声が裏返った。河野の顔色も変わる。

「どうした、椛島？」

そう叫びながら、着ぐるみの外面を叩く。

何がどうなったのか、椛島自身が判らない。息ができず、暗闇と閉所の恐怖で気が狂いそうだった。

「だして、だしてくれぇ」

すっと光が差しこんできた。背面のファスナーを河野が外したのだ。荒れ狂っていた感情の波が、一瞬で静まった。外から流れこんできた空気を、胸いっぱいに吸う。安堵感は吐き気に変わり、胃の腑から、酸っぱいものがこみあげてくる。

荒い呼吸を繰り返し、何とか耐える。

河野は上半身、下半身を分けるファスナーも外してくれた。椛島は両足を無理矢理、引き抜くと、奥にあるトイレに向かって駆ける。洗面台に顔を埋め、吐いた。

吐き気が完全に治まるまで、数分かかった。涙や鼻水を拭うと、洗面台に両手を置き、いま、自分に起きていることについて、考えた。

ただの体調不良なのか。それとも、食あたりか何かか。

いや、違う。

原因の見当はついている。ただ、それを認めたくないだけだ。

同じような症状を、椛島は何度も見たことがあった。スーツアクターを志望しながら、着ぐるみの中に耐えられない者たち。彼らはみな、夢の入口にすら立てないまま、消えていった。

河野がトイレの入口に立ち、呆然と椛島を見つめていた。

「どうしたんだよ、いきなり」

蛇口を捻り水をだすと、手に貯めて飲んだ。喉の痛みが少しだけ和らいだ。

着ぐるみの中が怖い。わずかだが、まだ足が震えている。

あの暗闇が怖かった。閉ざされた、狭いあの空間に身を入れる——そう考えただけで、再び吐き気がこみ上げてくる。

思い当たることは、ただ一つだった。昨日の事故だ。水に沈んでいく着ぐるみの中で、椛島はかつて経験したことのない恐怖を感じた。心の整理はつけたつもりでも、体はしっかりと覚えている。あの恐怖がぬぐいきれていないのだ。

椛島は固く目を閉じたまま、言った。

「河野さん、今日のところは、無理です」

「え?」

「『ハンドレッド』に入るの、無理です」

「な、何言ってるんだい。さっきまで……」

「俺にもよく判らないんです。ただ、あそこに入るのが、どうしても怖くて」

「あそこ? 怖い?」

河野がはっと息を詰めた。彼も気づいたのだ。昨日の一件が、椛島に何を残したのかを。

「椛島君、それじゃあ……」

「詳しいことは、自分にも判らないんです。でも、今日は無理です」

奈落を転げ落ちて行く気分だった。いま、目の前にあるチャンス。怪獣を演じるという夢をかなえるチャンスが、するりと身をかわして逃げていく。

河野が言った。

「でも、撮影はどうしよう……。今からスーツアクターの手配なんてできないし。参ったなぁ」

「河野さん、入れませんか?」

冗談で言っていたことが、本当になった。

河野は頬を紅潮させて言う。

「無理、無理だよ。もうあんなこと、できるわけないよ。ああ、どうしよう。何てこった」

椛島を見る目が険しくなった。

「なあ、何とかできないか? せめて、今日だけでも?」

「無理です」

「無理って、おまえも一応はプロだろう。現場に来て、そんなことが通用すると思うのか？　おい」

「だから、経験のある河野さんが……」

河野は癇癪《かんしゃく》を起こしたようだった。

「無理だと言ってるだろう。いいか、あの着ぐるみは、見た目より重くて固いんだ。動かすには、けっこうな馬力がいる。以前ならともかく、今の俺には無理だ。だからこそ、プロである、おまえがいるんだろうが。今さら中に入れないって、どういうつもりだよ！　ええ？」

摑みかからんばかりの勢いで、河野はまくしたてた。

たしかに、収録のチャンスは今日が最後。製作会社の経営も火の車だとこぼす河野にとって、二日続けての撮影中止は、あまりにも大きな痛手に違いない。

追い詰められた椛島に、一つのアイディアが浮かんだ。確かに、あの着ぐるみは難敵だ。だが、それらをすべてカバーする男がいる。

「代役をたてましょう」

「あん？」

「昨日、俺を助けてくれた男がいたでしょう？　太田っていうヤツです。彼に入ってもらいましょう」

「おまえ、気は確かか？　そいつは、素人だろ？」

「ええ。でも、底なしの体力と馬力を持っています。水の中から、『ビリオン』を力ずくで引き上げたんですよ」

昨日の光景が、脳裏によみがえっているのだろう。彼の動きが一瞬止まる。

「しかし、今回はセットでの撮影じゃない。子供も入るんだぞ」

「台本があるのは、『ハンドレッド』が出るまででしょう？　立ち回りは適当にやってくれと、昨日も言ったじゃないですか」

「適当って言っても、それなりの動きは必要だ」

「『マテマティックス』に入るのは誰なんです？」

「篠田《しのだ》だ」

「彼ならベテランだ。太田の動きに合わせて、何とかできますよ。『ライト・アンサー』を食らって倒れるところだけ指示すれば」

「うーむ」

河野は決断がつきかねるようだった。彼の気持ちは椛島にもよく判った。立場が逆だったら、到底、オーケーはだせないだろう。

実のところ、太田を推薦したのだって、責任逃れのための苦し紛れだ。もしここで穴を開けたら、椛島はおしまいだ。首の皮一枚繋げるためにも、何とか代役を探す必要があった。

河野は険しい表情のまま、うなずいた。

「とにかく、代役を打診してみよう。撮影まであと一時間だし、可能性はほぼゼロだろうがな。正式にダメと決まったら、その何とかいうヤツに頼む」

「太田です」

「とにかく連れて来い。サイズ的には大丈夫なのか」

「問題ないと思います」

「スーツを着せて待て」

河野は携帯をだすと、小走りにその場を離れた。

一人になった椛島は、再び、言いようのない不安に包まれていた。俺はどうなっちまったんだ？

危ういところで命を失いかけたのは事実だが、着ぐるみに入れなくなるって何だよ。俺の精神は、そんなヤワなもんじゃないだろう？

薄暗いトイレの中で、何度も自分に言い聞かせるが、あのまっ暗な、汗臭い空間を思いだしただけで、胃《い》の腑《ふ》を力一杯、摑まれたような気分になる。

椛島は頭を振って、気持ちを切り替えた。

今はとにかく、撮影を無事、終わらせることだ。

椛島は作業をしている太田の許へと走った。

作業中といっても、バイトの太田がやることは、機材の運搬などの単純作業だけのようだった。今は軽トラの脇に立ち――昨日、俺をはじき飛ばした軽トラだ――、ぼんやりと作業を見ている。

初老の現場監督が、近づいてくる椛島を見て、顔色を変えた。昨日のことで何か言いに来たと思ったのだろう。

椛島はその立場を利用して、高圧的に言った。

「太田を借りたいんだけど」

「借りるって……？」

「こっちの仕事を手伝ってもらいたいんだ。二時間ほどで終わる」

「いや、手伝うって……、日当払ってるのはこっちだしさ」

「文句があるのか？　俺は昨日、このトラックに殺されかけたんだぞ」

「そ、その件については、もう話が……」

「俺が何か言えば、そんな話は吹き飛ぶぞ。太田を貸してくれ。少しくらいいいだろう。暇そうにしてるじゃないか」

男は忌々しそうに口の端を歪めると、うなずいた。

「恩に着るよ」

男を肩で押しのけるようにして、惚けた顔で突っ立っている太田に声をかけた。

「太田！」

「ああ！　えっと、名前なんだっけ」

「椛島」

「そう、それ。何？　どうしたの？　休憩中？」

「ちょっと顔貸してくれ。頼みがある。こっちとは、話をつけてあるから」

親指で監督を指し、とまどう太田を無理矢理、連れだした。

「何だよ、どうしたんだよ」

「おまえに、俺の代役を頼みたいんだ」

「代役？」

「あそこにある着ぐるみを着て、演技してもらいたい」

太田は口をあんぐりと開けたまま、台車の上の「ハンドレッド」を見つめた。

「演技？　演技って何？」

「それほど難しいことじゃない。あの着ぐるみをつけて、歩き回るだけでいい。芝居は全部、相方の『マテマティックス』がやってくれる。キックやパンチは実際に当ててくるが、着ぐるみごしだから、大して感じないだろう」

「待って、待って。話が早すぎるよ」

椛島は逸る気持ちを抑えつつ、経緯を説明した。

太田は目を白黒させる。

「そんなこと、できないよぉ」

「大丈夫だ。多くは望まない。着ぐるみをつけて、立っているだけでいい」

「嫌だよ。人前で何かするのって、大嫌いなんだ」

「顔は隠れていて見えない」

「そういう問題じゃないと思うけど」

「頼む、頼むよ。俺を助けると思って」

「昨日も助けたじゃないか」

「昨日助けてくれたんだから、今日も助けてくれ」

「無茶苦茶だよ」

「承知の上だ。俺にはもう、後がないんだよ」

「弱ったなぁ」

「おまえの言うことは、何でもきくから」

太田の丸くひしゃげた鼻が、ひくひくと動いた。

「ホント？　何でもきく？」

その口調に、嫌な予感がムラムラと湧いてきたが、今は選り好みしていられる身分ではない。

「男に二言なしだ」

「じゃあ、やってみようかな」

あっさりと意見を変えた。太田の頼みごとというのが気になったが、ここで気を変えられては、元も子もない。椛島は太田を台車の前に引っぱっていった。

「着るのはこれだ。おまえ、『算数の巨人マテマティックス』っていう番組を見たことは?」

「ないよ。うち、テレビないから」

「……そっか、ないのか」

「今のところの目標はさ、せめてテレビのある生活をすることなんだ」

「えらく低い目標だな。まあいい。今日のギャラが出たら、テレビくらい買える」

「そんなにもらえるの?」

「いや、テレビといっても、ちっこいヤツが精一杯……そんなことは後だ! 早く試着しろ」

「これ、どうやって着るんだい?」

「俺が教える」

両足を入れ、その後、上半身を被せる。重量級の着ぐるみだが、太田は軽々と体を動かしてみせる。着ぐるみとのフィット感も、椛島より格段にいい。

椛島は着ぐるみの傍で、叫ぶ。

「どうだ! いけそうか?」

中から、くぐもった声がかすかに聞こえる。

「……だよぉ」

「何? 聞こえない! もっと大きな声で!!」

「言うほど、動きにくくはないよ。ちょっと狭くて臭いけど」

こいつは使えるかもしれん。椛島は手応えを摑んでいた。

「よし、いったん着ぐるみを外して、打ち合わせをしよう。もうすぐ、相手役も来るはずだ」

「何だい？　相手役って」

「すぐに判る！」

椛島は一度締めたファスナーを外しにかかった。

六

「本当に助かった。いや、助かった。本当に助かった」

椛島は缶ビールを開け、太田に渡した。

日も暮れきり、人気のなくなった公園のベンチである。街灯の明かりの下、太田は寂しそうな目で、手にした缶ビールを見つめている。

「これ、飲んでいいのかい？」

「いいんだよ。俺のおごりだ」

「椛島君は飲まないの？」

「お、俺は、その……金がないからさ。有り金は昨日、飲んじまったし、当てにしていたギャラは入らなかったし」

「ふーん。じゃあ、いただきます」

太田はグビグビと缶を飲み干すと、それを二人の間に置いた。

ギャラも入らず、着ぐるみに入ることもできなくなった。八方塞がりであるはずなのに、椛島の気持ちは浮き立っていた。すべては、太田の「ハンドレッド」のおかげだ。

太田の動きはとにかく素晴らしかった。初めて着る「ハンドレッド」を自在に操り、バランスを崩すこともなく、力強く暴れ回った。

会場にいた子供たちの反応も上々であり、「ハンドレッド」が傍を通った子供の中には、泣きだす者もいた。そして、「マテマティックス」との対決。ほとんど打ち合わせもしていないのに、太田は見事な反射神経と桁外れのパワーを見せつけた。相手のパンチや蹴りを受けたときのリアクション、誘いに応じての攻撃。呼吸がぴたりと合っていた。そしてフィニッシュである「ライト・アンサー」を食らい、断末魔の叫びを上げながら倒れ伏す。子供たちは、歓声を上げながら、「マテマティックス」と共に、会場であるプールを後にしていった。

「ハンドレッド」はしばらく横たわったまま、ぴくりとも動かなかった。まもなく、河野の「オーケー」の声がかかり、スタッフたちが走り寄る。一度倒れると、独力で立ち上がることは不可能だ。皆に助け起こされ、ファスナーが開けられる。中から太田が顔をだすと、皆の間から、自然と拍手が起きた。

こいつ、天才だ……。

輪の中心でポカンとしている太田を見ながら、椛島は思った。

だが、現場を離れた太田は、年齢の割に茫洋《ぼうよう》とした、つかみ所の無い、ただの巨漢であった。今も、ただ美味そうにビールを飲んでいる。

夜の公園は蚊の巣窟だ。こうしている間も、ブンブンと二人の回りを数匹が飛び回っていた。三匹を叩き潰したところで、椛島は立ち上がる。

「そろそろ、行くか」

「ええ？　ちょっと待ってよ」

空になった缶をくしゃりと潰し、太田が言う。

「約束がまだだよ」

「約束って？」

「何でも言うことをきくって、言ったじゃないか」

「そんなこと、言ったたっけな？」

「言ったよぉ」

あのときは苦し紛れで、思いつく限りのことを口走った。実際、多少のことであれば、太田のため、一肌脱ぐつもりであった。あのときは。

今、椛島にあるのは、暗い妬《ねた》みの気持ちだ。椛島が何年もかけて、ようやく会得した技術や心構えを、何のこだわりもない人間が、あっさりとやってのけた。

自分が何とも情けなく、一人でやけ酒をあおりたい気分だった。少なくとも、太田とは一緒にいたくない。

だが相手は、そうした空気をまったく読まない男だ。すがるような潤んだ目で、じっとこちらを見つめている。

捨て犬を拾うときって、こういう気持ちなのかな。

椛島は仕方なく、ベンチに座り直した。これ以上、蚊の餌食になりたくはないが、他に行く当てもない。

「何だよ、話してみろよ」

「帰るところがないんだ」

「あん？」

「住んでるところ、追いだされちゃったんだ」

そんな経験は、椛島にも何度かあった。次の住まいが見つからず、短期間ながら、ホームレス生活を送ったこともある。

「……それがどうしたんだ？」

「帰るところがないんだよぉ」

「だから、それがどうしたんだ？」

「泊めて」

「何？」

「椛島君のところに泊めて欲しいんだ」

「な……」

「次のところが見つかるまででいいんだ。まあ、次のところが見つかる可能性はすごく低いから、ずっと、椛島君のところにいるんだけどね」

「バカ言うな！　おまえ、俺が２ＬＤＫのマンション住まいだとでも思っているのか？」

「思ってないさ。で、何なの、そのＬＤＫって。薬か何か？」

「俺が住んでいるのは、１だ。ＬもＤもＫもない。六畳一間だ。そんなところに、おまえみたいなでかいのを連れていけるか」

「でも、頼みは何でもきくって」

「……とにかく、順を追って話してくれ。そもそもおまえは、どんな所に住んでいたんだ？　そして、そこをどうして追いだされることになったんだ？」

「俺が住んでいたのは、ＪＲ蒲田《かまた》駅から歩いて十五分くらいのところ。木造のアパートで、家賃は二万五千円」

「安いな。駐車場なみだ。そんなとこがあるなら、俺が住みたい」

「トイレはついてるけど、風呂はないし、虫はいっぱい出るし」

「二万五千円だろう。風呂が何だ、虫が何だ」

「廊下とかも汚くてさ。古雑誌の束とか、ゴミが放りだしてあるんだよ。俺、ゴミの日のたびに、それを捨ててたんだ」

「いい間借り人じゃないか。どうして追いだされた。やっぱり、家賃か」

「それもあった。バイトクビになったりしてさ、二ヶ月くらい溜めてたんだ。でも、この間、ちゃんと払ったのさ」

「払ったのに、追いだされるのか？」

「うん。とにかく出ていってくれって。でも、払った二ヶ月分の家賃は返してくれた」

「何だよそれ。おまえ、人が好すぎないか？　家賃二ヶ月分といっても五万円だろう？」

「うん。だけど俺、友達にも借金があってさ、それを返したかったし」

「それがお人好しって言うんだ。友達は喜んでも、おまえは無一文の宿なしだろう」

「そうなんだ」

「で、追いだされたのはいつなんだ？」

「一昨日」

「昨日はどうしたんだ？」

「公園で寝た」

「ということは、俺と別れてから公園に行ったのか？」

「うん」

「荷物は？」

「駅のコインロッカー。着替えくらいしかないから」

この男、今までどういう人生を送ってきたのだろう。これだけの体を持ちながら、職なし、宿なし、金もなしとは。

それにしても、そんな男を適当に放りだすとは、大家も大家だ。他人事ながら、腹がたってきた。

「俺も詳しくは知らないが、大家が立ち退きを頼むときには、それなりの金とそれなりの期間を置かないとダメなはずだ。ゴネれば、何とかなるぜ」

「ゴネるって言ってもねぇ、大家さん、とてもいい人なんだよぉ。五十過ぎのおじさんだけど、一階に住んでてさ、時々、ご飯くれたりしてさ」

「そんな親父が、どうしておまえを叩きだすんだ？　おまえ、何かやったんじゃないのか？」

「そんなこと、ないと思うんだけどなぁ」

太田のことだ、本人が気づかぬうちに、何か大変なことをしでかしている可能性は高い。

それでも椛島は、太田の話に引っかかりを覚えた。もし太田が迷惑をかけたのであれば、きちんとそう説明して、追いだせばいい。そうすれば、五万円すら払わずに済んだはずだ。逆に、問題がないのであれば、きちんと手続きを踏んだ上で、出ていかせれば良い。なぜ、こんなにも急に、行く当てもない太田を叩きだしたのか。

一つ考えられるのは、「時間」の問題だ。正規の手続きを踏んでいたのでは間に合わない何かが、大家側にあったのではないか。

「なあ、太田、そのアパートは蒲田駅から歩いて十五分と言ってたな。回りはどんな感じだ。住宅街か？」

「うん。それもすごく古い建物が多いんだ。路地も細くて曲がりくねっていてさ。木造の家もいっぱいだから、火事でも起きたら大変だって、大家さんが言ってたよ。だからそのうち、家は全部壊されちゃって、大きなマンションとかが建つんだって」

「再開発ってことか」

「でも、反対する人がいっぱいいるんだ。町のあちこちに反対って書いた看板やのぼりが立ってる」

「再開発に反対運動はつきものだからな」

「大家さんは、開発に賛成だったみたい。だけど、回りに住んでいる人たちが反対だから、そうは言いだせないって、一度、ぼやいていたよ」

「そりゃあ、そうだよな。そんなボロアパートだったら、さっさと売り払って、金にしちまいたいよな」

「大家さんも同じこと言ってた。二年前に奥さんをなくしてさ、土地を売って、田舎にひっこんでのんびり暮らしたいって」

「その大家はどうやって生計をたてるんだ？　家賃収入なんて、ないに等しいだろう」

「詳しくは知らないけど、コンビニか何かでバイトして、やっとこさ生活してるって」

土地を持っていれば、固定資産税もかかる。自分のアパートであるから、家賃はかからないとしても、生活は困窮していただろう。

「だけど、ますます変じゃないか。そんな中で、貴重な住人であるおまえを追いだすなんて。二万五千円とはいえ、収入が減っちまうじゃないか」

「ああ、そう言われればそうだねぇ」

太田が追いだされた裏には、何かある。椛島は真剣に考え始めた。もし、太田をアパートに戻すことができれば、こんなデカ物を部屋に呼ばないで済む。

「大家はアパートの一階に住んでいるんだよな。おまえの他に住人は？」

「えーっと、部屋は全部で十コ。一階は大家さんともう一人、かなり歳の人が住んでる。でもその人、先月転んで骨折しちゃってさ。いま、病院なんだ」

「一階に住んでいるのは、大家一人ということか。二階は？」

「僕ともう一人、隣に若い男の人が住んでる。残りは空き部屋だよ」

「二階にはおまえを含めて二人か。その隣の男について話してくれ」

太田は言いにくそうに、くっと顎を引いた。

「名前は齋藤《さいとう》っていうんだ。歳は俺と同じくらいなんだけど……ちょっと怖そうでさ」

「怖そうにもいろいろあるだろう。もうちょっと詳しく話してくれよ。服装とか」

「服は派手なシャツを着てた。金色の鎖を首や腕に巻いてた。サングラスかけて、髪は金色に染めてて」

「チンピラじゃねえか」

「廊下でタバコ吸ったり、部屋に女の人連れてきたり、何だか、いろいろ忙しそうな人だったよ」

「なるほど。忙しそうねぇ」

「齋藤くんがゴミとか雑誌とか廊下に放りだすから、俺が時々、まとめてたんだ」

「そんなことする必要ないだろうが。おまえくらいの体があったら、チンピラくらいぶっ飛ばせるだろうに」

とたんに太田は泣きそうな顔になる。

「嫌だよ。俺、そんなこと嫌いだ」

「で、大家はそいつも追いだしたのか」

「え？」

「おまえの話をきいているとさ、追いだされるのは、そのチンピラの方だと思うんだ」

「いや、よく判らないけど、齋藤くんはいつものように住んでいるよ」

可能性が一つ浮かんだ。

「おまえ、そのチンピラともめたことはないか？　おまえがチンピラに恨みを買い、ヤツは大家を脅して、おまえを追いださせた。どうだ、筋は通るだろう？　これからそいつの所に行って、話をつけるんだ。そうすれば、また元の部屋に戻れる」

だが、太田は首を振った。

「それはないと思うなぁ。だって俺、彼とは仲がよかったんだから」

「はぁ？」

「ゴミを俺が掃除しているのも知ってたし、女の人連れてきて夜通し騒いでいても、文句も言わなかったからね。それに、二度ばかり小火《ぼや》をおこしかけたのを助けたことがあるんだ」

「小火？」

「とにかくタバコをよく吸う人でさ。その火が布団に燃え移って、煙が出たことがあるんだ。隣の部屋で寝ていたら、煙が入って来てさ、びっくりして飛んでいったわけ。ドアを蹴破って入ったときには、布団から火が出ていて、齋藤くんは煙で咳きこんでいたんだ。だから、カーテンや何かで布団を叩いて、火を消したんだ。すごく感謝されたよ。それが一度目のとき」

「それについて、大家は何か言わなかったのか」

「多分、何も言ってないよ」

相手が相手だ。初老の大家に何か言えるはずもないか。

「で、もう一度は？」

「同じだよ。タバコの火が部屋に積んであった雑誌に燃え移ったみたいでね。齋藤くんは留守だったから、俺が消したんだ」

「火の不始末か。ひでえ野郎だな」

「そんなこんなで、道で会ったりすると挨拶してくれた。時々、お金もくれたよ」

そこまでの仲となると、齋藤が大家を動かして、太田を追いださせたとは考えにくい。それに、そんな輩が本気になれば、手勢を頼んで、直接、実力行使に出るだろう。

「そういえば、さっきの話が途中になっていたな。大家はこのボロアパートを早く売り払いたい。だったらなぜ、そうしないんだ？」

「あの辺一帯には、大家さんの友達とか古いつき合いの人がいっぱいいるんだって。そういう人が、みんな再開発に反対してるだろう？　自分一人、賛成に回ることはできないんだって」

「なるほどな……」

土地を売って生活を楽にするためには、今まで築いてきた人間関係をご破算にしないといけないわけか。大家はその狭間で、悩みに悩んでいる。

そんなとき、太田が部屋を追いだされた。一方で、隣の齋藤はそのまま。これは、どういうことだ。

「おまえの話だと、アパート一帯は古い町並みが残っているんだよな。その辺をもう少し、詳しく話してくれないか」

「人が住んでるのか住んでないのか、判らないような家もあるよ。道は細くて曲がりくねっていてさ。車一台がギリギリ通れるくらいの場所もあるよ。アパートがあるのは、そんな所の一番奥でさ。そういえば、一週間くらい前だったかな、アパートから駅に行く道に木が倒れていてね、通行止めになったんだ。回り道しなくちゃならないから、駅に出るまですごく時間がかかってね。そのくらい、入り組んだところなんだよぉ」

「その倒れた木ってのは、どんな木なんだ？」

「古いお屋敷があってね。今は誰も住んでいなくてお化け屋敷みたいになっているんだけど、その庭に生えてたケヤキなのさ。老木でいつ倒れてもおかしくないって話だったけど、一週間前、すごい風が吹いただろう。そのとき、倒れちゃったんだ。なかなか撤去にきてくれないって、みんな、ぼやいてた」

「その木は、まだ倒れたままなのか？」

「明日の朝、撤去するらしいよ。どっちにしても、俺にはもう関係ないけどねぇ」

「おまえ、齋藤に連絡が取れるか？」

「え？　取れるよ。携帯の番号知っているから」

「かけてみろ」

「何で？」

「何でもいいからかけてみろ」

「やだよぅ、用事もないのにかけたら、怒られちゃう」

「別に怒られてもいいだろう。おまえはもう、あのアパートを出たんだから」

「うん、それもそうか。でも、ダメ」

「どうして？」

「俺、携帯持ってない」

「俺のを使え！」

太田は「使い方が判らない」とかブツブツ言っていたが、椛島の剣幕に圧され、ようやく齋藤にかけた。

「出ないよ」

「いつも、そうなのか？」

「いつもはすぐに出る。携帯命みたいな人だったからねぇ」

太田から携帯を取り、耳に当てる。電源が入っていないか電波の届かない地域にいると、アナウンスが流れていた。

「なあ、太田、俺の取り越し苦労かもしれないんだが、状況はあまりよくないかもしれないな」

「状況って、何の？」

「いや、俺にも確信はないんだ。でも、ちょっと気になる。これから、おまえのアパートに行きたいんだが」

「ええ？　やだよぅ。ここからだとけっこう遠いよ」

「構わん。案内してくれ」

「電車賃は？」

椛島は財布の小銭を全部だす。

「片道分なら、何とかある」

「今日のギャラが入るのは来月なんだって。俺、一文無しだよ」

「おまえの分もある」

「じゃあ、行くよ」

ここから蒲田なら、田園都市線で渋谷まで出て、山手線。品川で京浜東北線に乗り換えるルートだ。電車賃は四百円かからないだろう。

椛島は太田の尻を叩き、言った。

「急ぐぞ」

七

蒲田駅を出て、走ること十分。町工場が並ぶ一角を過ぎ、通りを一本渡ると、周囲の光景が一変した。整然とした街並みが消え、古びた木造家屋と入り組んだ細い路地が現れる。夜も更けたこの時間、ほとんどの家に明かりはついていない。

ブロック塀に囲まれた細道は曲がりくねっており、所番地などはまったく当てにならない。太田の案内がなければ、現在地がどこであるのか、まったく把握できなかっただろう。

「あった、ここだよ」

太田が指さした先には、黄色い臨時の鉄柵が設けられ、通り抜け不可の張り紙があった。暗闇の中、目をこらすと、太い幹が路地を完全に塞いでいる。問題の屋敷は左手にあり、灰色のブロック塀は、今にも倒れかかってきそうなほどに傷んでいた。木はそんなブロックをたたき壊し、路地に倒れこんできたのだった。

椛島は張り紙を無視して、路地を進む。倒木の下をくぐり、さらに先へと進む。太田は文句も言わず、ついてきた。

太田が背後から低い声で言った。

「この先は行き止まりなんだ。アパートは路地のどん詰まりに建ってる」

「あの倒木が一週間前。おまえが出て行けと言われたのが五日前。倒木撤去の前夜、齋藤と連絡が取れない」

つぶやきながら目を上げると、両側の家の軒先には、「再開発反対」ののぼりが、風にはたはたと揺れていた。

さらに進むと、すぐにアパートが見えてきた。街灯などもなく、周囲は暗く沈んでいる。そんな中に、眩しいまでに光るものがあった。

チロチロと燃える炎だ。アパートの二階中央部あたりに見える。

「くそっ」

椛島は走り始めた。背後で、太田の声が響く。この場には、あまりに不釣り合いな、のんびりとした声だった。

「椛島くーん、僕はどうすればいい？」

椛島は振り向きざまに、自分の携帯を投げた。

「これで消防に連絡しろ。それから、あの倒木を何とかするんだ。あれがあると、消防車が入れない」

「オーケー」

不安だらけではあったが、これ以上、かまってはいられない。

火は少しずつ大きくなっていた。周囲の者たちはまだ気づいていないのか、騒ぐ者もいない。

椛島は叫びながら、路地を駆け抜けた。

「おい、火事だ、火事だぞ」

アパートの前にくると、すでにパチパチと木材のはぜる音が聞こえた。外階段を駆け上がり、火の元と思しき部屋の前に立つ。玄関扉と床の隙間からは、黒い煙が這うように吹きだしていた。

椛島は持っていたハンカチで把手を摑み、回した。鍵がかかっている。

扉を力一杯、叩いた。

「おい、中にいるのか。おい！」

返事はなかった。外廊下に面した磨りガラスには、中の炎がゆらゆらと映しだされている。椛島は大きく息を吸いこむと、足に力をこめ、扉を蹴りつけた。一発、二発ではびくともしない。古いわりに造りはしっかりしているようだ。仕方なく、肩からの体当たりを繰り返す。壁からの熱気を感じ、ゴウゴウという猛り狂う炎の音が、間近に聞こえた。

「うおおっ」

何度目かの体当たりで、扉が中に倒れこんだ。転がりながら、室内に入る。壁が、鮮やかなオレンジ色に染まっている。天井は黒煙に覆われ、灰色の煙が、椛島の体に沿って足下から這い上がってきた。

ハンカチを口と鼻に当て、室内を見渡す。引っくり返ったちゃぶ台の向こうに裸足の足が見えた。駆け寄ると、男が一人、苦しげに表情を歪めたまま、倒れていた。白いシャツに、やぶれたジーンズをはいている。胸が上下していることから、息があることは判る。

「おい」

揺さぶってみるが、意識が戻る気配はなかった。頰を一発、張ってみたがダメだった。

みしりと建物全体が軋む、嫌な音がした。炎は部屋全体に回り、玄関扉付近も既に煙がたちこめている。呼吸も満足にできず、したたり落ちる汗で、目を開いていられない。

椛島は齋藤と思われる男の脇に両腕を差し入れた。そのまま、玄関方向に引きずっていく。意識を無くした男は、けっこうな重さだった。

突然、体が竦んだ。周囲からじわじわと迫る煙の壁。勢いを増し白くなった炎が、椛島の閉塞感をあおった。炎に巻かれる——それとはまったく違う恐怖感が椛島をその場に縫い留めていた。

着ぐるみに入った瞬間に感じる、あの恐怖と一緒だった。

冗談じゃない。こんなときに。だが、足は動かない。何を念じても体はいうことをきいてくれなかった。炎は床に燃え移り、足下でパチパチとはじけていた。

ふと見れば、齋藤のジーンズに火が燃え移っていた。

椛島は手を離し、その場にしゃがみこんだ。もう何も考えられなくなっていた。

突然、首筋を摑まれ、体が反転した。

何が起きたのかも判らぬまま、気がつくと、地面に横たわっている。遠くにサイレンの音が聞こえていた。

椛島は上半身を起こす。

「……俺は?」

「気がついたかい。危なかったねぇ」

いつもの調子で、太田が傍らに立っていた。

「おまえ……おまえが助けてくれたのか？」

「そうだよ。部屋に行ったら、椛島くんと齋藤くんが倒れてたから、まとめて運びだしたんだ。その後すぐ部屋が崩れちゃった」

アパートはもはや原型をとどめることなく、猛烈な勢いの火に取り囲まれていた。隣に目をやると、齋藤がやはり意識を失ったまま、横たわっている。どうやら煙を吸っただけではないようだ。薬か何かで意識を奪われたのだろう。

「太田、近くに大家の姿はなかったか？」

「気がつかなかったなぁ」

敷地の周りには、近隣住人たちが集まり、不安そうに燃えるアパートを見つめていた。

「倒木は？」

「脇にどけたよ。ちょっと重かったけど」

「おまえ、一人でか？」

「うん。ブロック塀もちょっと壊しちゃったけど、怒られないかな」

「大丈夫。誰も怒ったりしないよ」

消防車のサイレンがすぐ傍にまで近づいていた。後は、専門家に任せるとしよう。椛島はふらつきながらも立ち上がり、煤だらけになった太田の肩を叩いた。

「また命を助けられたな。ありがとうよ」

「だけど、アパート、なくなっちゃったよ。もう戻れないよ」

「心配ない。俺の部屋に来ればいい」

「ホント？」

「ああ。狭い部屋だけど、いつまでもいてくれ」

八

あの火事の夜から十ヶ月がたった。

『いつまでもいてくれ』

椛島のかけた言葉が悪かったのか、太田はまだ、部屋にいる。巨漢との六畳間生活も、すっかり日常となった。

「おい、太田！」

壁にそって敷いた布団の上で、へそをだしたまま太田は仰向けに寝転がっている。

「何だい？」

「今日、バイトは？」

「休みぃ」

「また休みか？」

「社長がさ、しばらく休んでいいって。呼ぶまで来なくていいってさ」

「バカ、それはクビになったんだよ」

「ええ!?　そうなの？　バイト代一日分、もらい損ねちゃったよ」

「おまえはホントに……」

がたいの良さと馬鹿力を活かせると、工事現場のアルバイトなどに行くのだが、決まってすぐクビになる。力は強くても、終日、ぼーっと空想にふけっているような男だ。使い勝手が悪すぎるのだろう。

「次の撮影は来週だよな」

「そうだよぉ。今度は久しぶりの新怪獣だって、河野さんが言ってた」

「マテマティックス」は今でも続いており、太田は専属のスーツアクターとなっていた。もっとも、彼一人を現場にだしても混乱を招くだけであるから、椛島も必ず同行する。スーツの脱着から、撮影の打ち合わせまで、椛島が行い、最終的な動きなどを太田に伝える。椛島としては、不本意極まりない役回りであったが、そうすることで太田はスーツアクターとしての真価を発揮できるし、出演料もスムースに貰える。今では「マテマティックス」を見たというプロデューサーや演出家などから声がかかり、怪獣の出るＣＭや遊園地のアトラクションショーなどの仕事も、わずかだが増えつつあった。二人分の生活費、すべてをまかなうには遠く及ばない稼ぎであったが、それでも、椛島は一応の満足を感じていた。

一方、椛島はいまだ着ぐるみには入れないでいた。着ぐるみと共に沈んでいく恐怖感は、頭のどこかに染みついており、簡単には消えてくれなかった。スーツに入れないスーツアクターに居場所はない。所属していた「オール・アクションスタッフ」も辞めた。

それでも、椛島はあきらめていない。いつの日にか、着ぐるみをつけてステージ上を暴れ回ってやる。付き人のようなことをしているのも、すべてはその日のためだ。

太田が言った。

「昨日、ゴミ箱で拾った週刊誌を読んだんだけどさ」

「おまえ、みっともないことするなよ！」

「いいじゃないか。ちょっと気になることが書いてあったんだから」

「気になること？」

「一年前の火事だよ。あの夜、逃げた大家、まだ捕まらないんだって。警察の重点追跡犯人に指定されたって書いてあったよ」

「そうか、まだ捕まっていないのか」

「俺、けっこう好きだったんだけどなぁ、あの人」

「そうだな。おまえを部屋から追いだしたのも、巻き添えを食わせないようにって考えたからだしな」

「でも、あのときはすごかったねぇ。大家が放火するってどうして判ったんだい？」

「別に確証はなかったけどさ。売りたい土地も売れない。生活は困窮する。そんなとき、小火を何度もだす素行の悪い奴が部屋を借りていた。そいつの不始末ってことにして、建物を焼き払おうって、俺なら考える。そこに偶然、木が倒れて道を塞ぐ事故が起きた。消防車の到着も遅れるし、またとない機会だ。問題は他の入居者だが、一人は入院中だ。もう一人はぼんやりとしたお人好しだ。適当に言って、追いだしてしまえばいい」

「酷いなぁ」

「でも、その通りにいったたじゃないか。とりあえず行ってみたら、まさに間一髪だったってわけさ」

「あの辺一帯は、あのあとすぐに再開発地区に指定されて、今は更地になってるらしいよ。何だか、味気ないね」

「ああ。大家ももう少し待ってれば、自分の望み通りになったのにな。ちょっと、かわいそうだな」

「椛島くんは、今日、どうするの？」

「俺はバイトだよ。昼からコンビニ。夜は牛丼屋」

「大変だねぇ」

「しょうがねえだろう。このままだと、家賃が払え……」

「太田君いる？」

椛島は太田と顔を見合わせる。

「今、河野さんの声がしなかったか」

「太田くーん、椛島くーん、いないのかい」

間違いなく河野の声だ。玄関の前にいるらしい。インターホンは一年前に壊れてから、そのままだ。

ドアをガンガン叩く音がする。

「太田、おまえ、何かやったのか？」

「何もしてないよ」

あおむけに寝転んだまま、へその周りをペチペチ叩いている。

椛島は首を捻りながら、玄関扉を開いた。

蒼い顔をした河野が立っている。その後から、初老の痩せた男が、ぎらぎらと光る目で、椛島を睨んでいた。

男は河野を押しのけて前に出ると、キーキー声で叫んだ。

「太田はおまえか？」

「いえ、俺は椛島です」

「太田はどこだ？」

「中にいますけど……」

このおっさん、どこかで見たことがあるぞ。頬はこけ、頭は禿げ上がっている。骸骨を思わせる風貌だが、もう少し肉をつけ、頭頂部に白髪をはやし、メガネをかけさせたら……。

「か、監督！」

椛島は叫んで、一歩、飛び退《さ》がった。

「ま、ま、ま、豆田監督」

尊敬してやまない、あの「大怪獣メドンシリーズ」を撮った、名匠、豆田源太郎だ。年齢を重ねて面変わりしているが、間違いない。

豆源が「ほう」とつぶやいて、椛島を見上げた。

「そうか、あんたが椛島か。河野から聞いたよ。俺の映画、観てくれたらしいな」

「観たなんてもんじゃありません。何度も、繰り返して……」

「怪獣専門のスーツアクターを目指しているとか」

「はい。目標は倉持さんです」

「だがおまえさん、スーツには入れないと聞いた。『オール・アクションスタッフ』も辞めたんだろう？」

「は、はぁ。でも、その内に絶対……」

豆源は顔を顰め、蠅を追うような仕草をした。

「その内とか、そんなことを言ってる時間はないんだ。今はとりあえず、太田を借りたい」

「太田を？　何のために？」

「スーツアクターとして使うために決まってるだろうが、バカ」

「スーツ……アクターって……今は怪獣映画は作られていないはず……」

「大怪獣バルバドン」

「は？」

「俺が今撮ってる映画さ」

椛島は興奮のあまり、声が出てこなくなった。口をパクパクさせていると、さすがの豆源もあきれ顔で苦笑する。

「どうやらおまえ、本気でスーツアクターになりたいみたいだな」

「ほ、ほ、本気です。今はダメだけど、本気です」

「まあいい。正式発表はまだだが、俺は、新作の怪獣映画を撮っている。主役の怪獣に入っているのは、おまえさんの憧れの人、倉持だ。だが一昨日、アクシデントでケガをした。全治十日程度らしいが、その間、撮影を休むわけにもいかん。スーツアクターの代役を探したが、さっぱりいいヤツがいないんだ。そんなとき、プロデューサーの一人が、ケーブルテレビの番組を見せてくれた。『マテマテナントカ』っていうヤツだ。そこに出てる怪獣の動きを見て、びっくり仰天だ。さっそく、この河野を捕まえて、太田の名前を聞きだした。そんなわけだ。太田に会わせてくれ」

「やります」

「何？」

「やります。いや、やらせて下さい」

「おまえには聞いてないんだよ。太田をだせと言っている」

「いえ、太田ならやります。今は俺がマネージャーやってるんです。スケジュールはずーっと空いてます。明日から、いや、今からでも行けます」

廊下をミシミシいわせながら、太田が部屋から出てきた。あくびをして、頭をボリボリ掻いている。

「椛島く―ん、何だったのぉ。お客さんかい？」

椛島は太田に向き直った。

「仕事だ！」

「え？　でも、『マテマティックス』の撮影は来週だって……」

「何も言うな。仕事だ。早く服を着ろ！」

椛島は太田のへそを平手で叩いた。

笑う
スーツアクター

一

夕暮れを迎えた山間の村に、漆黒の怪獣が佇んでいた。

目はまっ赤に燃え、巨大な口には鋭い牙が見える。四つ足で、尻尾は短く、背面には鋭い岩石状の突起がノコギリの歯のように並ぶ。頭頂部には、長くて太い角が生え、稲光のように不気味に明滅する。

怪獣は何か気配に気づいたのか、巨体をゆっくりと前進させ始めた。一歩踏みだすごとに、地面は揺れ、砂煙が立ちのぼる。

一歩、二歩、三歩。

突然、怪獣の足下が爆発した。轟音《ごうおん》とともにまっ黒な煙がたちこめ、怪獣の姿はその中へと消えていった。


「はい、カットー！」

鋭い声と共に、ステージの上にスタッフたちが駆け上がった。

脇で待機していた椛島雄一郎も、遅れじと飛びだす。ステージ上はまだ灰色の煙で覆われている。埃や煙のせいで、目の周りがヒリヒリし始めた。マスクをしてはいるが、喉の奥を掻きむしられるような感覚があり、小さく咳きこみながら、前に進む。

椛島がいるのは、世田谷区砧《きぬた》にある「東洋映画撮影所」だ。敷地内に八つのスタジオを持ち、今まで、数多くの名作を生みだしてきた場所である。撮影が行われているのは、敷地内の一番西側に位置する第八スタジオで、約四百坪あった。スタジオの中心には、高さ二メートルほどのステージが組まれ、木々に覆われた山とその斜面に寄り添うようにして建つ数戸の家々が再現されている。

怪獣はステージのやや左よりに、いた。顎を地面につけ、冬眠中のカエルのような姿勢である。

椛島は怪獣の後頭部を手荒く叩き、叫んだ。

「お疲れさん、よかったぜ！」

怪獣の着ぐるみは、全長二メートル十センチ。重さは百キロを超える。

椛島はまず、背中についている岩石状の突起を取り外した。背中のまん中に四つのジョイントがあり、そこを解除すれば、簡単に外れる。突起自体は意外と軽く、椛島一人でも持ち運びができた。

椛島たちの回りでは、男たちが走り回っている。

「おい、怪獣邪魔だ。脇に避けろ」

怒鳴り声が飛んできたが、無視する。暗闇に一人でいる相棒を引っぱりだすのが先だ。

背中が外れ、むきだしとなった背面には、着ぐるみ脱着用のファスナーがついている。ファスナーといっても、金属製のフックとマジックテープによる二重構造になった代物だ。

十一あるフックをすべて外し、テープを力任せに引きはがす。

怪獣の背中にできた、大きな穴。両手をかけ、穴をさらに押し広げる。とたんに、湿気を含んだ空気が、顔に吹きつけられた。汗とラテックス特有の臭いが入り交じっており、中に閉じこめられている相棒に申し訳ないと思いつつ、呼吸を止める。

撮影が終わるたびの恒例行事だ。

「いま、だしてやるぞ」

穴をさらに押し広げると、タンクトップ一枚、ぐっしょり汗をかいた背中が見えた。

「いくぞ」

椛島は相手の両脇に腕を突っこむと、渾身の力をこめて、引っぱり上げた。両腕、両足が着ぐるみから抜ける。だが、力任せにやり過ぎたため、タオルを巻き、ゴーグルをつけた頭が着ぐるみの角にぶち当たった。

「痛てえ！」

申し訳ないが、今は謝っている時間はない。椛島は脇から腕を抜いた。

身長一メートル八十五センチ、体重九十二キロ。筋肉の鎧《よろい》で覆われた体が、ドスンと尻餅をついた。

「痛てて！」

「おい、そこの二人、グズグズすんな。さっさとぬいぐるみをどけろったら！」

容赦のない怒鳴り声が、背後から聞こえてきた。

助監督チーフの西岡健介《にしおかけんすけ》だ。あんなヤツの言うことを、いちいち聞いていたら、身がもたない。

椛島は、へたりこんでいる巨漢の肩を叩いた。

「立てるか？」

「ああ……うん」

頭に巻いたタオルを外すと、したたり落ちる汗を拭う。最後にゴーグルを外し、目を瞬かせた。

「とりあえず、飲め」

作業用つなぎのポケットに押しこんでおいたペットボトルを渡す。

「ありがとう」

ボトルをひったくると、キャップを開け、中身をひと息に飲み干した。

「ふぅ、美味しい」

「こいつを片づけなくちゃならん。もうひとがんばりできるか？」

「うん、もちろん」

太田太一は、笑みを浮かべ、うなずいた。

二

撮影所内にある休憩所で一服できたのは、午前零時を回ってからだった。休憩所といっても、敷地の隅に建つプレハブ小屋で、壁際に並んでいるのは、ジュースやカップ麺の自動販売機である。テーブルも椅子もない。

外は雨がシトシト降っており、ひどく蒸し暑い。梅雨に入って既に二週間、すべてのものが湿気を帯び、暑さに萎《しお》れていた。

一方、太田太一は、カップ麺二つとスポーツドリンク二本で、いつもの調子を取り戻していた。

「ああ、うまかった」

万事にマイペースな太田は、食べ終わった後もプレハブを出ようとはせず、ぼんやりと自販機の明かりを眺めている。

缶コーヒーを飲み終えた椛島は、缶をゴミ箱に放りこみ、言った。

「今日はこれで終わりだ。ぼちぼち、帰ろうぜ」

太田は無邪気に笑う。

「帰ろう、帰ろう。風呂、入れるかな？」

「銭湯はもう閉まっちまってる。朝風呂で我慢だな」

「だけど、明日も仕事なんでしょう？」

「ああ。だが夕方からだ。四時過ぎに入ればいいってさ」

「了解」

「身体の方はどうだ？　大丈夫か？」

太田は太い腕でガッツポーズを作ってみせた。

「もちろん」

その姿を見て、椛島はつぶやいた。

「すごいな、おまえ」

「え？　何が？」

「着ぐるみの中に入って、丸一日動き回って、けろっとして立ってるんだ。すげえよ」

太田の表情が、ほんの少し曇る。

「うれしいけど、あんまりうれしくない」

「日本語になってねえぞ」

「俺、まだよく判らないんだ、怪獣って」

椛島は苦笑するしかなかった。

「いいんだよ、おまえは判らなくたって。俺が何とかするから」

「うん。頼りにしてる」

「仲のいいことだな」

嫌な男の嫌な声が聞こえた。仕事を終えた安堵感が一発で吹き飛ぶ。

椛島はゆっくりと振り返った。

戸口に、布施太郎《ふせたろう》が立っていた。後ろには取り巻き三人が控えている。布施はすらりとした長身で、悔しいが、椛島より遥かに男っぷりがいい。鼻筋は通っているし、顎も尖っている。目は鋭く切れ上がり、きっちりとセットした髪はツンと天に向かっている。後ろの三人も、布施にはやや劣るものの、似たようなものだった。

布施は薄笑いを浮かべながら、椛島たちの前に立った。

「今日の現場はどうだった？　ヘマはしなかったか？」

椛島の沸点は、低い方だ。今も頭に血が昇り、我を忘れそうになっている。何とか踏みとどまれたのは、後ろにいる太田の存在と、追い詰められている者特有の危機感だった。

「万事、順調だった」

こちらの冷静な態度が気に入らなかったのだろう、布施の頬が赤みを増した。

「その割には、撮影がおしてるみたいじゃねえか。予定では十時前には終わってるはずだろう？」

「照明にトラブルがあったんだ。そのための待ちがあった」

「そんなことはどうでもいいんだよ！」

布施が、手近にある自販機を蹴り上げた。そして、険しい目つきで、こちらを睨《にら》み据える。

「おまえらみたいなのが現場に入るなんて、俺は我慢できねえんだ」

「おまえがどう思おうと関係ない。豆田監督が決めたことだ」

「監督にどうやって取り入ったんだ？　あんな年寄り、丸めこむのは簡単だったろう？」

「何をどう勘ぐろうと、俺たちの知ったことじゃない。俺たちはあくまで、ピンチヒッターだ。役目が終わったら、大人しく引き上げるだけだ」

布施は後ろに控える三人と顔を見合わせる。挑発に乗ってこないのが、面白くないらしい。結局、舌打ちを一つ残して、四人は出ていった。

椛島は全身の力を抜き、安堵のため息をついた。布施たちに対する怒りは、腹の中でじりじりと熱を増していたが、以前のように我を忘れ爆発するようなことはなかった。

「さあ、行くか」

椛島は、自販機の陰で身を縮めている太田に言った。

彼は気まずそうにうつむいたまま、椛島の前に立つ。

「ごめんよ」

「何で、おまえが謝るんだ？」

「でも、あいつら……」

「僻《ひが》みと妬《ねた》みだよ。倉持さんの代役なら自分に声がかかると、布施は思っていたらしい。実際、ヤツで決まりかけていたんだ。それを、豆田監督が無理矢理、俺たちに変えさせた。気に入らないんだよ」

太田はそれでも納得がいかないらしく、厚い唇を突きだし、頭をボリボリ掻く。

「俺には、判らないなぁ」

「監督は、おまえにスーツを着てもらいたかったんだ。おまえに惚れてるんだよ」

「うーん」

「悩むのは後だ。今日は帰るぞ。それより、明日のシーンは頭に入ってるんだろうな」

「一応、台本は読んだけど……」

「帰ったら、おさらいをしよう」

「頼むよ。俺、アニキがいなかったら……」

「その呼び方、止めろ」

「一番、呼びやすいんだ」

「見ろよ、このポスター。年末公開の超大作。代役とはいえ、おまえはその主役を張ってんだぞ」

椛島は壁に貼られたポスターを、拳で叩いた。ポスターのまん中には、漆黒の怪獣が赤く焼けた空に咆哮しており、その下には、赤色の文字で大きくタイトルが書かれていた。

『大怪獣バルバドン』

三

翌日、第八スタジオに入るなり、椛島と太田は特撮監督豆田源太郎、豆源の許に呼びつけられた。

「そんだけ言われて、おまえ、何もしなかったのか」

豆源は、苛立たしげに足を踏みならし、色あせたシャツにジャージというスタイルで、椛島たちを睨みつける。

「黙ってちゃ判らねえ。どうなんだ？　布施の野郎に散々言われて、黙ってたのか？」

昨夜、布施たちに絡まれていた一部始終をスタッフの誰かが報告したらしい。

椛島はうなずくしかなかった。

「けっ」

豆源は、くわえていたタバコを地面に吐き捨てた。傍にいたスタッフが慌てて吸い殻を拾いに来る。それを無言で見ていた豆源は、また、「けっ」とつぶやいて顔を顰める。

「とにかく、ピンチヒッターとはいえ、おまえたちは俺が選んだ、大事な大事なスーツアクターなんだ。ごちゃごちゃ言わせておく必要はねえ。今度、そんなことがあったら、遠慮はいらねえ、叩きのめしちまえ」

「そんな、無茶な」

「何が無茶だ。大丈夫、後のことは任せておけ。俺がしっかりと抑えてやる。警察沙汰にもしねえよ。とにかく、太田の動きは絶品だ。おまえでなくちゃ、倉持の代役は務まらねえ」

太田はうつむいて、椛島の後ろに隠れようとする。

「まったく恥ずかしがりやだなぁ。スーツの中では、あんなにすげえ演技ができるのに。ま、いいや。今日もよろしく頼むぜ。主役はおまえたちなんだからな」

「監督――」

どこかでスタッフの声がした。

「おう、いま、行くよ！」

豆源はそう喚くと、椛島たちの前から離れた。口には火のついたタバコが、再びくわえられていた。

「うわっ、監督、火！　消して下さいよ。禁煙ですよ」

近づいてきたスタッフたちを追い払いながら、豆源はずんずん進んでいく。その後ろ姿を見ながら、椛島は苦笑して、つぶやいた。

「相変わらずだなぁ」

豆源が向かった先にいたのは、本編監督の伊藤義徳だ。現場で見るのは、初めてだった。豆源同様、タバコを片手に、穏やかな笑みを浮かべていた。髪は灰色となり、かなり痩せてはいたが、三十年前とあまり変わっていない。

豆源と話していた伊藤が、ちらりとこちらを見た。そのまま豆源との会話を切り上げ、こちらに近づいてくる。椛島は緊張に身を固くした。伊藤は温厚で知られる。現場でもほとんど声を荒らげず、それでいて、きっちりと撮るものは撮り上げる——。だが、その評判も今から三十年前の話だ。見た目はともかく、性格などは大きく変わっているかもしれない。何か逆鱗《げきりん》に触れることでもあったのだろうか。太田のだらしない態度が、気に障ったとか……。

伊藤はまっ直ぐ椛島の前に立つと、優しく肩を叩いた。

「豆田から聞いたよ。急な代役なんだって？　スーツに入っているのは、彼かい？」

あくびをかみ殺している太田を指さす。

「はい。俺……僕は付き人のようなものです」

「そうか。大変だろうけど、がんばってよ。豆田はけっこうきついけど」

離れた所に立つ豆源は、この会話が聞こえているのかいないのか、火の消えたタバコを手にしたまま、そっぽを向いていた。押しが強く、おのれの信念を絶対に曲げようとしない豆源に対し、真正面からこれだけズケズケと言える者は、伊藤くらいのものだろう。そっけなくさえ見える二人の態度に、椛島はお互いの信頼と絆を感じていた。

「あ、ありがとうございます。光栄です」

椛島はそう言って頭を下げるのが精一杯だった。

「じゃあ」

伊藤は右手を挙げると、豆源と肩を並べ、スタジオのまん中へと進んでいく。椛島はその様子を直立不動で見送った。

「すげえ。伝説だ。伝説の二人だぜ」

「なあ、アニキ、なに、固まってるんだい？」

「うるせえ。伝説だよ」

二人がスタジオの外へ出て行くと、ようやく緊張が解けた。

すげえ、すげえなぁ。椛島の気分は高揚していた。豆源が自宅を訪ねてきたときから、夢の中にいるみたいだ。現場に馴染めたとは言いがたいし、睡眠不足や緊張で肉体的にも精神的にもヘトヘトだ。豆源、伊藤の突然の引退、そして突然の復帰。その裏に何があるのかも、まったく判らない。何も聞かされず、ただ、倉持の代役として、太田にバルバドンを演じさせる。椛島のすべきことは、ただそれだけだった。

まあ、何でもいいさ。このステージに立っていられるんだから。

対照的に、太田は沈んでいた。豆源たちが去る前と同じポーズで、ため息ばかりついている。

「どうしたんだ。昨日もその前も、問題なくこなせたじゃないか。豆源の言葉、聞いただろう？監督が人を誉めるなんて、滅多にないことなんだぜ。それに伊藤監督まで……」

「俺は、アニキと違って、怪獣とかよく判らないから」

「だから、家でDVD見せただろう。メドンシリーズも豆源が撮ったヤツは、全部、見せた」

「どれも同じようで、よく判らなかったよ」

「おまえ、俺のかあちゃんみたいなこと、言うな。どうして、あれが同じに見えんだよ？　メドンの着ぐるみだって、毎回、変わってんのにさ」

「俺、そういうオタクな話、判らないんだ」

「テメエ、怪獣映画をなめてんのか」

「二人とも、止めてくださいよ」

割りこんできたのは、助監督の石原雅人《いしはらまさと》だ。二十歳の若手であり、助監督の下っ端、つまり、最下層の住人である。顔中、埃まみれにしながら、石原は椛島の肩を押さえた。

「そろそろ、スタンバイ、お願いします」

「おい、石原ぁ」

西岡健介のガラガラ声が響いてきた。石原は一瞬、ぴくりと体を震わせ、動きを止めた。

「石原ぁ」

「はい、はい！」

「返事はいいから、早くこい、ボケ！」

石原は椛島の前で手を合わせ、三度、おじぎをした。そのまま、アタフタと走り去っていく。

あんなんで、大丈夫かよ。そんなことを思いつつ、太田に視線を戻す。

「悪かったな。怪獣のことになると、つい、熱くなっちまうんだ」

太田は目を伏せたまま、小さくうなずいた。

「よし、ぼちぼち、行くか」

「あ、その前に……」

「そうだ、水だったな」

ペットボトルの入った段ボールが、壁際に置いてある。

「待って！　待って下さい」

石原の声が響いた。椛島の許に駆け戻ってくると、ポケットからミネラルウォーターのボトルをだした。

「これを使って下さい。自販機で買ったばかりのヤツです。冷えたヤツを渡せって、監督に言われているんです」

「了解。すまないな」

「こらぁ、石原、どこいったぁ」

「すみません、いまいきまーす」

駆けだす石原を見送りながら、椛島は手のボトルを太田に放った。

太田はぎこちない動きでそれを受け止めると、キャップを開け、一気に半分ほど飲んだ。

セッティングがほぼ完了した現場は、ライトの発する熱などで、かなり暑い。太田の額には、既に玉の汗が光っていた。

椛島は言う。

「脱水には気をつけろ。出番は短いが、蒸すぞ」

外の気温は三十度を超えるという。その言葉に従うように、太田はボトルの残りをひと息に飲み干す。

「バルバドン、いきまーす」

「よし」

椛島はボトルを受け取り、太田の肩を叩いた。どことなく意気の上がらない太田を押すようにして、現場に入る。

ステージ上には、二十四分の一に縮小された地方都市のセットが組み上がっていた。街路樹のある道路を挟んで、マンションや雑居ビルが並ぶ。建物はどれも精巧な造りであり、窓ガラスはもちろん、中のカーテンやオフィスのデスクなどまで再現されている。道路には車が何台も駐まり、さらに歩道橋、信号にいたるまで、本物と見まがうばかりに作りこまれていた。

セットが組まれているのは、東洋映画撮影所の中でもっとも広い、第八スタジオである。豆源が監督した数々の怪獣映画は、すべて、このスタジオから生まれていた。

豆源がここを好むのは広さもあるが、もう一つ、天井の高さもあった。怪獣映画は巨大感を演出するため、あおりの画が多くなる。そのため、天井が低いと天井に設置された照明などがカメラに入ってしまうのだ。

本日より撮影は、映画前半のクライマックス、架空の地方都市をバルバドンが蹂躙するシーンに入っていた。

太田が入ると、さっそく、現場での打ち合わせが始まった。昨夜の内に、基本的な動きなどをすべて合わせてあるが、豆源の撮影プランは、その日その日で変わっていく。今日もまた、いくつかの変更点が生じ、撮影、特殊効果など、各パートのスタッフたちが、監督の許に集められていた。

椛島はその輪にそっと近づいていった。椛島の役割は「バルバドン担当」である。一人ではできないスーツの脱着を手伝ったり、スーツアクターが現場に集中できるよう、様々な雑用をこなす。撮影には直接タッチしないので、こうした打ち合わせに呼ばれることはないが、太田の動きはきっちりと確認しておく必要がある。

今日は、道路上のバルバドンが咆哮し、自衛隊の攻撃をものともせず前進、ビルの一つをたたき壊すというカットだった。

当初は、咆哮の後、三歩前進してビルに体当たりをすることになっていたが、豆源はバルバドンの歩数を増やしたいと言いだした。

「イマイチ、迫力がなぁ。せっかく、あれだけのスーツがあるんだからさ、がっと全身を見せたいじゃないか」

豆源のだみ声が、少し離れたところにいる椛島の耳にも届いてきた。

他のスタッフから異論はでないようだった。それだけならば、セットを組み替えたりする必要はない。

「問題はビルだ。できれば、一発で決めてえな」

バルバドンが破壊する予定のビルは、レンガ風の外壁をした、二十階建てのマンションだ。屋上の手すりまで再現されているが、石膏製で、中は空洞になっている。壊れ方をリアルに表現するため、石膏には切れ目が入っており、建物下部には火薬も仕掛けられている。さらに、舞い上がる砂煙を表現するため、細かな砂の入った袋も取りつけられていた。

火薬の発火は有線で行われる。ステージ脇には火薬担当が座り、タイミングを見て、一つ一つ、爆発させていくのだ。

バルバドンの動き、ビルの壊れ方、火薬発火のタイミング、すべてが一致しなければ、豆源が求める迫力のある破壊シーンは表現できない。

太田は一人輪を離れ、ステージのまん中に立っていた。自分の立ち位置を確認し、破壊する予定のビルに向き直る。そのまま、一歩、二歩と進む。動きを確認しているのだ。

「よーし、バルバドン、いくか」

豆源の声が響き渡った。

スタッフたちの手によって着ぐるみが運ばれてくる。重いバルバドンの着ぐるみは、特製の木枠に載せて移動させる。木枠の下にはキャスターがついており、少人数で運べるよう工夫もされている。木枠のことは、スタッフ間で怪獣ハンガーと呼ばれ、スタジオ内での移動は椛島の担当だった。

ステージの端に怪獣ハンガーを据え、装着の準備を整える。

バルバドンの着ぐるみは本体と背中の二つに分割されていた。本体は木枠に載せられているが、背中は取り外され、プラスティックのケースに押しこまれていた。

「バルバドンはオーケーだ。太田、いくぞ！」

太田にゴーグルをかけさせ、頭にタオルを巻き、それとなく体調の善し悪しを観察する。

今ひとつだな。今日の太田については、そんな印象を持った。この数日、スタジオの人混みの中にずっと身をさらしている。太田にとってはきついに違いない。

着ぐるみに入れば、いけるか。

椛島はそう判断し、着ぐるみの待つ方へと太田を誘う。

「気張るなよ、楽にいけ」

そう囁きかけ、いよいよ、太田を着ぐるみに入れる。

着ぐるみの背中を大きく開けると、太田は足から中に入っていく。両足がすっぽりと入ってしまうと、もう独力で抜くことはできない。

つづいて両腕を入れながら、上体を着ぐるみの中に納めていく。喉に設けられたのぞき穴から、視界が確保できていることを確認し、最終的な位置を調整、最後に背中を取りつける。「マテマティックス」で入っていた「ハンドレッド」や「ビリオン」と違い、バルバドンは四つ足の怪獣だ。のぞき穴から見える視界もまったく違う。太田の目線は、大人の膝から太ももくらいのところにあり、そこより上についてはほぼ見ることができない状態だ。視界を覆う埃や粉塵《ふんじん》の状態も、まったく異なる。さらに、バルバドンの頭部には、顎の上下、頭部の微妙な動きを司る様々なメカが詰まっていた。それらの操作は、複数のスタッフが遠隔操作するわけだが、スーツアクターは、彼らのことを常に意識し、タイミングを合わせて動く必要がある。

難易度は「マテマティックス」のときとは比べものにならない。

準備完了から数分とおかない内に、テストを行うこととなった。

椛島はバルバドンの首に顔を近づけ、大声で言った。

「太田、いくぞ!」

着ぐるみの中に入ると、外部の音はほとんど聞こえなくなる。本番以外は脇に立ち、指示を伝えるのも、椛島の役目だった。無論その逆、太田が何か伝えたい場合は、すぐにそれを察してやらねばならない。太田は全身を固定された状態だ。何かアクシデントがあったとしても、それを外部に伝える術がない。そうした異常を見つけるのも、椛島の重要な役割なのである。

セットの中にバルバドンが立つ。総重量は百キロを超える。太田の背や腰には、そのすべてがのしかかっている。

まずは立ち位置の確認。それから移動の方向を正確に決める。向かうのは、右斜めにあるマンションだ。のぞき穴を通して、太田からも何とか見えているだろう。

「よしそのまま、まっ直ぐに進む！」

監督の豆源がステージに飛び乗ってきた。椛島を押しのけるようにして、バルバドンの脇に立ち、身振り手振りで、立ったままバルバドンの芝居を説明する。豆源の姿など、太田には見えていないのに。

「できるだけ、重厚に。昨日の芝居は良かった。あれがバルバドンだ。今日も頼むぞ」

声の張りは、とても六十代とは思えない。バルバドンから離れた豆源は、椛島と目を合わせると、軽く肩を叩いてきた。

「頼む」

そのほんのわずかな心遣いが、椛島を奮い立たせる。

椛島だけではない。豆源は同じような気遣いを、すべてのスタッフに対して行っていた。怒号の飛び交う厳しい現場で、皆が身を粉にして飛び回れるのは、豆源の手腕によるところが大きかった。

椛島はバルバドンの中の太田に呼びかけた。

「本番だ。思い切っていけ！」

返事はなかった。それは別段、珍しいことではない。本番に向け集中しているのかもしれないし、あるいは、答えたけれども声が小さくて聞こえなかっただけかもしれない。

それでも、小さな不安が残った。椛島は足を止め、バルバドンの後ろ姿を見つめる。

「おい、そこの、邪魔だ！」

西岡の怒鳴り声が飛んできた。仕方なく、椛島はステージを下りる。

バルバドンの進路に細かな砂がまかれ、最後の調整が行われる。

「よし、本番！」

豆源の声が響き渡った。現場の空気が、一気に張り詰める。

この瞬間、椛島はいつも、背中に寒気を感じる。あれほど暑い暑いとこぼしていた現場であるのに、体温が一気に下がり、歯の根が合わなくなることすらあった。

ざわめきや足音がぴたりと止み、人の気配すら徐々に消えていく。

そのまま数秒がすぎる。椛島は、ステージ上のバルバドンに目をやった。頭頂部から生えた角の先が揺らいでいる。

――おかしい。

昨日も一昨日も、本番が始まる直前、バルバドンはぴくりとも動かなかった。スチールのように静止し、豆源が発するスタートの声を待っていた。それが、太田なりの集中なのだろうと、椛島は考えていた。あれだけの重量を身にまといながら、静止し続けるなんて、並の精神力ではない。

――やっぱり、あいつは特別だ。

そう思ってきた椛島の目に、角の揺らぎは気になる現象だった。

だが、今の椛島に現場を止める権限はない。椛島はただのバルバドン係なのだから。

「スタート!!」

豆源の声。

同時にバルバドンが動き始めた。ゆっくりと一歩。足下から、もくもくと煙状のものが立ち上る。本番前にまいた細かな砂の効果だ。

やや間を置いて、ゆっくりと身を起こしながら、二歩目を踏みだす。上体の揺れが激しい。何より、腰が左右にぶれる。軸が定まっていない。

おかしい。

だが、そう考えたのは、椛島だけのようだった。カットの声はかからない。

——太田、しっかりしろ。

心の中で叫んだが、その願いは届かなかった。バルバドンの進路が大きくそれた。このままでは、破壊する予定のビルに、側面から突っこむことになる。

「カット！」

豆源の声。だが、バルバドンの前進は止まらない。

「おい、カットだ！」

誰かの声が響いた。椛島はステージに飛び上がった。もしかすると、監督の声が聞こえなかったのかもしれない。

「太田、カットだ！　止まれ」

声を限りに叫んだ。

バルバドンの動きが止まった。

よし！

ホッと足を止めようとした瞬間、バルバドンが再び動きだす。

そこここで、悲鳴が上がった。

このままでは、ビルをなぎ倒してしまう。破壊されれば、また一から作り直しだ。

椛島は無我夢中で駆けた。進んでいくバルバドンの前に回りこみ、頭を押さえこむ。両腕と腰に激しい痛みが走った。着ぐるみの表面はかなり硬い。恐らく皮膚が裂けているだろう。

血がつくとまずいな。

そんなことを考えながら、椛島はバルバドンの進路を変えていく。ギリギリのところで、ビルを避ける。その瞬間、椛島の体は後方にはじき飛ばされた。世界がぐるぐると回り、どちらが地面でどちらが天井なのか、判らなくなった。

ビルは……ビルは無事か？　太田は……？

腕を摑まれ、強い力で引っぱられた。石原だった。見かけによらず、力が強い。

「危ないじゃないですか。着ぐるみの下敷きになったら、ケガじゃ済まないですよ！」

まだ頭がぼんやりしている。それでも、石原の言葉の意味は理解できた。バルバドンの重量は百キロ超え。今はそれプラス、太田の全体重だ。そんなものの下敷きになったら……。

石原の手を振り払うようにして、その場にへたりこんだ。

バルバドンはいつもと同じように、カエルの冬眠ポーズで静止していた。ビルはかろうじて無傷だった。椛島の捨て身の行動が効いたらしい。

「太田……」

椛島は腰を上げると、倒れこんだままのバルバドンに取りついた。既に何人かのスタッフが、背の突起を外そうとしている。

「どけ」

彼らを押しのけ、すがるようにして、突起部分を両手で持った。かつて自分を襲った、忌まわしい事故の記憶がよみがえる。同じような目に、太田を遭わせるわけにはいかなかった。

「太田、どうした、太田！」

返事はない。背中を外し、ファスナーを押し開いた。汗染みのできた白いシャツが見えた。椛島は太田の肩に両手をかける。

「太田！」

揺さぶると、かすかな反応があった。

「出られるか？」

大きな背中がもぞもぞと動いた。両腕を引き抜こうとしているようだ。だが、意識が朦朧《もうろう》としているのか、上手くいかない。業を煮やした椛島は、上腕を摑み、力をこめて太田の腕を引き抜いた。

「痛い！　痛いよ！」

無理な角度に腕を曲げようとしたためか、太田が悲鳴を上げた。

椛島は摑んでいた腕を放した。

「それだけの声が出るなら、大丈夫だ。あとは一人でやれ」

「ちょっと、ちょっと待ってよ。何だか、頭がフラフラするんだ。うまく、歩けそうもないよ……」

「そんな情けない声だすなって。安心しろ、ここにいるから」

太田は何とか両腕を着ぐるみから引き抜くと、ゆっくりとした動作で、顔を外にだした。椛島はゴーグルを取り、頭のタオルも外す。太田は蒼白の顔色で、目もどこか虚ろである。

「俺、どうなっちゃったんだろう？」

「話は後だ。とにかく、バルバドンから出ろ」

椛島は太田のがっしりとした腰を抱えこみ、後ろへと引っぱった。太田はそれに合わせ、すっぽりとはまりこんだ着ぐるみから足を引き抜く。

ようやく自由になった太田だが、膝に力が入らないのか、その場にへたりこんだ。腰を支えていた椛島だが、太田の体重をこらえきれず、引きこまれるようにして、一緒に倒れた。太田の尻に、顔がめりこむ。そこここで、小馬鹿にしたような笑いが起きた。

「おいおい、何やってんだ？」

「お二人さーん」

そんな中、荒々しい足音が近づいてきた。見るまでもない。この二日ばかりで、もう誰かは判る。

「おまえら、何をしたのか、判ってんのか」

野球のキャップを後ろ前に被った西岡の怒鳴り声は、途中から甲高く裏返った。

口から泡でも吹くんじゃねえのか、こいつ。うんざりとした思いで、椛島は見上げる。

「すみません」

「すみませんじゃねえんだよ。どうすんだよ」

「太田の様子がちょっとおかしいんです。確認させて下さい」

「何だよそれ。これだから、素人は……」

「すみません」

椛島は頭を下げると、キンキン怒鳴っている西岡に背を向けた。

「太田、立てるか？」

両脇に手を入れて、引き上げる。太田はふらつきながらも、何とか立ち上がった。

「おい、こっちの話はまだ終わってないんだよ」

「後で聞くよ」

太田に肩を貸しながら、もう一方の手で、西岡を脇にどける。

「おい、何だ、その態度は」

「太田、大丈夫か？」

「何だか、気持ち悪いよ」

ステージ脇に設けられたスロープで、下におりる。椛島は太田をその場に座らせた。

「どうした、何があった？」

太田は肩を大きく上下させながら、言った。

「判らない。スーツ着て少ししたら、何だか目眩がしてきて。本番の声がかかったから、何とかしようと思ったんだけど……」

「目眩がした？」

「おい、大丈夫なのか？　どうしたんだよぉ」

豆源が扇子であおぎながら、近づいてきた。

「すみません、こいつ目眩がするって言うんで……」

豆源の表情が急変した。扇子を畳むと、ズボンの尻ポケットにねじこむ。

「太田、本当か？」

太田はまだ気分が悪いのか、手を額に当てながら、低い声で言った。

「こんなこと、初めてです。急にフラフラして。今もちょっと気持ち悪い……」

豆源が、椛島の方を向く。

「太田がスーツに入る前、口に入れたものはないか?」

「え?」

「口に入れたもの! 食べたり、飲んだりしなかったか?」

「それなら、水を飲みました。ペットボトルの」

「そのペットボトル、いま、どこにある?」

豆源が椛島の肩を掴んだ。思わずたじろぐほどの力だった。

「な、何ですか、急に」

「どこにある?」

椛島は記憶をたぐる。石原から受け取ったボトルを太田に渡し——。

「ああ、太田が飲み終えた後、怪獣ハンガーのところに置きました」

その方向を見ると、ボトルは言った通りの場所にある。豆源はさっと立ち上がると、怪獣ハンガーまで行き、ボトルを掴んだ。それを掲げ、照明に中の液体を透かしている。

何やってんだ?

太田の様子を気遣いつつ、椛島は眉を寄せる。

ボトルを手に戻ってきた豆源は言った。

「撮影は終わりだ。ちょっと顔を貸せ」


正面ゲートを入った右側に、スタッフセンターという三階建ての建物があった。一階は食堂、二階、三階には大小様々な部屋があり、打ち合わせなどに使えるようになっている。

豆源は中に入ると、食堂を素通りし、階段を上る。二階の廊下に出ると、一番手前の部屋へと入った。その間、終始、無言である。

部屋には折り畳み椅子が四つに会議用テーブルが一つあるだけの、小さいものだった。豆源は不機嫌そうな表情のまま、奥の席に座り、足を組んだ。太田は窮屈そうに、手前の椅子に体を沈め、椛島は緊張で胃が煮えたぎりそうになりながら、豆源の正面に身を落ち着けた。

缶コーヒーでも買ってくるべきだったかな。そんなことを思う椛島の前で、豆源は壁に貼られた「禁煙」の紙を恨めしそうに睨んでいる。

「どうしておまえたちを現場に呼んだのかは、承知してるよな」

「詳しくは知らないですけど、バルバドンのスーツアクター倉持さんが、ケガをしたからって。撮影中、着ぐるみごと転倒して、腰を強く打ったと聞いてます」

「撮影中のアクシデント。あくまでも表向きはそうだ。だが――これは他言無用だぞ――、着ぐるみごと倒れた倉持を助けだしたとき、あいつも同じことを言ってたんだ。急に目眩がして、気分が悪くなったと」

豆源の言わんとしていることが、すぐには飲みこめない。

「それって……どういうことです?」

「現場の混乱が治まった後、チーフの西岡が、ミネラルウォーターのボトルを持って、俺のところに来た。倉持から頼まれたんだそうだ。飲み残しの中身を調べてくれってな」

豆源はさきほど回収したペットボトルをテーブルに置いた。

「こんな仕事をしていると、あちこちに知り合いができるもんだ。俺はある大学の准教授に連絡を取り、中身の成分分析を頼んだんだ。大至急と言ってな。その結果、睡眠薬の成分が見つかった」

「何ですって⁉　それじゃあ、倉持さんの事故というのは……」

「ああ、ただの事故じゃない。何者かに仕組まれたんだ」

「そんな……」

「真相は上層部の一部と俺しか知らない。外部には無論、秘密だ。スタッフたちには、撮影中のちょっとしたアクシデントで、倉持は軽傷、一週間で復帰すると伝えた。だが……」

豆源はあきらめ顔で続けた。

「おまえらはまだ判らないだろうが、うちのスタッフはまとまりがいい。どこからどう漏れたのか、実際のところはみんな、知ってるんだよ。あれがただの事故じゃないってこと。知っていて、口をつぐんでいるんだ」

「それならどうして初めから言ってくれなかったんです？　倉持さんに何が起きたのかを知っていれば、もう少し注意もできたのに」

「知っていたら、おまえら、この仕事を受けたか？」

椛島には返す言葉がなかった。と同時に、なぜ、自分たちにこの仕事が回ってきたのかも、理解した。

豆源たちは、こうなる可能性も考えに入れていたのだ。だから、実績のある布施たちではなく、駆けだしのさらに手前にいる太田に声をかけた。

椛島は横目で太田の様子を見た。太田は俯いたまま黙っている。ただ聞いているというよりは、嫌な話を耳から締めだしている——そんな様子だった。

「監督……」

「おまえらに頼みがあるんだ」

「頼みって、この上、何をしろっていうんです?」

「犯人を見つけてくれ」

「はあ?」

「倉持が狙われたときは、単純な妬みだと思った。三十年以上君臨している、スーツアクターの帝王だからな。自然と恨みや妬みが生まれる。二度目はないだろう、そう踏んでいたんだ。だが、同じことが起こっちまった」

「今回やられたのは、使い捨ての駒ですがね」

「そんな言い方するなって。太田の動きに俺が惚れてるのは、本当だ。おまえのサポートもいい。おまえらは、これからもこの世界でやっていけると思っているんだ」

「おだてる必要はないですよ。豆田監督からオファーを受ければ、どこへだって行きますよ」

「おまえはな。相方の方はどうなんだ?」

太田は拗ねたような顔で、椛島を見返している。

「何だよ。こうしてギャラも貰えてる。アパートを追いだされずに済んでるだろうが」

太田が初めて、口を開いた。

「あんな思いしてまで、やりたくないよ」

豆源と太田に挟まれ、椛島の立場は、ますます微妙なものになる。

「そんなこと言うなよ」

「だったら、アニキがやればいいだろう?」

「俺には……無理だ」

「俺だって嫌だ。スーツに入って暴れるのは面白いけど、薬飲まされて倒れるのは、もうごめんだよ」

豆源が身を乗りだしてきた。

「明日一日は、準備のためにおまえらの出番はない。どうだ？　一つ、犯人捜しをしてくれないか？　首尾良く見つかれば、太田は演技に集中できる」

椛島はきいた。

「もし、見つけられなかったら？」

「現場に来る、来ないの判断は、おまえらに任せる。どちらにしても、ギャラは払う」

椛島は太田の肩を叩く。

「どうだ？」

「……アニキが……いいんなら……」

「いや、バルバドンに入るのは、おまえだ。おまえが決めろ」

「イヤだ。絶対にイヤだ。でも、お金がないと、部屋がなくなるんだよね」

「ああ。飯も食えなくなる」

「……じゃあ、やるよ」

「よし決まりだ。監督、その条件飲みました」

豆源はポケットからタバコを取りだし、火をつけないまま、口にくわえた。

「実際のところ、頼めるのはおまえらしかいないんだ」

「それはそうでしょう。倉持さんが一服盛られたとき、その場にいなかったのは、俺たちだけですからね」

「そうだ。情けない話だが、今、信用できるのはおまえら二人だけだ。今回の件までは、何とかもみ消せる。だが、もう一度起きたらアウトだ。映画は潰れる。それだけは、避けたい」

「その辺の事情は、俺たちにも判ります。バルバドンを守りたい気持ちは、俺にもあります」

「で？　何から始めるつもりだ？」

「まず倉持さんに会おうと思っています」

「よし、倉持には話を通しておく。その他、入り用のものがあれば、何でも言ってくれ。撮影所内も出入り自由にする」

くわえタバコの豆源は立ち上がると、そのまま、こちらを振り返ることもなく、外に出て行った。

椛島は椅子に座り直すと、頭の後ろで両手を組んだ。

「豆源のヤツ、無茶苦茶、言いやがる……」

「仕方ないよ。今のアパート、狭いけど居心地いいし。追いだされたくないから」

椅子を引き、太田がゆっくりと立ち上がる。

「それより、気分はもういいのか？」

「大丈夫だと思う」

「先に帰って休んでろ。後は俺が何とかする」

「何とかって、犯人捜し、どうするの？」

「俺がやっとく」

「そんなわけにはいかないよ。俺も行く」

「いいのか？」

「だって、相棒だろう？」

「あ、ああ」

太田が椛島のことを「相棒」と呼んだのは、これが初めてだった。

「よし、じゃあ、早速かかろう。まずは倉持さんだ。伝説のスーツアクターの顔を、拝みに行くぞ」

四

倉持剣の自宅は、世田谷区の住宅街の中にあった。似たような造りの一戸建てが並んでいるため、すぐに現在位置が判らなくなる。携帯で何度も確認したものの、道を一本取り違え、大回りをするハメとなった。

結局、倉持家のインターホンを押したのは、約束した時間の十分後だった。

真新しい白壁の三階建てで、一階は駐車場になっている。車はなく、奥の壁際には自転車が二台、並んで置いてあった。

「どうぞ、中へ」

応答があり、玄関の錠が外れる音がした。中にいながら、ロックを外せる仕組みらしい。インターホンのところにも、テレビカメラがあるのだろう。

別世界、いや、別次元だな。

椛島は、太田と同居するアパートの部屋を思い浮かべた。六畳の畳敷きにトイレ。風呂はない。部屋にあるのは、テレビとDVDプレーヤーくらいで、あとは鍋に薬缶など、生活に最低限必要なものに限られる。同じ世田谷区でも、えらい違いだ。

広い玄関から廊下を通り、窓の大きな明るいリビングへ通された。住宅展示場にでも来たような気分だった。床はフローリングでチリ一つ落ちていない。奥の壁際には、巨大なテレビモニターがあり、その前には、革張りのソファが鎮座していた。

黒く日焼けした倉持は、五十とは思えぬ引き締まった体つきをしていた。何より目を引くのは、太い足と鍛え抜いた胸筋だ。黒いシャツの上からでも、よく判る。

「妻が出かけていてね。何もないんだけど、とにかく、そこにかけてくれる?」

ソファを勧められたが、椛島はどうしてよいか判らない。戸口に立ち竦んだまま、「はぁ」と力なくうなずくだけだった。その点、太田は堂々としたものだった。

「ありがとうございまーす」

と間延びした声で言うと、ドスドスと足音をたてながら、リビングを横切っていった。

「うわぁ、すごいテレビだなぁ。うちの何倍あるかな」

そんなことを口走りながら、「よっこいしょ」とソファに腰を下ろした。革のすれるキュルキュルという音を聞きながら、椛島も仕方なく後に続いた。

倉持は、そんな二人の態度を気にした様子もなく、冷蔵庫を開け、パックのジュースをグラスに注いでいる。

「あの、どうぞ、お構いなく」

「いやいや、そうもいかないよ。豆源監督の下で働く、同志なんだからね」

両手にグラスを持ち、キッチンから出てきた。自分は飲まないらしい。

ソファ前のテーブルにグラスを置くと、左手にある木製の椅子に、倉持は座った。腰を下ろした瞬間、わずかに顔を顰める。

「腰のせいで、柔らかい椅子には座れないんだよ。これでも、大分、ましになったんだけどね」

「経過はどうなんですか？」

椛島はきいた。

「思っていたほど酷くはなかった。あと二日もあれば、復帰できると思う」

「二日……ですか」

複雑な気分だった。椛島と太田は、あくまで倉持の代役だ。彼が復帰すれば、お役御免となる。そのあたりの事情を察してのことだろう、倉持はあらたまった顔つきになり、頭を下げた。

「君たちには迷惑をかけて、本当にすまないと思っている」

椛島は反射的に両腕を突きだし、顔を上げてくれるよう、懇願した。

「謝っていただくことなんて何もないんです。そもそも、こんなことがなかったら、俺たちが現場に入ることなんて、なかったんですから」

倉持はさらに数秒、頭を下げていたが、ゆっくりと顔を上げると、微笑んだ。

「君たち二人は、いつから一緒にやっているんだい？」

椛島と太田は顔を見合わせる。

「もう一年くらいになります。一緒にといっても、いつもは別々に動いているんです。俺……僕はスーツアクター志望で、太田は、まあ、その、いろいろ。お互い金がないんで、今は、節約もかねて一緒に住んでいるんです」

「そうか。いや、僕だって、八〇年代半ばまでは、そういう生活だった。アルバイトで何とか食いつないで。なつかしい……と言ったら、失礼かな」

「いえ」

椛島はあらためて、倉持の鍛え抜いた体を見つめた。スーツアクターとして、役者として、憧れであった男が目の前にいる。何よりここは、倉持の自宅なのだ。

こんなことになるなんて、少し前まで想像もしていなかった。

倉持が言った。

「君たちのプロフィールについては、豆源から……ああ、もう呼び捨てにさせてもらうよ、普段はこう呼んでいるんだ。豆源から聞いているよ」

どこまでが本当で、どこまでがリップサービスなのか、椛島には判然としなかった。自分が前にしているのは、豆源と共に二十本を越える映画で怪獣を演じた、伝説のスーツアクターだ。今では顔だしの役者として人気だし、バラエティやワイドショーにも出演している人気者だ。

椛島は緊張でカラカラになっている唇を舐め、切りだした。

「俺たちが来た目的についても、監督から聞かれているんですよね？」

「いや」

倉持はあっさりと首を振った。

「豆源は何事につけ、つっけんどんなんだ。電話をかけてきて、言いたいことだけ言って、切ってしまう。夕べの遅くだよ、電話をもらったのは。明日、バルバドンをやっている若いのが二人行くから。それだけだ」

椛島は、美味そうにジュースを飲んでいる太田の膝を叩いた。

「げふっ」

太田がむせるのを横目で見ながら、言った。

「こいつも一服、盛られたんです。昨日の現場で」

倉持はその意味を測りかねるように、眉を寄せながら「ん？」と首を傾けた。

「本番直前に飲んだ水の中に、睡眠薬が入っていたみたいなんです。本番中、意識が朦朧としたこいつは、危うく、大ケガするところでした」

倉持も、事態を飲みこんだようだった。

「そんな……。今回の件は、俺に対する嫌がらせだとばかり。だから、俺が休んでいる内は大丈夫と思っていたんだが」

「狙いは、倉持さんだけじゃなかったみたいです。もしかすると、映画そのものを潰そうとしているヤツがいるのかもしれません。だから監督は……」

「判った」

倉持は椅子に座り直すと、腕を組んだ。茶色く澄んだ目が、じっと白い壁を見つめる。

「ちょうど一週間前の夜だ。現場には午後四時に入って、打ち合わせをした。スタジオに入ったのは、午後七時過ぎだったと思う。平原で自衛隊と交戦するシーンの撮影だった。使う火薬の量も多いし、現場にはかなり緊張感があった。監督や特殊効果と打ち合わせをして、バルバドンのスタンバイが八時過ぎか。その時点でかなり汗をかいていた。だから、備えつけのペットボトルを取って、二口ほど飲んだ」

「それは、自分で取ったんですか？」

「いや、助監督の石原が持ってきてくれた」

「石原⁉」

椛島と太田は顔を見合わせた。昨日、太田にペットボトルを渡したのも、石原だ。

二人の様子を見て、倉持もおおよそのところを察したらしい。

「おい、石原を疑ってるなら、それはないぞ。あいつはまだ駆けだしで、まあ、ちょっと不器用なところはあるが、一生懸命やっている」

「現場では、誰でもみんな、一生懸命ですよ」

言わなくても良い言葉が、つい口を出てしまった。だが倉持は、気にした様子もなく、話を続けた。

「とにかく、バルバドンに入り、テストをした。このときまで、自覚症状はなかった。その後、いよいよ本番というときになって、何となく視界が歪んできた。酸欠かと思ったが、呼吸は普通にできる。テスト中であれば、いったん着ぐるみから出て、休憩を取ったかもしれない。だが、あのときはもう準備も終わり、監督の声を待つばかりの状態だった。何とか集中して、スタートに備えようとしたんだが、もうその時点で意識朦朧でね。かろうじて監督の声には反応できたんだが、あとはもう記憶がない。頭からビルに突っこんで、引っくり返った。そのとき腰を捻って、動けなくなったんだ」

倉持は腕組みを解き、右側の腰を拳でトントン叩いた。

「少しの間、意識が途切れ、気づいたときは、西岡に引っぱりだされるところだった。照明の光がキラキラとしていてね、何だか夢の中にいるようだった。不思議と痛みは感じなかったな」

「倉持さんを助けだしたのは、西岡さんだったんですか?」

「ああ。一番に駆けつけて、俺の名を呼んでくれたらしい。性格に難はあるけど、頼りになるヤツだよ、あいつは」

倉持は、テーブルの上のグラスを指さした。

「お代わり、持ってこようか?」

いつの間にか、太田が二つのグラスを空にしていた。

「いえ、けっこうです」

「いただきます」

声が重なった。倉持は苦笑しながら、ゆっくりと腰を上げた。

椛島は太田の膝をもう一度叩く。

「おまえ、俺の分まで飲みやがって！」

「喉が渇いてたんだよぉ」

「それはそうと、今の話を聞いてどうだった？」

「どうだったって？」

「おまえのときと比べて、どうだったかってきいてんだよ」

「うーん、まあ、似たような感じかな」

「ちゃんと答えろ」

「答えてるだろう？　フラフラッとして、眠くなって、後はよく覚えてない」

椛島は肩を落とす。まっとうな返事など、そもそも期待はしていなかったが。

「しかし、判らんな」

ジュースをなみなみ注いだグラスを持って、倉持が戻ってきた。それぞれをテーブルに置きながら言う。

「スーツアクターをたて続けに狙って、犯人は何をしたいんだ？」

「それは、皆目、判りません」

隣に座る太田は、既に自分のグラスを空にしている。椛島の分に手を伸ばしてきたので、平手で甲を叩いた。ピシッと小気味のいい音が響いた。

「痛いなぁ」

椛島は無視して、ジュースを一口飲んだ。締めの質問をする頃合いだった。

「犯人について、何か心当たりはありませんか？」

「うーん」

倉持は眉を寄せ、答えにくそうに、低く唸った。

その気持ちは、椛島にも理解できる。豆源はいつも、同じスタッフを好んで使う。メドンシリーズを定期的に製作していたころ、スタッフたちは皆、家族のようだったとも聞いている。今回は久しぶりの製作ということもあり、初顔のスタッフがほとんどである。それでも、一つの現場で一週間も汗水たらして働けば、自然と団結が生まれる。

倉持たちに一服盛った犯人を捜すということは、スタッフ、つまり身内を疑うことになる。倉持が言いよどむのも、無理はなかった。

だが、裏を返せば、言いよどむほどの何かを、彼は知っているということだ。

椛島は相手が口を開くのをじっと待った。

豆源組の中にあって、自分と太田は外様《とざま》だ。スタッフの誰を疑おうと、痛痒《つうよう》はない——。

椛島は感情を押し殺して、自らにそう言い聞かせた。

「……だ」

倉持のつぶやきが、聞き取れなかった。

「何です？」

「いや、何でもない」

「思い当たることがあるのなら、言って下さい」

倉持は険しい目で椛島を見据えると、言った。

「俺は誰も追及する気はない。豆源組のまとまりは、知っているだろう」

「すみません、俺らまだ現場に入って四日なんです。そこまでは、判りません」

「とにかく、睡眠薬の件は、豆源しか知らないことだし……」

「みんな、知ってますよ。豆源組は家族も同然。となれば、人間関係も濃くなります。秘密を持つことも、難しくなります」

倉持は何かを振り払うように、右手を動かし、舌打ちをした。

「とにかく俺は……」

「被害者はあなただけじゃないんです。俺の相棒だって、危ないところだったんです。それに、こんなことが続けば、いずれは、外に漏れます。そうなったら、映画そのものが……」

撮影そのものが極秘だったとはいえ、二度の事件が、外部に漏れていないのは、奇跡的なことだった。これこそが、豆源組の結束の強さを示すものだろう。

「早めに手を打つ必要があります」

今度は椛島が相手を睨み据える番だった。

倉持は力なく目をそらす。

「思い当たる者と言われれば、石原しかいない。彼はよくやってはいるが、現場には向いていないようだ。精神的にも参ってるんだろうな。睡眠薬を使っている」

「睡眠薬?」

「カバンの中を、偶然、見てしまったんだ。安定剤や知った名前の薬が入っていた。他のスタッフにはひた隠しに隠しているようだが」

倉持はため息をついて、続ける。「俺にボトルを手渡した男が、薬を持っていた。出来過ぎた話だが、まあ、世間にはよくあることだろう。俺がケガをすれば、撮影が休みになる。ヤツはそう思ったのかもしれん」

「石原のこと、監督は知っているんですか？」

「さあな。だが、もし知っていたら、さすがに現場からは外すと思うぜ」

「倉持さんは、なぜ黙っていたんです？」

「何？」

「石原のこと、なぜ報告しなかったんです？」

「お払い箱にはしたくなかったし……それに、一度やればあきらめるかと思ったんだ」

「太田は同じ手でやられたんです」

「ああ、その点についてはすまないと思っている。だが、石原がやったという証拠もない。刑事ドラマ風に言うなら、状況証拠しかないってヤツだ」

「睡眠薬の世話になっているスタッフは、ほかにもいるでしょうしね」

「今となっては後悔してるよ。やはり石原はこの仕事に向いていない。そのことを早く判らせてやった方が、本人のためなのかもしれないな」

椛島は奥歯を噛みしめつつ、うなだれた。倉持の言葉が、自分に向けられているように感じたからだ。

倉持が壁の時計を見た。

「そろそろいいか？　リハビリの時間なんだが」

「あの、最後に一つだけ」

椛島は足下に置いていたバッグの中に手を入れた。「大怪獣バルバドン」の台本を取りだす。

「これに、サインを貰えないですか」

「ああ、いいよ」

慣れているのだろう、驚く様子も見せず、倉持は台本を手に取った。椛島は用意しておいたサインペンを渡す。

「用意がいいんだな」

笑いながら、倉持はサラサラと表紙に名前を書きつけた。

「ありがとうございます。宝物にします」

押し頂く椛島に、倉持は言った。

「おいおい、俺をたててくれるのもいいけど、今は君ら二人が主役なんだ。豆源の目は確かだ。代役だとか何とか、萎縮する必要はない。胸を張って、どーんとやってくれ」

倉持は最初に見せた爽やかな笑みで、椛島、太田の肩を軽く叩いた。

「ありがとうございます」

何度も礼を言い、椛島は家を出た。玄関のドアが閉まると、まず太田の頭をはたく。

「な、何するんだよぉ」

「おまえは、まったく、挨拶もしないで、ジュースばっかり飲みやがって」

「挨拶はしただろう。俺、こういう難しいこと、苦手なんだよ。全部任せるつもりだったから、黙ってたのさ」

「少しは自覚を持てよ。下手すると映画自体が潰れるかもしれないんだぞ」

「それなら、それでいいよ」

もう一度、頭をはたいた。さっきよりは少し強めに。

「そんなこと、現場で言ってみろ。半殺しだぞ」

「まったく乱暴だなぁ」

頭をさする太田だったが、本当に痛がっているとは思えない。体も立派だが、頭も鋼のように硬い。叩いた椛島の手が痺れている。

「それで、これからどうするんだい？」

あっけらかんとした調子で、太田はきいてきた。椛島は携帯をだしながら、答える。

「決まってるだろう。石原に会うんだ。今のところ、ヤツが第一容疑者だ」

五

ファミリーレストランの一番奥の席に、石原は座っていた。携帯をいじりつつ、コーヒーを飲んでいる。

「急に呼びだして、申し訳ない」

椛島と太田は、向かいに並んで腰を下ろした。

慌てて携帯を置いた石原は、落ち着かない様子で、こちらの顔色をうかがっている。

彼は世田谷のワンルームで一人暮らしだ。何も予定はなかったらしく、突然の呼びだしにもすぐに応じてくれた。

さて、何から切りだすべきか。コーヒーを注文した椛島は、石原の視線にさらされつつ、考えた。様々なシミュレーションを行ってきたのだが、いざ本人を前にすると、どうにも役にたたない。

「昨日はいろいろと、すまなかったな」

椛島は言った。

「いえ」

石原は顔を伏せる。

「撮影のスケジュールが狂っちまって、大変だろう？」

「いえ」

埒《らち》があかない。どうすべきか考えあぐねているところへ、隣の太田が突然、口を開いた。

「君が渡してくれた、ペットボトルだけどさ、あれ、本当に自販機で買ったのかい？」

石原の顔色が変わり、何かすがるものでも探しているかのように、視線が宙を泳ぐ。

椛島は太田を睨む。

「バカ、おまえ……」

「黙ったままだと怒るからさ。ちょっときいてみたんだ」

「きき方ってものがあるだろう」

「俺、そういう難しいことは判らない」

「石原、あのなぁ……」

視線を戻したとき、石原は紙のような顔色をして、悄然とテーブルに置いた自分の手を見つめていた。

「やっぱり、僕を疑っているんですね」

太田の空気を読まない物言いが、逆に石原の緊張を解いたようだった。

「倉持さんのケガ、ただの事故じゃないんですよね。直前に飲んだ水に、睡眠薬が入ってたって噂ですし」

脇に置いたバッグに、ちらりと視線を走らせ、自嘲気味に笑った。

「僕も持っています。不安なときに飲む薬と、寝られないときに飲む薬。撮影所や外に泊まりこむことも多いから、いつも持ち歩いています」

「いや、別にあんたを疑ってるわけじゃないんだ」

我ながら、説得力のないセリフだった。

「もういいんです。僕、辞めるつもりですから。もともと、向いている仕事じゃなかったし」

「そんなに結論を急ぐなよ。第一、今辞めたら、罪を認めたようなものじゃないか」

「だから、もういいんです。どうでもいいんです」

「自棄《やけ》になるなって。たしかに現場は辛いかもしれないけど、あんた、良くやってると思うよ。あんなチーフの下でさ」

「西岡さんですか？」

西岡の名を口にしたとき、石原の目の奥に、得体の知れない揺らめきを感じた。思い詰めた者だけが見せる、陽炎《かげろう》のような揺らぎだ。持って行き場のない感情が鬱積して、出口を探している。同じような目を、椛島も鏡の中に見たことがあった。

太田が椛島を肘で小突いた。

「もう行こうよ」

椛島はうなずいた。

「ああ、そうだな」

こいつじゃない。直感がそう告げていた。

もし石原が誰かを狙うとしたら、それは西岡だ。倉持じゃない。

伝票を摑むと、椛島は立ち上がる。

「休みのときに呼びだして、悪かったな」

「いえ」

「本当に、辞めるのか？」

「はい」

椛島には、もうかける言葉がなかった。テーブルを離れようとしたとき、明るい声で太田が言った。

「現場で会おうよ。人の言うことなんて、気にしない、気にしない。あ、でも、倉持さんが復帰したら、僕らはお払い箱だし、やっぱりもう現場では会えないか」

太田は明るく笑う。

「あの……」

石原が言った。「お二人はどうして、スーツアクターを続けているんです？」

話が妙な方向に転がり始めた。

太田はすぐにテーブルへと戻り、席につく。椛島は立ったまま、しばらく石原を見下ろしていたが、結局、太田と並んで腰を落ち着けることとなった。

「石原、一言言っておくが、スーツアクターはこいつだ。俺はただのスーツアクター志望。ちなみにこいつは、スーツアクターなんかに何の興味もない。本当は一日中、家に閉じこもっていたいんだ」

「へへへ」

頭をかく太田の膝を椛島は叩いた。

「そこは笑うところじゃない」

「いやでも、はっきり言うからさぁ。笑うしかないじゃないかぁ」

石原が言った。

「だったらどうして、太田さんがバルバドンに入っているんですか？　椛島さんがやればいいじゃないですか」

「俺は、入れないんだよ」

「え？」

「スーツの中が、怖いんだ」

「はぁ？」

「何度か挑戦したけど、ダメだった。まっ暗で息苦しくてさ、パニックになっちまうんだ。ちょっとした事故が原因で。とにかく、ダメなんだよ」

石原は、もはや無言だった。

「太田は太田で、人前に出るのが怖いんだ。いま、この状況もかなりきついと思う」

「大丈夫だよ、アニキがいてくれるから。でも、一人になるとダメなんだよ。心臓がバクバクして、訳が判らなくなっちゃうんだ。汗がすごく出てね。何でなんだろう」

「だが、着ぐるみに入ると、こいつは別人になる。倉持さんの代役として、破壊神のバルバドンを立派に演じられるほどにな」

妬みがにじみ出ないよう話すのが、ひと苦労だった。

椛島はもう一度伝票を取ると、立ち上がって言った。

「そういうことだ」

「だけどアニキは最近、商店街でまたバイトを始めたんだよ。ぬいぐるみを着て、チラシを配るやつ。そのくらいだったら、何とか被れるようになったんだよ」

「もういいだろう。行くぞ」

椛島はレジに向かった。

「照れなくてもいいじゃないかぁ」

大きな声で笑いながら、太田はレストランの通路を歩いて行く。周囲の視線を集めているが、まったく気にならないらしい。勘定をしている椛島を待つこともなく、一人、外に出て行く。

その様子を目の端に留めながら、椛島はレジの女性に言った。

「領収書下さい。宛名は豆田源太郎。豆は豆まきの豆、田は田圃《たんぼ》の田、源は源氏の源。え？　源氏が何のことか判らない？」

六

「これからどうする？」

ファミリーレストランを出た途端、太田がきいてきた。腰に手を当て、椛島は首を振る。

「さて、どうするかな」

正直なところ、考えがまとまらなかった。どこから手をつけていいのか、まるで見当がつかない。

豆源から与えられた期間は明日までだが、この調子ではとても無理だ。

「あれぇ」

太田が突然、素《す》っ頓狂《とんきょう》な声を上げた。

「アニキ、向こうから手がかりが転がってきたよ」

太田の太い指の先には、布施太郎と取り巻きの三人がいた。向こうはとっくにこちらを見つけていたようで、肩をいからせながら近づいて来る。

「よお、探偵さん」

嫌味な調子で布施が言う。

豆源の命を受け、椛島と太田が動いていることは、既にスタッフ全員の耳に入っているらしい。

布施はニヤリと笑って、続けた。

「さすがだな、もう、石原に目星をつけたってわけか」

椛島は後ろを振り返り、ウインドウ越しに、生気を抜かれたようにうなだれている石原を見た。

布施は椛島の肩に手を置くと、顔を近づけてきた。

「で？　もう吐いちまったのか？」

「いや」

「そんなこったろうと思ったよ。お互い負け犬だからな、傷舐め合って終わりだろ？　脇にどいてろ。俺たちがカタつけてやるよ」

布施が腕に力をこめ、椛島を押しのけようとした。両足に力をこめ、抵抗する。

布施の顔が赤くなった。

「何だ、テメエ。邪魔すんのか」

「犯人はあいつじゃないよ」

「ふん、そう言うと思ってたぜ」

「かばっているわけじゃない。あいつは本当にやってない」

「言い切ったな。証拠はあんのか？　え？　あいつがやってないっていう証拠は」

「ない。俺の勘だ」

布施の顔がさらに赤くなった。

「おまえ、やっぱり俺らをバカにしてるだろう」

「丁度良かった。あんたらにもききたいことがあったんだ。昨夜、俺らが撮影しているころ、どこにいた？」

「な……」

「撮影所内にいたよな？」

「おまえ、まさか俺らを……」

「調べるのは当然だ。あんたは、倉持さんの後釜が自分だと思っていたんだろう？　もし倉持さんがケガでもすれば、自分がバルバドンに入れる。十分な動機じゃないか」

「おまえ、本気で言ってんのか？」

「首尾良く倉持さんを病院送りにしたが、事は思い通りに進まなかった。この太田が、バルバドンの役をかっさらってしまった。だから今度は、太田を狙った」

「デタラメ言ってんじゃねえよ！」

布施は本当に激昂していた。目を血走らせ、胸ぐらを摑んできた。

「言っていいことと悪いことがあるぞ、コラ」

「悪いな。だが俺たちは監督の命令で動いてるんだ。誰にでも、何でも、きくことができるんだ」

「知ったことか」

布施が拳を振り上げる。さて、どうしたものか。先輩をたて、大人しく殴られるべきか、それとも……。

だが、脇にいた取り巻きの一人が、布施の腕を摑んだ。

「ここじゃ、まずいっすよ」

布施と椛島の脇を、道行く人たちが顔を顰めながら、通り過ぎていく。

布施もすぐに自分を取り戻したようだった。人間性はともかく、布施も売れっ子のスーツアクターだ。こんなところで警察沙汰になれば、すべては終わりだ。

椛島を摑む力が緩んだところで、再度、尋ねた。

「昨日は、どこにいた？」

布施は歯を食いしばりながら、怒りに燃えた目で、睨み返してくる。

「おまえなんかに答える義務はない」

「それなら、そう報告するまでだ。あんたらの立場は悪くなるぞ」

布施はなおも答えようとしない。

代わって、さきほど彼の腕を押さえた男が、低い声で言った。

「ずっと撮影所にいた。打ち合わせでな。ずっと会議してたよ。証人もたくさんいる」

「判った、確認をとらせてもらうかもしれん」

「好きにしろ」

振り捨てるように、布施は椛島を離した。

「この落とし前は、いつかつけるからな」

「なら、早くした方がいい。もうすぐ倉持さんが復帰するからな。そうなったら、俺たちはもう、現場には行かない」

「けっ」

四人がこちらに背を向ける。椛島はひと言、つけ加えた。

「石原には手をだすな。いいな」

四人は無言のまま、離れて行く。

「ふー、怖い怖い」

太田が戯《おど》けた顔で言った。

「おまえ、そんな図体して、俺の後ろに隠れてんじゃないよ」

「だって、怖いじゃない」

「俺だって、怖かったよ。少しは加勢しろ」

「やだよぉ。殴られたら痛いじゃない」

「それだけの体してんだ。一発くらい食らったって、何ともねえよ」

「人のことだと思って」

本人が意識していようといまいと、太田の体は鋼鉄のようだ。着ぐるみの総重量を楽々支え、自由に動き回れるだけのパワーがある。さらに、ミニチュアの破壊、弾着などにも、まったく問題なく耐えてみせた。

太田に対する妬みがまた、ムクムクとわき起こる。

その表情の変化を感じたのだろう、太田の眉が下がり、悲しげな表情になった。

「そんな顔しないでよぉ」

「どんな顔しようと、俺の勝手だ。行くぞ」

「行くって、どこへ?」

「……どこへ行こう?」

「決まってないところには、行けないよぉ」

「仕方ないだろう。何も考えつかないんだから」

倉持、石原と回り、イレギュラーな出会いではあったが、布施からも話が聞けた。その結果は、ゼロだ。石原への疑いは捨てきれないし、このまま椛島の捜査が空振りに終われば、石原が犯人ということで、幕引きになる可能性すらある。

椛島は納得できなかった。正直、石原の処遇について興味はない。現場は弱肉強食だ。淘汰される者が出てくるのは仕方がない。

だが石原が真犯人でなかった場合、スーツアクターを狙った犯行が続く恐れがある。倉持復帰後、また同じようなことが起きたら……。

気は焦れども、有効な方策は何も思いつかない。その焦りが、椛島を不機嫌にさせる。

そんな椛島の前に、太田が一枚の名刺を差しだした。

「この人に会いに行こうよ」

名刺には「夕日パノラマ出版　編集部　飛田《ひだ》冨子《とみこ》」とある。

「誰だ、これ?」

「昨日も現場に来てたじゃないか。バルバドンの本をだすって言って、写真を撮りまくっていただろう?」

「ああ、あのチョコマカとよく動く女か」

背が高く、痩せていて、動作が素早い。顔立ちは、まったく覚えていなかった。

「この女に会ってどうするんだ?」

「この人、倉持さんが倒れた日も取材に来てたって言ってた」

「だから?」

「その日も写真を撮ってたと思うんだ。そこに何か写っているかもしれないだろう?」

椛島はまじまじと太田の顔を見た。

「な、何だい?」

叩かれると思ったのか、太田は身を縮こまらせる。

椛島は太田の両肩を抱き、言った。

「おまえは天才だ」

七

飛田冨子は、祖師《そし》ヶ谷《や》大蔵《おおくら》駅近くにある、公園にいた。黒のポロシャツにデニムという格好で、腕には大きなカメラを持っている。

公園には緑が多く、木々の上からは、野鳥の囀《さえず》りが聞こえてきた。

夕刻ということで、園内の人影もまばらになっている。公園回りを一周する緑道の手すりに腰を下ろし、冨子は切れ長のよく光る目で、椛島たちを見つめた。

「あなたがたの方から連絡を貰えるなんて、光栄だわ」

立ち上がった冨子は、勢いよく右手を差しだした。椛島にではなく、太田にである。

太田はおっかなびっくりといった様子で、おずおずと握手をする。

「体調はもういいの？」

口ごもる太田に対し、冨子は豪快に笑う。

「監督からあらましは聞いてるわ。大丈夫、書いたりしないから」

冨子は昨日も現場にいた。太田が倒れたことは、先刻承知だ。言葉の様子からして、豆源と何らかの協定を結んでいるらしい。

「そのことで、話がしたいんだ」

冨子の背中から、椛島は声をかけた。冨子は明らかにテンションの下がった様子で、こちらを振り向いた。

「あなたは、バルバドン担当の……ごめんなさい、名前、何だっけ？」

「椛島」

「そう、椛島」

冨子の顔が、椛島の真正面に来た。ほぼ身長が同じだ。つまり、彼女の身長は一メートル八十センチ。女性としては、かなり高い。

「一週間前、倉持さんがケガをしたとき、君は現場にいた？」

「もちろん。撮影開始以来、ほぼ毎日、現場に通い詰めてた。当然、いたわ」

「そのときも、写真を撮ったんだよな」

冨子はすぐには答えなかった。こちらの目的を探っているのだ。

「……撮ったわよ。仕事だから」

「それを見せて欲しい」

「なぜ？」

「今は言えない」

「なら、お断り」

冨子はカメラを肩に担ぐと、涼しげな笑みを見せた。

「今日は貴重な休日なの。仕事を離れたときは、撮りたいものを撮りたいだけ撮る」

いきなり、カメラを太田に向け、シャッターを切った。

「こんなふうにね。じゃ！」

手を振って行こうとする冨子を、椛島は止めた。この手のことに関して、向こうは一枚も二枚も上手《うわて》だった。

冨子は足早に戻ってきて、椛島の前に立つ。

「情報が欲しいのなら、その理由をきちんと言うこと。それと、見返りについても」

椛島は太田を横目で見た。こちらに背を向け、生い茂る木々を見上げている。

まったく……。

「外に漏らさないと約束してくれ」

「内容によるわ」

「それじゃ、ダメだ。いま、約束してくれ」

冨子は口を真一文字に結び、「ふん」と一つうなずいた。

「真面目な話、みたいだね」

「ああ」

「判った。約束する」

「昨日の太田の一件、あれは単純な事故じゃないんだ」

椛島は倉持の一件に至るまでを、手短に語った。冨子はうなずきながらも、口を挟むことはなく、真剣な面持ちで聞いていた。

「捜査は八方塞がりだ。最後の頼みは、君が撮った写真だ。何か、手がかりが写っているかもしれない」

「うーん」

冨子は手で自分の頬をぴしゃりと叩いた。

「データを見せるのは構わない。でも、力になれるかどうかは微妙だわ」

「なぜ、そう言い切れる？」

「撮影したデータは、全部、確認したわ。おかしなことがあれば、とっくに気づいてる」

「それでも念のため、見せて欲しい」

冨子は肩を竦めると、足下に置いてあったカメラバッグを取った。

「撮影はおしまい。あなたたちにつき合うわ」

駅近くの喫茶店に入ると、冨子は自分のパソコンを立ち上げた。データはすべて中に入っているらしい。

椛島はいまだパソコンが苦手である。ネットもほとんどやらない。それは太田も同様だ。

キーの上で素早く動く冨子のしなやかな指に、椛島は一瞬、見惚れてしまった。

「さ、出たわ。好きなだけ見て」

画面には、東洋映画世田谷撮影所の外観を写した画像が出ていた。クリックすることで、写真が変わっていく。

「今までに撮った分が全部あるのか？」

「まさか。そこに出ているのは、一週間前、倉持さんがケガをした日の分だけ」

冨子は椛島のぎこちない手つきに苦笑しながら、言った。

「あの日は三百枚くらい撮ったかな」

「一日で、そんなに撮るのか……」

椛島は写真を進めていく。写っているのは、セットを設営するスタッフたちばかりだ。椛島が欲しいのは、本番直前の画像なのだ。

やがて、豆源や西岡が登場した。西岡はカメラに向かってピースをしている。

「この人、苦手なのよねぇ」

画面を覗きこみ、冨子が言った。「一度、食事に誘われちゃった。もちろん、丁重にお断りしたけど」

冨子の顔がすぐ横にあり、肘が椛島の腕に触れる。椛島は横目で冨子を見た。化粧気もなく、首筋など皮がめくれるほどに日に焼けているが、よく光る澄んだ目や白い歯がわずかにのぞく薄い唇には、飾らない魅力があった。

知らぬ間に、注意が画面からそれていた。機械的にクリックしていて、写真をまったくみていなかった。慌てて、元に戻す。

冨子はテーブルの端にあった灰皿を引き寄せると、タバコに火をつけた。立ち上る煙を、正面に座った太田が、ぼんやりと目で追っている。

冨子が言った。

「太田さんて、不思議な人だね」

「そう？」

「着ぐるみに入っているときと、まるで雰囲気が違うんだもん」

「そうかな」

「今度、インタビューさせてもらえない？」

「え……でも、僕らは代役だから」

「別にいいじゃない。一週間限定であっても、バルバドンに入っていたんだから」

「うーん」

「考えておいて」

そんな会話を聞きながら、椛島は画像チェックしていく。

冨子の言う通り、おかしなものは何も写っていない。緊張感に包まれた、いつもの現場があるだけだった。

画面の見過ぎで、目が疲れてきた。瞼《まぶた》を押さえ、コーヒーをすする。

そんなこちらの様子を、冨子は興味深げに見守っている。

「一生懸命なんだね」

「ああ」

「何で、そこまでするの？」

「どういう意味だ？」

「だって、倉持さんが復帰すれば、君たちの出番はなくなる。そんなにがんばって探偵みたいなことしても、意味ないじゃない」

「意味はあるさ」

「どんな？」

「このままだと、犯人はまた同じことをするかもしれない。そんな状況では、倉持さんもいい芝居ができないだろう？」

「ふーん」

太田ばかり見ていた冨子の目が、椛島の方を向いた。

「倉持さんのこと、尊敬してるんだ」

「ああ、伝説のスーツアクターだからな」

「君もスーツアクター志望なの？」

「ああ」

「でも今は、太田君の付き人なんだ」

「付き人じゃない！」

憤然と言い返したとき、画面の写真に倉持が現れた。セットのまん中で、豆源と並んでいる。スーツを着る前の打ち合わせだろう。その後も、冨子のカメラは倉持の様子を克明に追っていた。肩に力が入る。決定的な何かが写っているかもしれない。

だが、打ち合わせを終え倉持がステージを下りた後、カメラは豆源とセットに運びこまれてきたバルバドンのスーツを追い始める。

そして、スーツの着用が始まった。

ダメだ。倉持が問題の水を飲んだのは、スーツ着用直前だ。決定的な何かは写っていない。

それでも念のため、最後まで確認をした。倉持のバルバドンがビルに突っこみ、セットが倒壊するまでが、連続で捉えられていた。最後の写真は、崩れたミニチュアセットに埋もれたバルバドンに、スタッフたちが走り寄っていくところを撮ったものだった。先頭を走るのは、血相を変えた西岡だ。

冨子が言った。

「それ以上、続けるわけにはいかなかったの。狙っているのは、スクープじゃないし、せっかく得たスタッフたちの信用を、手放したくなかったから」

「その判断は、大正解だと思う」

「そんな青臭いこと言ってるから、いつまでたっても半人前なんだって、先輩たちにはよく言われるけどね」

「言いたいヤツには、言わせておけばいいさ」

椛島は逆回しに写真を見て行く。埋もれていたバルバドンが復活し、スタートの声がかかる直前にまで戻る。そこからはまた、目を皿にして、一枚ずつ確認していく。

写真には、バルバドンだけでなく、様々なスタッフの姿が映っている。ステージ袖にいる特殊効果部の面々や、クレーンの横で真剣な顔をしている特機部の三人、監督の横で真剣な表情をしたスクリプターの女性。次の写真を表示しようとした椛島の手が止まる。

女性の背後には、着ぐるみの怪獣ハンガーがあった。縁の部分に、ペットボトルが置いてある。封は切られており、中身が半分ほど減っていた。

「これって、倉持さんの飲み残しじゃないかな」

冨子もじっと画面を凝視しながらうなずく。

「倉持さんの水は指定の銘柄で、他のスタッフは手をつけてはいけないことになっていた。あの日、倉持さんが飲んだものとみて間違いないわ」

「だが、倉持さんは二口飲んだだけと言っていたぞ」

二人は顔を見合わせる。

「でも、半分くらい減っているわ。二口って感じじゃない」

どういうことだ？　やはりこれは、倉持が飲んだものとは別物なのか？

椛島はさらに写真をチェックしていった。背景に怪獣ハンガーの写りこんだものが、他にもあるはずだ。

目的のものはすぐに見つかった。装着を終えたバルバドンが、ステージ脇から中心へと歩いて行く連続写真。その数枚に、ハンガーが写っている。見れば、不鮮明ながらも、ボトルも写っている。

着ぐるみを装着する直前、石原から受け取った水を、倉持は飲んだ。そして、飲み残したボトルを、怪獣ハンガーの縁に置き、着ぐるみを装着、本番に臨んだ。

流れとしてはあり得ることだ。ならば、中身の変化はどういうことだろうか。写っているボトルを拡大してみる。ぼんやりとではあるが、中身の量が確認できた。水は三分の二ほど残っていた。

「この水が、数分後には半分に減っていた。どういうことだ？」

太田がつまらなそうにつぶやいた。

「飲んだんじゃないの？」

「何？」

「誰か、飲んだんじゃないの？　喉が渇いて、我慢できなくなったヤツが」

「それはないだろう。いいか、水には、かなり強力な睡眠薬が入っていたんだ。倉持さんが目眩を起こすくらいのな。もし誰かがそれを飲んだとしたら、同じようになっていたはずだ。だが、そんな症状を訴えた者はいない」

「うーん、ダメか」

太田は首を捻った。

冨子が言う。

「それに、倉持さんと同じものを飲んだのだとしたら、それだけでパニックよね。自分もおかしくなるんじゃないかと……」

そこで言葉を切った冨子は、眉間に皺を寄せ、画面に映ったままの写真を睨んだ。

「どうかしたのか？」

「あの日、見学者がいたのよね。スタッフの親族ってことで、特別にスタジオに入ってた。大学生だったかな。でも、あの騒ぎになったから、早々に追いだされたはず」

「見学者であれば、スタッフ間の約束事は知らない。スタジオ内は暑いから、我慢できず、目の前にあった水を飲んじまったのかもしれない」

「スタッフでないのなら、ボトルに薬物が仕込まれていたことも知らない」

「もしかすると、スタジオからの帰り道に気分が悪くなっているかもしれないな」

「確認してみよう」

椛島は豆源にかけた。ワンコールで出た。

「何だ？」

「倉持さんが倒れたとき、スタジオには見学者がいたそうですね」

「ああ。後藤の弟が来ていた」

「後藤って、脚本家の後藤庄司《ごとうしょうじ》さんですか？」

「そう。特撮が好きなんだとよ。頼まれたら、断れないよな」

「その人と連絡が取れませんか？」

「何だよ、いきなり」

「理由は後で。急ぐんです」

「後藤にきくことはできるがな」

「大至急、お願いします」

「判ったよ。また連絡する」

携帯を置くと、椛島は冨子のカップを取った。

「判ったら連絡するとさ。最後まで、つき合うだろ？」

「もちろん」

ドリンクバーで、カップにコーヒーを注ぐ。席に目をやると、冨子が太田と話していた。明るい、無防備な笑みを見せている。一方の太田は、身体を縮め、そのまま床にめりこんでいってしまいそうだった。

微笑ましくもあり、妬ましくもある。

カップを置くと、冨子は「ども」とだけ言って、手元のカメラをいじり始めた。

「この仕事始めて、長いの?」

携帯に注意しながら、椛島は尋ねた。

「うーん、十年くらいかな。去年、フリーになったばかり……あ、私の歳を推理する気でしょう?」

「いや……そんなつもりは」

「今年で三十。隠すつもりもないからね」

そんな会話の間も、太田はただぼんやりと、店の客たちの顔を見ている。

まったく、おまえも少しは……。

携帯が震えた。豆源からだ。

「名前は後藤亮《りょう》。携帯の番号を教える。そこにかけていいそうだ」

番号を紙ナプキンに書き留める。

「何か判ったら、知らせてくれ」

いつも通りの素っ気なさだが、これだけの早さで連絡を返してきたのだ。関心はあるのだろう。

店内は空いていて、付近のテーブルに客はいない。椛島は席についたまま、後藤にかけた。

「後藤です。えっと、もしかして、太田さんですか?」

声は低く、滑舌も悪いのに、早口だ。何とも聞き取りにくい。

「いや、太田じゃなくて……」

「じゃあ、バルバドン番の人、川島《かわしま》さん?」

人の話を最後まで聞けよ。

「椛島です」

「そう、椛島さん。どうも、後藤です。うわあ、スーツアクターの人から電話貰えるなんて、えっと、太田さんもそこにいるんですか？」

「ああ、いるよ」

「代わってもらってもいいですか？」

何なんだ、こいつは。

「一つききたいことがあるんだ。それが済んだら、代わる」

「お願いしまーす」

「君はこの間、バルバドンの撮影現場に見学にいっただろう？」

「はい。兄に頼んで特別に。感動したなぁ。だって、本物のバルバドンっすよ。しかも倉持さんが入ってて。何がすごいって……」

「こっちの話をきけ！」

椛島は声を荒らげ、後藤を沈黙させた。

「撮影現場で、水を飲んだか？」

「え？」

「水だ。ペットボトルの水を飲まなかったか？」

「飲みましたよ」

「それはどこにあった水だ？」

「えっと、バルバドンを置くための木枠、怪獣ハンガーって言うんですよね。そこに置いてあったやつです。スタジオ、すごく暑かったから、喉渇いちゃって」

「ボトルの封は空いていたよな」

「ええ、空いてました」

けろりとした調子で、後藤は答える。

「つまり誰かの飲み残しってことだ。それを飲んだのか」

「ええ。奥の方にペットボトルの入った段ボールがあったけど、新しいの貰ったら悪いかなと思って。飲み残しだったら、問題ないでしょ」

後藤の判断基準がまるで理解できなかった。

しかし今は、後藤の人間性などどうでもいい。

「それで、撮影所を出てからなんだが……」

「それなんですけど、いきなり外につまみだされちゃったんですよ。何かあったんですかね。僕、何かやっちゃいましたか？」

「いや、君に問題はない。ききたいのは、撮影所を出てから、気分が悪くはならなかったか？」

「え？　そりゃあ、急に追いだされたんだから、気分良くはなかったですけど」

「そういう意味じゃない。眠気や目眩とか、とにかく、倒れたりはしなかったか？」

「そんなことは、なかったですよぉ。僕、身体は頑丈なんで」

「そうか、判った。ありがとう」

「ちょっと、ちょっと待って、太田さんは!?」

「太田？」

「話をさせてくれるって」

「ああ」

椛島は太田に向けて携帯を突きだした。

「スーツアクターのおまえと話したいんだってさ」

太田は大きく首を左右に振った。

「そんなこと言うなよ。ファンは大切にしろ」

「俺、スーツアクターじゃないから」

「何だと？」

「今は仕方なくやってるけど、俺は違うから」

この件に関して、太田は信じられないほど頑固だ。椛島は携帯に向かって言った。

「すまん、太田は打ち合わせに入ってしまった。また今度、連絡するよ」

「絶対、絶対ですよ。僕、今度また見学に行きます。そのとき、太田さんのサインが欲しいんです」

「見学はいつでも歓迎さ。でも、君が今度来るとき、俺たちはいないと思う」

通話を切り、携帯をテーブルに置く。首筋に、冨子の強い視線を感じた。口元にうっすらと笑みを浮かべているが、目は真剣だった。

「二人とも、何だか屈折してるね」

「きかないでくれ。話したくない」

「そんなつもりないよ。で？　収穫は？」

「あった。決定的なヤツが」

「じゃあ、もしかして、事件解決？」

「いや、あと一つだけ確認したいことがある」

冨子がテーブルに肘をつきながら、言った。

「君って、本物の探偵みたいだね」

八

太田と共に東洋映画撮影所の門をくぐり、第八スタジオを目指す。この一週間、毎日、通った道だ。ここを通るのも、今日を入れてせいぜいあと二日、いや、もしかすると、今日が最後になるかもしれない。

日は暮れきり、空には星が瞬いているが、各スタジオでは、まだ撮影が続けられている。煌々とともる明かりが、周囲を昼間のように照らしている。

スタジオ入口前の暗がりに、タバコの赤い火が見えた。ここで喫煙する人間はただ一人しかいない。

「監督」

椛島は先に声をかけた。

「おう」

低い声が答えた。

スタジオ内からは、数人の声と金槌の音が聞こえてくる。

暗がりから出てきた豆源は、ちらりとスタジオを振り返ると、サンダルの音を響かせながら、歩きだした。椛島たちは、黙ってついていく。

連れて行かれたのは、スタッフセンター二階のあの部屋だった。奥に豆源が座り、その向かいに太田と椛島が並ぶ。配置まで、同じだった。

「で？」

椛島は言った。

「一つ、確認したいことがあるんです。倉持さんのときも、太田のときも、問題のペットボトルは、監督のところに届けられたんですよね」

「そうだ。俺が預かり、倉持のときは、知り合いのところで鑑定してもらった。昨日のボトルは、まだ俺の手元にある」

「太田が倒れた後、監督のところにボトルを持ってきたのは、誰です？」

「チーフの西岡だ」

「倉持さんのときは？」

「……西岡だ。ちょっと待て、おまえは何が言いたい？　おまえ、西岡が怪しいっていうのか？」

椛島はうなずいた。

「チーフの西岡がボトルを持ってきても、別におかしくもなんともないだろう。実際、太田のとき、あいつはすぐにボトルを持って、俺のところに来た」

「それは、確かですか？」

「ああ。太田の様子がおかしくなったとき、倉持のことが頭に浮かんだ。だから俺は、飲み残しのボトルを目で追ったんだ。怪獣ハンガーのところに置いてあったよ。それを西岡が手に取った」

「それを見ていたんですね」

「ああ。西岡はそのまま、ボトルを俺のところに持ってきた」

「倉持さんのときはどうです」

「そのときはさすがによく判らない。だが、今も言ったように、西岡は現場のチーフだ。ボトルが最終的に西岡の手に渡っても不思議はない」

「実を言うと、太田の件に関しては、確証が摑めていません。ボトルに薬物を入れる機会は、スタッフのほとんどにあった」

「聞いたところでは、石原が怪しいとか」

「いえ、あいつは関係ないと思います」

「ちょっと待て、おまえ今、太田の件はと言ったな。倉持の方はどうなんだ？　まさか、二つの件はまったくの無関係なのか？」

「無関係どころか、真逆です」

豆源は苛立たしげに、右手をクルクルと回した。現場でもよく見せる、監督の癖だ。

「いいから、早く結論を言え！」

「倉持さんが倒れたとき、彼が飲んだ水のボトルからは、薬物が検出されたんですよね？」

「ああ。信用のおける所に頼んだんだ。間違いはない」

「となるとおかしいんです。実は、倉持さんが飲み残した水を飲んだ者がいるんです」

「何だと？」

「見学に来ていた学生です。ただし、彼が水を飲んだ直後、倉持さんが倒れ、スタジオを追いだされてしまった」

「だが、それなら、倉持と同じ症状が……」

「それが、出ていなかったんです。本人に直接確認しました」

豆源は眉間に深い皺を寄せ、とまどった様子で視線を宙に彷徨《さまよ》わせる。

「ボトルにはたしかに薬物が……どういうことだ」

「倉持さんが飲んだボトルと、学生が飲んだボトルは間違いなく同一のものです。これは、当日、ライターが撮った写真画像で確認しています」

豆源の動きが止まり、デスクの上に置いた両手がかすかに震えた。

「倉持が飲んだのは、ただの水だったってことか？」

「そう考えるのが、自然だと思います」

「だが、それじゃあ、どうして倉持は……まさか」

「あれは、ただの事故だったんです。倉持さんはミスをしてケガをしたんです。あれは、事故だったんですよ」

九

六畳一間のアパートで、椛島は布団に横たわっていた。昨日から夏風邪をひき、バイトも休んでいた。

すぐそばでは、太田がぼんやりと壁にもたれて座っていた。足の裏が、ダイレクトに目に入ってくる。

気温は三十三度。エアコンは壊れたままであり、開け放した窓から入ってくるのは、湿気を帯びた熱風だけだ。

「太田、今日、仕事は？」

一週間前から、警備の仕事を始めていた。深夜専門、二人ひと組になり、ビルの警備員室で寝ずの番をする。大勢の人目にさらされることもなく、ただじっとモニターを見つめ、二時間に一度、まっ暗なビルの中を見回るだけでいい。太田にとっては、願ったりかなったりの職場だった。

「今日は休み」

あくび混じりの答えが返ってきた。

椛島は脇に挟んでいた体温計を見る。七度二分。夏風邪はしつこいというが、本当だ。明日には何とかバイトにも復帰したい。

太田の足の裏から目を離し、椛島はテレビをつけた。民放はどこも昼のワイドショーをやっている。

いきなり「最新怪獣映画、製作快調」とのテロップが出た。

「大怪獣バルバドン」製作の件は、昨日、大々的に発表された。東洋映画久しぶりの怪獣映画、しかも、既に撮影が始まっているということで、かなりの反響があったようだ。

画面の中では、バルバドンの着ぐるみが大写しとなり、その横に、倉持が立っていた。レポーターが興奮気味にまくしたてる。

「倉持さんは、スーツアクターでありまして、この、えぇっとバルバドン、バルバドンの中に入られるんですね」

倉持は白い歯を見せ、爽やかに笑っている。

太田が言った。

「あーあー、笑ってるよ、あいつ」

「仕方ないさ、スターだからな」

「だけど、あの一件は、こいつの自作自演だったんだろう?」

「ああ」

「それでも、おとがめなしなんだ」

「仕方ないさ。その辺は会社の判断だから」

「納得できないなぁ」

「今さらそんなこと言うなよ。おまえ、バルバドンに入るの、嫌がってたじゃないか」

「それとこれとは別だよ」

「そう言うな、チーフの西岡は現場を外されたらしいぜ。結局、一番の被害者はあいつだよ」

「だけど俺、どうしても判らないよ。あいつが何であんなことしたのか」

「あいつって、倉持さんのことか？」

「そうだよ。どうして、飲んでもいない薬を飲まされたなんて言ったのか」

「おまえ、まだ、判らないのか？　バルバドンに入ったことのあるおまえなら、感じ取れるかと思ってたんだけどな」

「どういうこと？　意味判らないよ」

「プライドだよ。倉持さんのプライドが、そうさせたんだ。あのときバルバドンが迷走したのは、完全に倉持さんのミスだった。疲労が溜まって、バルバドンの重量を制御できなくなったんだ。それで、方向を誤り、セットを破壊した。もし、ありのままを告げたら、どうなったと思う？」

「自分のミスでケガをして、撮影に穴を開けそうになったわけだろう？　伝説のスーツアクターもおしまいだよ」

「そうだ。だがもし、何者かが仕込んだ薬によって、意識朦朧となり、迷走したとなったら？」

「被害者だね。同情される」

「倉持さんは、転倒した後、スーツから引っぱりだされるまでの間に、それを考えたんだと思う。一番に着ぐるみに取りついて、倉持さんを引っぱりだしたのは、西岡だった。救出のどさくさの中で、倉持さんは指示をしたんだ。石原の薬を盗んで、飲み残しのペットボトルに入れろってな」

「だけど、俺まで狙われたのは、何でなのさ？」

「一つには念押しだ。自分だけに目が行かないよう、攪乱《かくらん》したかったのさ。だが、そんなことは倉持さんにとって、大した意味を持たなかったと思う。彼の本当の狙いは、おまえを潰したかったんだよ」

「俺を？」

「そう。自分の居場所を、確保しておきたかったのさ」

「確保も何も、バルバドンには倉持さんしかいないだろう？」

「おまえ、本当に何も判ってないんだな。いいか、倉持さんが恐れるほど、おまえのバルバドンは素晴らしかったってことだ。スーツアクターとしての才能を、皆が認めていたんだよ。倉持さんは怖かったんだ。自分が復帰したとき、自分の居場所がおまえに奪われていたなんて、洒落にならんだろ？」

「聞いてるだけで、気持ち悪くなってきたよ」

太田はのろのろと立ち上がった。

「どこに行く？」

「散歩。これだけ暑いと、人も少ないから」

太田の巨体が歩くと、安普請の部屋が揺れる。玄関のドアが閉まる音を聞くと、椛島は再びテレビを見た。

インタビューはまだ続いていた。画面の中で、倉持は口を開けて笑っている。

椛島は布団から這いだすと、本棚に差してあった、バルバドンの台本を引きだした。表紙には、倉持のサインが入っている。

椛島はそれをゴミ箱に放りこんだ。

探偵は
スーツアクター

一

木々に囲まれた神社の向こう側で、轟音とともに土煙が舞い上がった。巨大な何かが移動する震動で、石造りの鳥居が揺れる。

祠《ほこら》の向こうから姿を見せたのは、二本足で立つ怪獣だった。体長は五十メートルほどで、トカゲのようにぬめりとした肌を持ち、背中には八枚の背びれが銀色に光っていた。前方にせり出した巨大な顔の先には、虹色に光る角が一本、そして大きく黒い目が不気味な光沢を放つ。巨大な口を大きく開き、怪獣は咆哮、前進を始めた。前足のひと掻きで、神社の祠は跡形もなく蹴散らされる。

怪獣は前方を見据え、さらにもう一度、吠えた。その視線の先には大きくヒビが入った崩壊寸前の鳥居があり、さらに先には、銀色に輝く巨人がいた。身長四十メートルほどの巨人は、両腕を腰に当て、怪獣の前に仁王立ちとなっている。腕、胴体、足にかけて複雑なブルーのストライプが走っている。顔はのっぺりとして表情といったものはうかがえない。ただ、金色に光る両眼とうっすら笑みを浮かべたような口元が、見上げる者に安堵と癒やしを与えていた。

巨人はゆっくりと両腕を前にだし、構えの姿勢を取る。怪獣はついに鳥居をたたき壊し、巨人に突進した。

重心を下げた巨人は、怪獣を真正面から受け止めた。そのまま、ジリジリと体を持ち上げていく。圧倒的なパワーで相手の動きを封じた巨人は、相手を地面に叩きつけた。引っくり返された怪獣は、素早く起き上がり、再び両者は対峙する。両者の足元からは、土煙が舞い上がり、辺りを覆い尽くした。巨人の姿も隠れ、土埃ごしに金色の目がぼんやりと見えるだけになった。

「カットー！」

甲高い男の声が飛ぶ。

「埃、多すぎだよ。見えなくなっちまったじゃないか。何やってんだぁ」

「すみませーん」

「すみませんじゃねえよ！」

「すみませーん」

「もういいよ。休憩！　休憩!!　昼にするぞ」

怒声が飛び交うなか、椛島雄一郎はステージに上がり、突っ立ったまま、じっと動きを止めている怪獣の着ぐるみに近づいた。

この怪獣の名前はゴズメス、突然、眠りを覚ました古代地底怪獣という設定だ。

椛島はゴズメスの側面、丁度腕の下あたりを叩き、声を張り上げた。

「休憩だってさ。いま、だしてやる」

返事はなかった。

ゴズメスへの出入りは、背中のファスナーから行う。椛島は胴体と背びれをつないでいるテープをベリベリとはがしていった。八枚の背びれがまとめて外れ、ファスナーがむきだしになる。

ファスナーに手をかけたところで、椛島は咳きこんだ。充満した埃は、マスクをしていても、鼻や喉を刺激してくる。むきだしの目は、さっきからヒリヒリと痛んだ。

「朝からずっとこんな調子で、冗談じゃねえよな」

つぶやきながら、ファスナーをひと息に開く。

とたんに、助監督からの叱責が飛んできた。若いのに、威丈高で口汚い、西岡の生まれ変わりのような男だ。

「こらぁ、そこぉ！　ファスナー開けるときはゆっくり丁寧にやれ。噛んで使い物にならなくなったら、どうすんだ！」

うるせえ、そんな間抜けなこと、するわけねえだろ。

心の内で叫びつつ、叱責はスルーだ。

ゴズメスのぱっくりと開いた背中の穴から、汗まみれの太田太一が顔をだす。頭にはバンダナを巻き、目にはゴーグルをつけている。首にタオルをかけ、それで口と鼻を覆っていた。

「あーあー、撮影、進まないねぇ」

ところどころに黄色いシミのついた白のタンクトップ姿で、大きく伸びをする。額から頬にかけては、滝のように汗が流れ落ちている。

太田は着ぐるみからゆっくりと足を抜くと、ゴーグルを外し、「くーっ」と唸りながら、瞬きを繰り返す。

「汗と埃で、目が痛いよ」

スタッフたちが慌ただしく駆け回るなか、どこまでもマイペースな男である。

椛島は取り外した背面パーツを、再度、着ぐるみに取りつける。横向きとなり、萎んだ風船人形のようになったゴズメスを持ち、抱え上げる。巨漢の太田がすっぽりと収まるわけであるから、着ぐるみ自体は、かなり大きい。それでも総重量は割合軽く、椛島であれば、何とか一人で持ち上げることができた。

とはいえ、腰や膝にかかる負担は並みではないし、どうしても後ろ足や尻尾の一部を引きずることになるので、着ぐるみが傷んでしまう。できることならもう一人、つけてくれるとありがたいのだが……。

「おい、そこ！」

喧噪の中でも、その声はひときわ、よく響いた。

「着ぐるみの尻尾、引きずってるじゃねえか。しっかり持て」

巨人担当のスーツアクター、布施太郎の声だった。既にステージから下り、スーツの上半身だけを脱いでいた。用意された椅子に腰を下ろし、首回りの汗をまっ白なタオルで拭っている。すぐ傍には、スポーツドリンクのボトルも置いてあった。

椛島は、着ぐるみの持ち方を変えてみるが、どうやっても、尻尾は地面から離れない。そうこうする内、重みのせいで腕が痺れだす。

ステージのまん中で固まっていると、あちこちからさらなる罵声が飛んでくる。

「怪獣、邪魔だ！」

「早くどかせ！」

「くそっ」

着ぐるみを抱え直し、移動しようとしたとき、かかとが何かに引っかかった。着ぐるみを抱えたまま、バランスを崩した。

これ以上、無様な姿をさらせるか。踏みとどまろうとするが、着ぐるみの重さに体は言うことを聞かない。

あきらめかけたとき、すっと体全体が軽くなった。太田が背後から抱き留めている。

「ムキになったらダメだよ、アニキ。いつものことじゃないか」

太田の太い腕がゴズメスの頭部をぐいと押し戻す。

「す、すまないな」

「手伝うよ。二人で持てば、大丈夫」

太田が頭部を持ち、椛島が尻尾を持つ。ステージを下り、ブルーシートの上に、着ぐるみを置いた。

その一部始終を、ステージ下から布施が睨んでいる。

「やれやれ、スーツアクターに着ぐるみの移動を手伝わせるなんざ、相棒、失格だぜ」

一方、布施の横では、引き締まった体格の若い男が、団扇《うちわ》を手に控えている。布施の「相棒」である宇杉誠《うすぎまこと》だ。

布施は得意げに言う。

「俺の相棒の爪でも舐めとけ」

それを言うなら、爪の垢を煎じて飲めだろ。心の内で布施の頭を三回殴り、椛島は波立つ感情を抑えこむ。

この現場で、布施と揉めるのは御法度だ。何といってもヤツは主役。こっちは、監督のご指名で久しぶりの現場に立つ、駆けだしだ。

毎週土曜日に放送されている、特撮番組「ブルーマン」。布施は番組の主役、ブルーマンを二年以上にわたって演じ続けていた。

人類を脅かす怪獣や宇宙人と正義の巨人の闘いを描く「ブルーマン」は、その人気ゆえ特撮番組としては異例のロングランとなっている。

布施はスポーツドリンクをラッパ飲みしながら、王様よろしく、宇杉に背中を団扇であおがせている。椛島たち怪獣組に怒鳴り声を上げるスタッフたちも、布施たちには何も言わない。

椛島は隅にあった折り畳み椅子を持ってくると、太田の後ろに置いた。

「座って、少し休めよ。それから、これ」

クーラーボックスに入れた水筒をだす。中身はただの水、それも水道水を冷やしたものだ。

太田は嬉しそうにそれを受け取ると、喉を鳴らして飲み始めた。

「おいしいねぇ。やっぱり、これが一番だよぉ」

「変わった味覚だな」

苦笑しながら、椛島は布施が身につけているブルーマンのスーツを見る。

人間性にはかなり問題のある男だが、スーツアクターとしての技量は相当なものだ。伸びのある柔らかな筋肉と、鋭い反射神経を持ち合わせており、動きのインプットも早い。細身であるため、怪獣のような重量級の着ぐるみは向かないかもしれないが、ヒューマノイドタイプのヒーローをやらせれば、右に出る者はいない。

そんな布施であったが、現場では常に、一人ぽつんと離れた場所にいることが多かった。スタッフたちの誰も積極的に声をかけようとはしないし、中にはあからさまに布施を避ける者もいた。

原因は布施の人間性だ。現場の布施は、暴君だった。スタッフたちに対し、挨拶もしなければ、労いの言葉もかけない。そのくせ、文句だけは人一倍言う。何か失敗があれば、相手が泣きだすまで責め立てる。一方、プロデューサー、監督などに対しては従順で、口答えなど絶対にしない。

高いプライドと狡猾な二面性、人に対して容赦のない冷酷さ、それらを併せ持った男、それが布施太郎なのだ。

この現場でも、布施の暴君ぶりは健在で、目下の所、椛島は格好の標的となっていた。

今もこちらを見てニヤニヤ笑いながら、宇杉に何事かをささやいている。

腹立ちと苛立ちを一人抱えこんで、椛島は照明器具の並ぶ天井を見上げる。ここは、東洋映画撮影所から、バスでひと駅のところにある、東洋ビルド。スタジオが大小合わせて六つ、屋外撮影用の敷地もあり、主にテレビドラマの撮影に使われている。特に「ブルーマン」は、三年前の放送開始当初から、特撮用の第一スタジオと防衛軍基地のセットなどが組まれている第二スタジオをずっと使用していた。椛島たちがいるのは、第一スタジオだ。

椛島はあらためてスタジオ内を眺める。映画のスタジオに比べると天井はやや低いが、広さはそれほど変わらない。撮影に当たるスタッフの数もほぼ同じくらい。ベテラン揃いのスタッフたちの動きは無駄がなく俊敏であり、そして何より、いいものを作ろうとする熱気で満ちあふれていた。怪獣の動きに合わせ、埃やスモークのでるチューブを確認する者、鳥居のミニチュアにわずかな修正を加える者。撮影時間はかなりおしているが、皆の集中力は、まったく途切れていない。

唯一の例外は、太田だろうか。魂の抜けたような顔をして、椅子に座りこんでいる。

「あーあー、疲れたよ。もう帰りたい」

「そんなこと、大きな声で言うな。今日の撮影はあとワンカットで終わりだ」

「でも、明日も朝からでしょう?」

「仕方ないだろ。撮影、おしてんだから」

「この二日間、ずっと四つん這いだろ？　掌と膝がすりむけて痛いんだよ」

「そのくらい、バルバドンで経験済みだろ。ちゃんとテーピングしているのに」

「して貰ってても、痛い」

「おまえなぁ、自分の立場が判ってんのか？　バルバドンの代役が終わってから、さっぱり仕事がこなかったんだ。やっとこさ、監督のご指名で、こうやって現場に立ってるんだ。ここで文句言ったりしたら、もう永遠に仕事、回してもらえねえぞ」

太田はムッと唇を尖らせる。

「俺は……別に、やりたくて……やってるわけじゃないし……」

「だったら、ほかに何で食っていくんだ？　ほかに働き口、あんのかよ」

「ない」

「だろ？」

「えらく、深刻そうな話だね」

気がつくと、小柄な若い男が立っていた。特撮監督、小川悟《おがわさとる》である。三十一歳、実質的なデビューとなる今作の現場でも、飄々《ひょうひょう》とした態度で、撮影を進めていた。自分なりのしっかりとした理論を持ち、年嵩のスタッフたちもしっかりとまとめ上げている力量は、若手の有望株という下馬評に充分、応えるものだった。

小川はもともと、「大怪獣バルバドン」の助監督として現場に入っていた。そこを監督である豆源に認められ、「ブルーマン」の特撮監督として、特別に推薦されたというわけだ。

椛島は太田の頭を摑み、無理やり、礼をさせる。

「か、監督、すみません、こいつ、よく冗談でこんなことを……」

「いやいや、気にしないで」

小川は笑っているのか泣いているのか、よく判らない、曖昧な表情で続けた。

「ゴズメスの動き、すごくいいよ。こっちからは、何も言うことなし。今の動きも良かったんだよねぇ。とりあえず、祠を潰すとこまでは使うから。この後、ブルーマンと組み合うとこまで撮って、あとは持ち越し。疲れてるだろうけど、がんばってよ」

椛島はもう一度、太田の頭を摑み、礼をさせる。

「疲れてるなんて、とんでもない。いくらでも、やりますから」

小川はきょとんとした顔で、椛島を見上げた。

「でも、実際にやるのは、太田君でしょう？」

「え？　ま、まぁ……」

うなだれている太田の肩を、小川はポンと叩く。

「明日はゆっくり休めるから、もうちょっとだけ、がんばってよ」

太田と小川。この二人、どこか似た空気を感じるんだよな。椛島はあらためて思った。

次の瞬間、小川の言葉の意味に気づき、椛島は慌てて尋ねた。

「明日はゆっくりって、どういうことですか。明日も、撮影ですよね？」

小川は芝居がかった表情で、額をぴしゃりと叩くと、

「ああ、やっちゃった。このこと、まだ言っちゃ、いけなかったんだよ。でも、まあ、太田君と布施君には伝えておいた方がいいのか……うん」

そこまで言って、椛島の顔を見る。

「あ、もちろん、君にもね」

こうした扱いには、もう慣れている。椛島は逆に尋ねた。

「どういうことなんです？　明日は撮休ってことですか？」

小川はしゅんと肩をすぼめる。

「実は二つ下の弟がバイクで事故を起こしてね。ひょっとすると、今夜あたりが山かもしれない。これから実家の山口に帰るんだ」

「そ……それは……」

「何がどうなろうと、明後日には戻ってくる。だから、申し訳ないんだが、明日一日だけ、休みを貰いたいんだ」

「事が事ですから、明日だけとは言わず……」

「いや、明後日には戻ってくる」

小川の耳がうっすらと赤くなった。ステージを見上げる目には、彼としては珍しい、熱い感情がこもっていた。

「この作品は絶対に完成させる。他のヤツに渡してなるものか……ってね」

最後は照れ隠しの要領で、笑ってみせた。

「スタッフたちには、会社の方から正式に話があると思う。それまでは、内緒にしておいて。いろいろ混乱させたくないから」

小川は椛島と太田を拝むと、後ろから現れた背広姿の男とスタジオを出て行った。

太田は汗を拭おうともせず、二人が消えていった扉を眺めやっている。

「そんな無理しなくてもさ、ゆっくりしてくればいいのにねぇ」

「そうもいかないさ。監督にとって、これは豆源がくれたチャンスだ。いいものを撮れば、次に繋がる。何があっても、手放したくないだろうさ」

「そんなものかなぁ」

こういうとき、つい苛立ちを抑えきれなくなる。

「太田、おまえなぁ、少しは自分の立場を考えろ。おまえはスーツアクターなんだぞ。『ブルーマン』の敵怪獣に抜擢されて、ここにいるんだ。少しはその重みを感じろよ」

「俺が感じてるのは、着ぐるみの重さだけさ。重くて、暗くて、狭くてさ。そんな中に何時間も入ってるんだ。いったい何を感じればいいのか、俺には判らないよ」

「そんなこと言いやがって、おまえ……！」

「テメエ、何様のつもりだよ」

椛島の声をかき消し、スタジオに布施の怒号が響き渡る。布施が汗で濡れたタオルを、宇杉に投げつけている。タオルは彼の手に当たり、足元に落ちる。

布施はまだ、ブルーマンのスーツを完全に脱いではいない。そのため、椅子に座ったまま、宇杉を容赦なく責め立てていた。

「おまえは、俺の相方だろう？　だったら、俺の言うことだけ聞いてろよ。監督に使いを頼まれたから帰るって……」

宇杉は何度も頭を下げる。声は聞こえないが、「すみません」と唇が動いていた。

そこに騒ぎを聞きつけた、小川が駆けつける。

「悪い悪い。急に東洋映画まで資材を運ぶことになってさ。ほかに手が空いてるヤツがいないんだわ。宇杉君は免許も持ってるだろう？　だから、ちょっと借りたいんだ。終わったらそのまま帰っていいってことで」

布施は眉をヒクヒク動かしながら、宇杉を睨み続けている。

「まあ、監督のご指名じゃ、仕方ないっすよね」

「よーし、じゃあ宇杉、ちょっと頼むわ。この埋め合わせは今度、するからさ」

小川にそう言われたものの、宇杉は釈然としない面持ちで、スタジオを出て行く。

スタジオ全体の空気が、ぎこちないものに変わっていた。皆が黙りこんだため、金具の触れあう音や小槌の響きが、やけに大きく聞こえた。

小川はそんな雰囲気を感じ取ったのか、「じゃあな」とつぶやいて、逃げるように姿を消した。

余計なことと知りつつ、椛島は布施の許に向かった。

「どうした？　何があった？」

布施の目はけんか腰だった。

「うるせえ」

「現場であの態度はないだろう。見ろ、空気が悪くなっちまった」

「俺のせいか？」

「ああ、おまえのせいだ。やるなら、裏でやれ。人前でやるな」

「あのくらい言ってやって丁度いいんだよ。あいつ最近、生意気でな。この間なんか、俺の動きに注文つけてきやがった」

「何？」

「俺のアクションがマンネリだとよ」

「宇杉がそう言ったのか？」

「まあ、そんな意味のことを言いやがったんだよ。あり得ねえだろ？　『ブルーマン』は、俺の動きでやってきたんだ。人気だってある。それを、サブについてる新人がクソ生意気にも、俺に説教だ。世の中はどうなっちまってんだ？」

「とにかく、現場を乱すようなことは、これ以上……」

「おい、一回限りのゲストさんが、あんまりでかい顔するんじゃねえ」

「何だと？」

「あの太田ってヤツは、けっこう見所あるよな。ステージでやりあってみて、判ったぜ。けど、付き人よろしく、ウロウロしてんのが、目障りでよ」

周囲の音が消え、ぐっと視野が狭まった。得意げにこちらを見上げている布施の顔だけが、大写しとなって迫ってくる。

「テメエ！」

椛島は無我夢中で、拳を振り上げていた。

突然、ものすごい力で、後ろに引き倒された。

「もう、こんな場所で何やってるのさ」

仰向けに引き倒された椛島を、太田があきれ顔で見下ろしている。

椛島は腰をさすりながら、立ち上がる。

「まったく、少しは加減しろよ」

「大分、加減したよ」

「これでか？　クソ馬鹿力だな」

布施は椅子に座ったまま、嫌味な笑みを浮かべ、再びこちらを挑発する。

「スーツアクターのホープと言われたヤツが、今じゃ、新人アクターの付録かよ」

太田が慌てて二人の間に割って入るが、椛島の頭は、もう冷めきっていた。

大丈夫と太田の肩を叩き、布施から離れる。

そこへチーフ助監督の声が響いた。

「みんな、大事な話がある。集まってくれ」

明日の撮休が報告されるようだ。椛島も太田と連れだって、皆の輪の中に入る。布施とはなるべく、距離を取るようにした。

今に見てろよ。いつか、いつか、倍にして返すぜ。無意識の内に歯を食いしばっていたらしい。奥歯がギリギリと音をたてていた。

二

玄関のドアを叩く音で、椛島はまさに叩き起こされた。時計を見ると、午前八時三十分。

いつもは六時半に起き、自宅回りをランニングするのが日課であるが、撮休とあって、昨晩ばかりは目覚ましを止めて床に就いた。すぐ横では、太田がへそを丸だしにして、大いびきをかいている。ヤツが転がりこんできた当初、寝ることすらできなかったいびきだが、慣れというのは恐ろしく、最近ではまったく気にすることなく、熟睡できる。

鳴り響くいびきに負けじとドアを叩く音は、徐々に大きさを増していく。インターホンが壊れているため、用のある者は、ドアを直接、叩くよりない。

宅配便だろうか。いや、時間が早すぎるし、それならば、ここまで粘りはすまい。

椛島はいまだぼんやりとする頭を抱えながら、起き上がる。朝は決して、得意な方ではない。

もしかして、大家だろうか。いや、家賃なら三日前に払ったばかりだ。滞納の常習者であった椛島だが、太田と組み、スーツアクターとして現場に出るようになってからは、きちんと支払っている。こんな時間に怒鳴りこまれる言われはない。

「判った、いま、出るよ」

布団の上に立ち上がる。床に転がったビールの空き缶に足を取られそうになりつつ、廊下を進み、鍵を開ける。椛島がノブに手をかける前に、ドアは大きく開かれた。立っていたのは、布施だった。まっ青な顔をして、ぜえぜえと肩で息をしている。

椛島はしばし、状況が飲みこめずにいた。これは夢なのではないかと訝った。撮休日の朝一番に、布施が自宅を訪ねてくる。どう考えても、あり得ない。

椛島は頭の中にかかった靄を振り払おうとしながらも、ふわふわと雲の中を漂っているような心持ちだった。

「布施……が出てくるなんて、こいつは、悪夢の一種だな」

「寝ぼけてる場合じゃねえ！」

椛島を突き飛ばし、布施が押し入ってきた。

派手に尻餅をつき、椛島はようやく覚醒した。

「布施！　テメエ、人の寝こみを襲いやがって……」

布施はひらりと体をかわし、組みつこうとする椛島をいなした。

「誰も寝こみなんて襲ってやしねえ。ちゃんと玄関をノックしただろ」

「テメエがこの場所に立っていること自体が、信じられねえんだよ。何しに来た？」

布施は壁に手をつくと、険しい表情のまま自分の足元を見る。顔の出ないスーツアクターをやってはいるが、見た目はいい。かなりのイケメンだ。認めたくはないが、椛島よりははるかにもてるだろう。

椛島は流しの下にある小型冷蔵庫を開け、ミネラルウォーターのボトルをだし、布施に投げた。片手でキャッチした布施は、礼も言わず開け、半分ほどを一気に飲んだ。部屋からは、相変わらず、太田のいびきが聞こえてくる。

気詰まりな沈黙に、椛島は為す術がない。せっかくの休みに俺は何をやっているのだろうと首を傾げながら、モジモジしているほかなかった。

ボトルを空にした布施は、それを床に置くと、仇でも見るような目で椛島を睨んだ。

まさかこいつ昨日の続きをやりに来たのか。椛島は思わず体を固くした。

布施が何事かをつぶやいたが、聞き取れない。

「何だ?」

布施の表情はますます険しく、いよいよ、殴りかかってくるのではと拳に力をこめたとき、疲れ切った、か細い声が耳に届いた。

「やられた、俺はもうおしまいだ」

声は聞こえたが、意味はまったく判らない。

「何?」

布施が舌打ちをする。

「何度も聞き返してんじゃねえよ。たったこれだけの距離だろうが」

「休みの朝っぱらに押しかけて、勝手なことほざくな。用がないなら、出て行け!」

いつもなら、ここで恒例のつかみ合いになるところだが、今日の布施は壁にくたりともたれたままだ。言葉にも力がない。

出て行けと玄関を指さしたものの、再び沈黙に戻ってしまった。

「……どうかしたのか？」

床のペットボトルをそっと拾いながら、椛島はきいた。

「今も言ったろうが。俺はもうおしまいだ」

「おしまいって……。ははん、それはつまり、女か金か」

「そんなんじゃねえ！」

鍛え抜いた拳で壁を叩く。安普請のアパートは、その打撃でミシミシと軋む。

「おい、壁に穴でもあいたらどうするんだ。ここを追いだされたら、俺ら、行くところねえんだからな」

「その程度のことで、ほざいてんじゃねえよ。俺なんて……」

はぁと深いため息をつく。いったい、何がどうなっているんだ？　目の前にいるのは、本物の布施なのか？　椛島が知っている布施は、他人にため息をつかせることを得意技としており、自らため息をつくような人間ではない。

「とにかく、いったい何があったんだ。話してくれなくちゃ、判らねえよ」

「おまえに話したところで、どうにもならないんだがな」

相変わらず、クソかわいくないヤツだ。

「なら、さっさと出て行け！」

「出て行ってもいいが、明日になれば、おまえらも俺と同じさ。おまえらの場合、ため息くらいじゃすまねえかもな」

「何だか穏やかじゃねえな。俺らにも関係してるってことは、もしかして、撮影所で何かあったのか」

「消えたんだよ」

「何が消えたんだ？　火事か？」

「ゴズメスだ」

「ゴズメスって何だ？」

「テメエらが入っている怪獣だよ！」

「ああ！　そうか。すまん、名前だけだと、ピンとこなくてな。それで、どういう意味だ、ゴズメスが消えたって」

「文字通り、そのままの意味さ。撮影所から消えたんだ」

「消えた……」

事態の深刻さが、ようやく、椛島の脳にも染みこんできた。

「念のためきくが、消えたってのは、ゴズメスの着ぐるみじゃないよな」

「着ぐるみ以外に、消えそうなゴズメスをほかに知っているのか？」

「知らない」

「なら、着ぐるみだ。ゴズメスの着ぐるみが消えたんだよ。盗まれたんだ！」

「何だとぉ！」

今度は椛島が摑みかかる番だった。布施が着ているシャツの襟を摑み上げる。

「着ぐるみ保管庫の施錠は、おまえが責任者だったよな」

「ああ。警備会社に繫がる警報システムも入っているし、扉にもちゃんと施錠した。無論、撮影所の正面にも警備員がいる。二十四時間でだ」

「なのに、ゴズメスが消えた」

「ああ。連絡を受けて、俺もさっき、現場を見てきた。鮮やかなものだったよ。警報システムはきっちりオフになっているし、ドアの鍵を無理やり、開けようとした痕跡もない。警備員は俺たちが出ていった後、誰も見ていない」

「それなのに、ゴズメスが消えた」

「消えた、消えた、何遍も言うんじゃねえよ」

「明日からの撮影、どうすんだよ」

「そのことについて、相談にきた。ちょっと話せるか」

「もう話してるじゃねえか」

「こっちは真剣なんだよ。おまえも真剣に聞け」

「俺はいつだって、真剣だぜ」

「ふん。ところで、あいつはどうする？」

布施は、いびきの主を示した。

「このまま寝かせておこう。あれで神経質なヤツなんだ。最悪、明日までこの件は伏せておきたい」

「判った。この辺に、話のできる喫茶店か何かはあるか？」

「あることはあるが、俺には金がない」

「おごる」

そう言い捨てて、布施は一人、ドアの向こうに消えた。

おごる？　俺があいつにおごられる？　たった一日で、世界は大きく変わってしまったらしい。

アパートから五分ほど歩いたところに、住宅地に埋もれるようにして営業している喫茶店がある。喫茶「壁抜け」という薄汚れた看板がかかり、周囲を威圧するかのように、巨大な椰子の木が、店先に植えてある。聞いたところによれば、店主のじいさんは元マジシャンで、箱抜けなどの脱出ものを十八番にしていたそうだ。だが三十を前にして脱出に失敗、マジシャンを引退して、この店を始めたとか。以来、五十年、元マジシャンはカウンターの向こうでタバコをふかしながら、スポーツ新聞を読んでいる。

常連だけで何とかもっている店だが、椛島はいまだ、常連と一見の境界線上にいた。打ち合わせでもないのに、身銭を切って外でコーヒーを飲むことなど、滅多にない。最近、ここを利用する理由はいつも同じだった。太田と喧嘩して部屋に居づらくなり、ここでほとぼりを冷ますのだ。喧嘩の頻度は月に一度か二度。そんなペースであるから、店主のじいさんは、いつまでたっても椛島の顔を覚えない。いつも、初対面の、鳩が豆鉄砲を食らったような顔で、「おや……いらっしゃい」と言う。

今日も、そうだった。

椛島は「ブレンド二つ」と店主に言う。店主は大儀そうに新聞を畳み、年の割によく通った声で言う。

「今日は、キングアラジンブレンドだよ」

「キングアラジン、いいね」

客はほかにおらず、窓際の四人席を二人で陣取り、椛島と布施は向かい合った。

布施はいつにも増してカリカリとした態度であり、カッターの刃が飛びだしてきそうな目で、こちらを睨んでいる。

話があると連れだしたのは、そっちじゃないか。椛島も意固地になって、睨み返す。そんな二人の間のテーブルに、じいさんは気怠そうな態度で、「はい」とコーヒーを二つ置いた。そのままカウンター向こうの指定席に戻り、再び新聞を開げた。

「それで？」

コーヒーをすすり、椛島は言った。コーヒーは恐ろしく苦くて熱かった。唇を火傷したが、そんなそぶりは決して見せない。ヒリヒリと痛みを感じつつも、ゆっくりとカップを戻す。

「熱かっただろう？」

布施が言った。

「あ、熱くなんか、にぇ」

唇をかばったため、語尾が間抜けなことになった。布施は苦笑する。

「コーヒー一杯、まともに飲めねえのかよ」

「うるせえ。ここのコーヒーは特別しぇえなんだ。テメエも飲んでみろ」

「かしこい俺は、こうして冷ましているんだ」

「現場じゃあ、テメエのようなヤツでも格上だ。だから大人しくしているんだぞ。ここだったら、負けやしねえ」

「落ち着けよ。俺は喧嘩を売りに来たわけじゃない」

「さっきから、売り続けじゃねえか」

「ふん」

布施はコーヒーをすすった。

「ぶはっ、熱っち」

舌を火傷したらしい。椛島は腹を抱えて笑ったが、期待していた布施からの反応はない。両手を膝の上に置き、今まで見たこともない、憔悴した様子を見せていた。

笑いも引っこみ、代わって罪悪感がじわじわと増してくる。

椛島は湯気を上げているコーヒーカップを脇にどけ、あらためて、布施と向き合った。

「そろそろ、話の続きをきかせてくれ」

「ゴズメスが消えた」

「それはもう聞いた」

「保管庫の責任者は俺だった」

「それも聞いた」

「昨夜、一番最後に出たのも俺だ。すべて手順通りにやったし、鍵もきちんとかけた」

「にもかかわらず、ゴズメスがなくなった。なるほど、おまえの責任問題になるわけか」

布施は忌々しげにうなずく。

「それが一体、何だと言うんだ？　おまえ、いつも言ってるじゃないか。ブルーマンは俺だ。主役は俺だって。たとえ自称であっても、主役は主役。この程度のこと、ちょっとした叱責一つで済むんじゃないのか？」

「自称ってのが引っかかるが、たしかにおまえの言う通りだ。俺だってそう思っていた。ところが、監督直々に電話があってな」

「監督って、小川特撮監督か？」

「そうだ。どうしたわけか、怒り狂っているんだ。着ぐるみが無くなったのは、すべて俺の責任で、もし明日までに見つからず、撮影に穴が空くようなことになったら、ただでは済まさないと」

「穏やかじゃないな。しかし、小川監督って、そんなキャラだったか？」

「さあな。本性ってヤツが出たんじゃないのか。とにかく、全責任を押しつけられちまった格好なんだ」

「それがどうした。別に小川監督が何を言おうと、決定権はない。おまえは今まで番組に尽くしてきた功労者なんだ。簡単にクビを切ったりはできんさ」

布施は見下したような目で、ふんと鼻を鳴らす。

「だからおまえは、万年付き人の落ちこぼれなんだ」

ここでいちいち腹をたてていては、話が進まない。椛島は引きつった笑みで、怒りを抑えこんだ。

「そ、そりゃあ、そうかもしれないけどさ……」

「来年、ブルーマンはかなり大がかりなてこ入れを行うって噂がある。ブルーマン自身のデザインも一新して、勝負に出るらしい。視聴率は良いらしいんだが、最近、ブルーマン人気に便乗した類似番組が生まれてきている。その辺が気になるんだろうな」

「これだけ長く続いているんだ。てこ入れくらい当たり前だろう」

「てこ入れの中には、スーツアクターの変更も入っているらしい」

「たしかに、番組に関わっているスーツアクターは、何人もいる。こんなことを言うのは癪だが、俺から見ても、おまえはよくやっていると思う。簡単に代わりは見つからないだろう。そんな噂に惑わされる必要はないと思うがな」

「生殺与奪の権限を持っているもっと上の人間は、そんなとこ、見てはいないのさ。実際、ブルーマンのアクションが、何となくマンネリだと、会議の度に意見が出ているらしい。何となくって、いったい何だよ。そんな理由で、スーツアクターの首がすげ替えられてたまるかよ」

「上は上。気にするな。そんな無茶苦茶、現場が許すはずがないさ」

布施は「いや」と首を左右に振り、腕組みをした。

「俺は人望がない」

椛島は噴きだした。

「何がおかしい？」

罪悪感のない笑いをしばらく続けた後、言った。

「いや、そこまで確信できるほどの自覚があったんだと、今さらながら驚いている」

「これが俺の生き方なんだ。人に合わせてなんかいられねえ」

椛島はあえて反論しない。噴火口に火砲を打ちこむようなものだからだ。

「ブルーマンの動きは、過去のヒーローものを徹底的に研究して、生みだしたものだ。それだけの自負があるんだ」

うなずいて聞いているだけの椛島に、布施は物足りなさを感じたようだった。顔つきをますます険しくし、突っかかってきた。

「おまえなんかには判らないと思うが、現場にいると、色んなヤツが口をだしてくる。ああしろ、こうしろと根拠のないことをまくしたててくるんだ。まともに取り合っていたら、何もかもがダメになっちまう。そう思ったから、俺は俺の信念を通すことにしているんだ。他人の言うことになんか、耳を貸さねえ。信じられるのは自分だけだからな」

どうしてそこまで、尖る必要があるのかねぇ。椛島自身は、まったく逆の考えを持っている。現場に立てば、周囲と意見を交換し、最大公約数的な部分を目指す。そこに自分にしかないスパイスを少し加えていくのだ。スーツアクターは主役じゃない。個性が出すぎても、それは邪魔になるだけだ。

もしかすると、ブルーマンに携わる人々の中にも、椛島と同じ思いの者がいるのかもしれない。画面の中で躍動するブルーマンの向こうに、布施という強い個性を感じ取っているのかもしれない。

椛島は、なおも続けようとする布施を制して言った。

「判ったよ。つまり、おまえは役を降ろされかかっている。そこに、今回のスーツ盗難事件」

「そう。俺の追い落としを狙っているヤツらには、絶好の機会ってヤツだ。このまま一方的に責任を取らされたら、俺の未来はない」

そんな大げさな。

うんざりしながらも、ここで席を立つわけにもいかない。そもそも、まだ本題に入ってすらいないのだから。

「布施、おまえの置かれている状況はよく判ったよ。スーツアクターとしての心構えにも感服した。で、肝心の着ぐるみ盗難はどうなったんだ。ゴズメスは本当に無くなったのか?」

ゴズメスが無くなったのであれば、明日の撮影はできない。椛島と太田の生活にも影響してくる。

「何度も言わせんな。確かに無くなった。盗まれたんだ」

「盗まれたのは、間違いないのか？」

「昨夜、保管庫にあるのは、俺が確認している」

「だが、外部からの侵入は難しいんだろう？」

「何だ、その言い方は？　俺が何かヘマをしたって言いたいのか」

「そうじゃない。あらゆる可能性を検討しないとな」

「けっ、探偵気取りかよ」

「一つ、ききたいことがある。保管庫にはブルーマンのスーツも置いてあったんだよな」

「ああ。そっちは無事だった」

「何でだ？　普通、狙うのなら、主役だろう」

「必ずしもそうとは限らない。怪獣を欲しがるマニアもたくさんいるし、もし、犯人の動機が撮影の妨害であるなら、ゴズメスを盗んだ方が効果的だ」

「おまえが言った、マニアについてなんだが、今でも、着ぐるみとかプロップを欲しがる輩はいるのか？」

「もちろんだ。最近では海外にもマニアがいるからな。本物となれば、かなりの値段で取引されるはずだ。実際、ブルーマンのスーツは過去に何度か盗まれている。ここ最近も何度かあったぞ。マスクが一度、ブーツが右側片一方だけ盗まれたこともあったな」

「ブーツを片方？　おまえの汗と足の臭いがしみついたブーツだろう？」

「それでも欲しがるのが、マニアだよ」

「ただの変態としか思えん」

「おまえ、マニアについて何も判っていないな。それどころか、偏見を持っている。そんなことじゃ、ブルーマンの現場は務まらんぜ。番組最大のお客様は、今やマニアたちなんだから」

「そりゃあ、ある程度、理解はしているさ。で、マニア説と妨害説、おまえはどちらだと考える？」

布施は忌々しげに体を揺する。何か気に入らないことがあると、貧乏揺すりを始めるのが、彼の癖だった。

まったくもって、判りやすい。

椛島はゆったりと構え、布施の口が開くのを待った。布施は脇にどけたカップの縁をそっと触る。もう冷めていて熱くはない。安心した様子で、中身をすすった。

カップを乱暴に置くと、布施は椛島を睨みながら言った。

「皆目、判らねえ」

「おまえ、それだけ言うのに、時間かかり過ぎだろう。もっと素直になれよ」

「うるせえ。これが俺なんだ」

貧乏揺すりがさらに激しさを増し、テーブル全体がカタカタと音をたて始めた。

「……だから、おまえを呼んだんだ」

「何？」

「おまえ、得意だろうがよ、こういうこと」

「得意じゃないさ」

「少し前、倉持さんの件に首突っこんで、あれこれやってたじゃねえか」

「あれは成り行きだ。実際、関わったばかりに酷い目に遭った」

カップのコーヒーがこぼれるほどに、テーブルが揺れた。貧乏揺すりも最高潮だ。

「俺はその……そっち方面はからっきしダメなんだよ。だから、その……手を貸してくれないか」

「俺にいったい、何ができる？」

「勿体ぶってんじゃねえよ。探偵やって、ゴズメスを取り返すんだよ！」

「おまえ、今さっき、俺のことを探偵気取りと言ったんだぞ」

「だから、俺のために探偵しろよ」

いったいどうして、わざわざ時間を割いて、こんな男と向き合っているのか、自分で自分が判らなくなってきた。

そのまま席を立つことは簡単だったが、一方で、追い詰められている布施の気持ちも痛いほど判る。

本当のところ、答えはとっくに出ていた。断れるわけがない。布施の動きは本物だ。こんなくだらないことで干されでもしたら、それはスーツアクター全体にとっての損失でもある。

もっとも、布施が現場から消えれば、手を叩いて喜ぶ者も相当数いるに違いないが。

椛島は精一杯、布施を焦らした上で、言った。

「判った。手を貸そう。ただし、おまえのためじゃない。太田のため、俺自身のためだ。明日からの撮影が止まったら、家賃が払えなくなるんでな」

「相変わらず、しけてんな」

「口のきき方に気をつけろ。俺が手を引いたら、おまえも俺らと同じ境遇だ。日々、家賃と光熱費の心配だぞ」

「偉そうな口、叩きやがって。で？　当てはあるのかよ。ゴズメスを取り返す」

「ある」

「嘘つけ」

「少し考えれば判ることだ。スーツ狙いにしろ、妨害目的にしろ、犯人は警備厳重な撮影所、保管庫にあっさり入りこみ、かさばる着ぐるみを持ちだしている。こいつは、内部からの手引きがなければ不可能だ」

「テメエ、スタッフを疑うのか」

「探偵は何でも疑ってかかるんだよ」

「性根が腐りきってるな」

「そういうおまえはどうなんだ？　スタッフを信じて、捜査対象から外すのか？」

「いや、いの一番に疑う」

「だったら、大人しく話を聞いてろよ！　いいか、まず考えなくちゃならないのは、ゴズメスが盗まれたタイミングだ。撮影のまっ最中。しかも、警備厳重な撮影所内から盗んでいる」

「……それは、どういうことだ？」

「判らないのか？」

「判らねえよ！　だから、おまえごときに、下げたくもない頭下げて頼んでいるんだろうが。判るようにとっとと説明しろ」

「今、してやるよ！　つまり、単純なマニアの犯行ではなく、怨恨《えんこん》の線が強いってことさ。マニアだったら、撮影が終わり、アトリエに戻ったところを狙った方が、圧倒的に効果的だし、楽だ。このタイミングで、わざわざ危ない橋を渡ったってことは、何らかの意図があるはずだ。では、それは何か」

「俺か？」

「その可能性は極めて高いな。自分の実力を鼻にかけ、傲慢で陰険で、人を貶《おとし》めても、毛ほどの罪悪感も覚えない」

「ふん。仕方ないだろ、それが布施太郎なんだから」

「自覚してるだけに始末が悪い」

「何か言ったか？」

「いや、独り言だ」

「俺への恨みだとして、容疑者はたくさんいるぜ。助監督から脚本家まで、色んなヤツと喧嘩してきたから」

「そうだろうよ。俺だって有力容疑者の一人だぜ」

「はん！　テメエなんかに何ができる」

「ほざけ。今に見てろよ」

「おう、良い度胸だ！」

「待て、今はそれどころじゃない。とにかく、俺には一人、当てがある」

「何と！　さすがはスーツアクター崩れの探偵だ」

「俺はまだ、崩れちゃいないぞ。今に見てろよ」

「おう、良い度胸だ！」

「話が前に進んでねえだろうが。いいか、考えてもみろ、もしゴズメスを盗むことでおまえを窮地に陥れたいのなら、なぜ、昨夜を選んだんだ？」

「少しでも早い方がいいと思ったんだろ」

「だが、今日は撮休だ。ゴズメスがなくても、誰も困らない。事実、おまえは進退窮まって、ここにいる」

「……ふむ。たしかにそうだ。だが、そうだとすると、スタッフたちは全員、無実だぜ。奴らは撮休のことをちゃんと知っている」

「一人、知らなかったヤツがいる」

「誰だ？」

「宇杉だよ。あいつは、撮休の報告がある前にスタジオを出ている。監督の使いで東洋撮影所に行って、直帰したはずだろう」

「そう言えば、そうだ」

「彼ならば、保管庫の鍵や警備システムにも通じている」

「もし撮休がなければ、着ぐるみを探す時間もなく、俺は今ごろ、つるし上げを食らってた……。あの野郎……！」

布施の顔がみるみる紅潮し、眉間に深い深い皺が刻まれた。いつもカリカリと怒っている布施だが、どうやら、あの程度のものは怒りの範疇《はんちゅう》にすら入っていないようだ。

「ぶっ殺す」

テーブルを引っくり返さんばかりの勢いを見せる布施を、何とか押しとどめる。

「まだ、本当に宇杉の仕業と決まったわけじゃない。それに、まだ気になる点はある」

「この上、何が気になるって言うんだ？」

「宇杉が一枚噛んでいる可能性は高い。だが、おまえにひと泡ふかせたいだけで、着ぐるみ一体をまるまる持ち去るってのは、いくら何でもやり過ぎだ」

「そうか?」

「おまえ、自分の価値をいったいどれくらいだと思ってんだ? おまえをギャフンと言わせるだけなら、もっと簡単な方法がある。ブルーマンのマスクに胡椒かわさびを塗りつけておいてもいい。火薬や弾着に細工をする手もある」

「そんなの子供の悪戯《いたずら》レベルじゃねえか」

「そのレベルの話なんだよ。だから、怨恨と同時に、マニアの線も追うべきだと思う」

「何だかややこしい話だな」

「まず、宇杉に会おう。すべてはそこからだ」

「おう! 俺もそのつもりだったぜ」

椛島はテーブル上の伝票を、布施の方に滑らせた。

「何だ、これは?」

「おごる。おまえ、そう言っただろう」

「ちっ」

助けてくれと泣きついておいて、舌打ちかよ。

モヤモヤしたものを抱きながらも、椛島は席を立つ。スーツアクターとしてはともかく、人間として尊敬も信用もできない男、布施。それでもなぜか、憎みきることができないでいる。

太田に続いて布施か。相棒に恵まれないな。

荒《すさ》んだ探偵気分で、椛島は店を出る。

三

宇杉の住まいは調布《ちょうふ》にあった。京王線ホームが地下に入り、様変わりした通りを、住宅地の方に向かって進んでいく。

「宇杉とは、どこで知り合ったんだ？」

通りを歩きながら、椛島はきいた。

「俺が所属しているイベント会社の後輩だ。筋がよくてな、目立つ存在だったよ。ブルーマンのサブについたのは、去年からだったか。売りこんできてな。ま、そういうヤツは嫌いじゃない。しごきにしごいて叩きだしてやろうとしたんだが、なかなかどうして、粘りやがってさ」

「そんな単純な話かねぇ」

「そりゃ、どういう意味だ」

「ブルーマンのスーツ、前にも盗まれているんだろ？」

「ああ」

「それは、宇杉が来る、前か後か？」

「……後だ」

「ブルーマン、最近、情報漏れが多いな。新怪獣のデザイン画がネットに流出したのも、先月のことだ。現場の隠し撮り画像がアップされた、なんてこともあったな」

「ああ。動画が上がったこともあったぜ」

「俺は外様だから、詳しいことは判らないが、これだけ続くってことは、内部に犯人がいるってことになるが、何かそんな話はでなかったのか？」

「現場には関係ねえからな。要求通りのものを、最高の形で期限内で仕上げる。それがすべてなんだから」

「つまり、具体的な犯人捜しはなかったってことだな」

「その辺のことはよく判らねえ。ほら、俺って人望ないだろ。情報、入ってこないんだ」

「自慢げに言うことかよ。寂しいヤツだな」

「一人の方が、気楽さ」

布施の表情にすっと陰がさした。人との接し方が判らず、いつも孤立してしまう。過去に何があって、こんな性格になったのかは知らないが、もしかすると、皆と仲良くしたいのかもしれない。それを伝える術を知らないだけなのだ。

もっとも、徹底した自己中心主義、誰もが認める性格の悪さは、天賦の才としか思えない。今の状況は完全な自業自得と言えた。

「ここだ」

布施が足を止めたのは、古びた住戸の中に立つ、新築のマンションだった。

「いい所に住んでるじゃねえか」

六階建て、エレベーター付き。家賃は相当なものだろう。

布施でなくとも、嫉妬の念が首をもたげてくる。

「ここの三〇三か。いくぞ」

幸い、正面玄関はオートロックではない。管理人もいないのを幸いに、入りこむ。椛島は迷わず階段を上る。

「おい、エレベーター、使わないのか……」

「その箱に二人ってのは、ちょっとな」

布施ははっと気づいた様子で、うなずく。

「ああ、そうか。そうだったな」

椛島の閉所恐怖症を、気遣うつもりはあるらしい。

三階まで駆け上がり、宇杉の部屋の前に立つ。ドアごしに気配をうかがおうとしたとき、布施がインターホンを押した。

「おい！　いきなり正面突破かよ」

「それ以外に何がある」

応答がないため、布施は何度もボタンを押した。

「くそっ、留守か」

「そう短気を起こすな。居留守ってことも……」

椛島はそっとドアノブを回す。鍵はかかっておらず、ドアが手前に開いた。

「おう、サスペンス劇場みたいな展開だな」

足音を殺し、中に入る。短い廊下の先にドアがあり、その先が居間になっているようだ。ドアは完全に閉まっている。聞き耳を立ててみるが、物音一つしない。

椛島はドアをゆっくりと開いた。

宇杉は血だらけになって、部屋のまん中に倒れていた。室内はひどく荒らされていて、テーブルや椅子はすべて引っくり返り、大型のテレビも画面がたたき割られている。床には、本やDVD、割れた皿やコップの破片が散乱していた。椛島はガラスの破片を避けながら、宇杉に近づく。

ぴくりとも動かないが、脈はしっかりとしている。意識を失っているだけらしい。

「うわっ、こいつはひどいな」

入って来た布施が叫ぶ。

先に椛島を入らせ、自分は廊下で様子を見ていた。大丈夫と判ったから、入って来て、怖じ気づいていたことを隠すため、わざわざ大きな声をだした——。

布施についての分析を頭の中で展開させながら、椛島は立ち上がる。

「どこにも触るんじゃないぞ。すぐにここを出る」

「バカ言うな。こいつ、ボコボコじゃないか。すぐ、救急車……」

布施は携帯をだす。

「バカ、止めろ。それで通報したら、履歴が残る」

「じゃあ、こいつの家電で……」

「固定電話はない。携帯はこの通りだ」

宇杉のものと思われる携帯は、足元で粉々になっていた。

「隣で、電話を借りるか」

バカかよ。

これも心の内に止める。声にだすと、余計に面倒になるからだ。

「ここを出る。公衆電話を探して、救急車を呼ぶ」

「で、でも、こいつ、一人にして……」

「ここで救急隊員と警察を出迎えるつもりか？　簡単には帰してくれないぞ。ゴズメスどころじゃなくなる」

「そうか。なら、いいや」

意識のない宇杉に手を振ると、さっさと部屋を出ていった。

椛島は哀れみをこめて、宇杉を見下ろす。

「おまえもクズだが、あいつもクズだな」


「で、どうするんだ？　おい、どうするんだ？」

公衆電話で通報した後、椛島は足早に駅へと向かっていた。少しでも、ここから離れた方がいいとの判断だった。布施は、さっきから「どうするんだ？」を連呼しながら、すぐ後ろをついてくる。

「少し黙っててくれ。考えてるんだ」

「考えてる時間なんてねえよ。明日までにゴズメス見つけないと……」

「宇杉を締め上げて、在処《ありか》をききだそうと思っていたんだよ。まさか、あそこまでボコボコにされているとはな」

「仲間割れだろうか」

「多分な。昨夜、内部から手引きしたのは、宇杉に間違いない。おまえを困らせることと、ゴズメスを売り飛ばす手伝いをして金を得る、一石二鳥を狙ったんだろうな」

「宇杉の野郎、ボコボコにしてやるからな」

「もうされてるよ」

「治ったらだ。改めて、ボコボコだ」

遠くにサイレンの音が聞こえる。まもなく、宇杉のマンションは上を下への大騒ぎとなるはずだ。

「それで、これから、どうするんだ？」

布施はセカセカと足を動かしつつ、椛島の横に並ぶ。

「当てがある」

椛島は携帯をだし、登録してあった番号にかけた。

「はい、後藤亮です！　椛島さん！　椛島さんですかっ？」

ものすごい勢いだ。携帯の向こうから耳を食いちぎられそうな気がする。

「椛島だ。今日電話したのは……」

「太田さんも一緒ですか？　えっと、もしできたら、太田さんと少し話をしたいんです。そうそう、太田さん、今度、ブルーマンの怪獣に入るんですよね。楽しみだなぁ。で、太田さんは？」

煮えくりかえる腹を何とか抑え、椛島は言った。

「太田は今、いないんだ。だが……」

「ああ、撮影、見学に行きたかったなぁ。太田さんの怪獣、ホント、いいですよ。久しぶりだなぁ、スーツアクターでここまで個性のだせる人」

「太田はいないんだが、布施がいる」

「フセ？　何のフセです？」

「太田と同業の布施だ」

ゲフゥと下水が逆流するような音がして、後藤はしばらく黙りこんだ。

「もしもし？　生きてるか？」

「一瞬、死ぬかと思いました。布施さん、布施さんって、ブルーマンの布施さんですかぁ。うわぁ」

後藤の声は絶叫に近く、傍で聞いている布施の耳にも届いていた。彼は案の定、嫌悪に満ちた表情を浮かべていた。

「実は、その布施から君に、たってのお願いがあるみたいなんだ」

布施が椛島の手から携帯をもぎ取ろうとする。それをいなしながら、言葉を続ける。

「というのは、最近、撮影所で盗難が相次いでいてね。その調査を、俺と布施でやっているんだ。君はそっち方面にも詳しそうだったから、連絡をしてみたんだけど」

相手はエサに食いついた。

「知ってます。よーく、知ってます。僕で役にたつのなら、何でも喋りますよ」

「それは助かる。どうだろう、これから会えないかな」

「はい。どこへでも出かけていきます。ただ、そのぅ、布施さんも一緒なんですよね」

「もちろん」

渋谷で待ち合わせをすることにして、通話を切る。

布施が汚いものでも見るような目で、椛島の携帯を見つめていた。

「い、今のは、何だ？」

「後藤亮。知らないか、脚本家、後藤庄司の弟だよ。生粋《きっすい》のオタクでな。一か八か、当たってみたところ、これがビンゴ」

「俺はそんなヤツには会わないからな」

「おまえに選択権はないんだよ。ゴズメスを取り返したければ、後藤に会うしかない」

さすがの布施も、状況を理解したらしい。文句をまくしたてることもなく、首をたてに振った。

椛島は、少し気分がよくなった。

四

待ち合わせの場所は、渋谷駅にほど近い、喫茶店だった。後藤は常連らしく、一番奥の人目につかない席をキープしていた。

電話で話しただけだったので、本人に会うのは初めてだった。小柄で細身、これといって特徴のない地味なタイプだ。伸ばした前髪が垂れ、目にかかっている。そのため、表情が読みづらい。

一心に携帯をいじっていた後藤が、はっとした様子で顔を上げる。窓ガラス越しに目があった。

エスパーかよ。

布施は、不安を隠そうともせず、救いを求めるように椛島を見る。

「大丈夫。取って食おうとはしないさ」

取って食われる可能性がゼロではないことは、黙っておいた。

二人が店に入ると、後藤は両手を大きく振って、出迎えてくれた。幸い、店内は空いている。

布施の顔を知るような者もいない。後藤の真正面に布施がくるよう席を調整すると、椛島はその脇に腰を下ろした。

後藤は興奮状態にあるのか、口をパクパクさせるだけで、何も言葉を発しない。布施は体中を虫が這っているかのように、モジモジと上半身を揺すっている。

椛島はまた少し気分がよくなり、この状態をしばし楽しんだ。

「それで、後藤君」

椛島の呼びかけに、返事をしない。ご馳走を値踏みするような目で、布施を見ている。ここで何か気の利いたことでも言ってくれれば話は早いのだが、期待はできそうにない。

「後藤君！」

語気を強めて、再度、言った。

「あ、はいはい。えっと、あんた、椛島だっけ」

あんた、呼び捨て、ため口の三つを同時に食らい、椛島のかすかに残る自尊心も、大いに傷ついた。

「布施からはこの後、充分、サービスさせるから、まずはこっちの質問に答えてくれないか」

「ああ、いいよ」

アイスコーヒーのストローを口にくわえ、ぞんざいな調子で言う。

「君は特撮オタクの中でも、有名な存在だ。撮影所にも出入りしているし、かなりな事情通だとも聞いている」

「ふふん、まあね」

布施が「うえっ」とうめきながら嘔吐の真似をしたので、テーブルの下でスネを蹴り上げ、止めさせる。

「君ならもう知っていると思う、最近、特撮番組のプロップや着ぐるみが、流出していること」

後藤は訳知り顔で、ふふんと鼻の穴を膨らませる。

「やっぱりね、多分、その件じゃないかと思ったんだ」

「実は俺たち二人、その件について調べているんだ」

「そんなことに、布施さんまでが駆りだされているんですか？　それより、今日は撮影、いいんですか？」

布施は「ああ」と発声練習のような声を上げた後、言った。

「と、特別に休みなのだ。ああ……マニアの人が応援してくれるのはうれしいが、ああ……あまり酷いと撮影に影響が出るからね」

「さすが、布施さん、それで自ら調査を。さすがだなぁ。たしかに、少し前にブルーマンのマスクが闇で売買されていたのは、聞きましたよ」

椛島は身を乗りだす。

「その件について、詳しくきかせてくれないか」

後藤は打って変わった冷たい目で、椛島を見る。

「そんなに焦るなって。あんた、着ぐるみのサブやってる人だろ？　あんたみたいなのがしっかりしないから、布施さんにも迷惑がかかんじゃないの？」

噴火口にかぶせた蓋が、跳ね飛びそうだった。

「いや……それは……」

「何だよ、その面《つら》。俺はさ、あんたに言われたから、わざわざここに来てやったの。もう面倒だから、帰れよ。あとは布施さんと話すから」

「こいつを帰すのなら、俺は何も喋らねえぞ、このクソガキ」

布施が、後藤の首を右手一つで締め上げ始めた。

「おい、止めろ」

慌てて引き離そうとするが、布施の腕は筋肉が張りついた幹のようであり、微動だにしない。後藤は両腕をパタパタとカモメのように羽ばたかせ、白目をむいている。

「けったくそ悪い、野郎だぜ」

布施が後藤を放す。

「あのう、お客様……」

不安げな顔をした店員が、背後に立っていた。布施はすっきり爽やかな顔を一瞬で作り上げ、ニコリと笑う。

「いや、何でもないです。大丈夫です」

後藤は口の端から涎を垂らしながら、虚ろな視線を天井に向けていた。

アルバイトと思しき店員は、関わり合いになりたくないと思ったのか、さっさとその場を離れていく。

布施が後藤の頬を軽く張った。

「はいはい。こっちの世界に戻ってきてちょうだいよ」

後藤は目に涙をため、手を合わせて布施を拝んだ。

「あの、すみません、僕、僕……」

「気持ち悪い顔してんじゃねえ、バカ野郎。知っていることをさっさと吐け。ブルーマンのマスクはどうなったんだ？」

憧れの布施から手酷い暴力を受け、さらに返答を強要されているのであるから、後藤としては、このまま席を立って、警察に駆けこめば良い。だが、布施の恫喝《どうかつ》はそんな思考を根こそぎ奪い去っていったらしい。後藤は、何かに操られるかのごとく、すらすらと答え始めた。

「そういう表にだせない物を、こっそりと売り買いする闇のルートがあるんです」

「ブルーマンのマスクも、そのルートに乗ったってことか？」

「そうです。マスクや着ぐるみだけじゃありません。隊員服であったり、使用済みの脚本であったり、本物であれば、何でも売り買いします。脚本は監督や役者さんの書きこみが入っているから、ものによってはすごい値段がつきます」

「脚本や何かは、ナンバーが打ってあって、所有者が誰であるか、判るシステムになっているだろう?」

「ナンバー部分は潰してますよ。たとえ残っていたとしても、もともと表に出る可能性のないものですから。そこらへんは、信頼関係っていうか」

椛島は布施に向かって言った。

「日曜朝にやっているヒーロー番組があるよな。その衣装が二着、半年ほど前に紛失したらしい。予備もあったので撮影には問題なかったらしいが」

「その辺もすべて、こいつの言う、信頼関係の輪に入っているらしいな」

椛島はあらためて後藤と向き合う。

「なぁ、後藤君、君が愛してくれているブルーマンも、盗難被害に遭って、現場は大変なことになっている。力を貸してくれないか」

後藤は椛島と目を合わせようとはせず、布施の動きを逐一、追っている。それはさきほどまでの羨望ではなく、恐怖によるものだ。

布施のやりたいようにさせてしまったが、それが吉と出るか、凶と出るか——。

後藤は目をそらしたまま、か細い声で言った。

「もし、協力したら、ブルーマンのスタジオ見学、させてもらえます?」

「ああ、お安いご用さ。なあ?」

布施は仏頂面のままだ。

「大丈夫、俺が責任を持つ」

「それと……」

「おっと」

布施が大きな手を前にだした。

「要求はそのくらいにして、さっさと情報をだせ」

「えっと、えっと、中野《なかの》に中島屋《なかじま》っておもちゃ屋があるんですけど」

椛島は尋ねた。

「中野って、あのブロードウェイがある、中野か？」

「そうです」

ぞんざいな口調は改まっていた。

「中島屋はブロードウェイとは反対側にあるんですけど、実は、そこが売買の拠点になっているらしいんです。最近はオークションでもすぐチェックが入るらしくて、対面販売オンリーに切り替えたそうです」

「いかがわしい香りのするサロンって感じだな」

布施が鼻を鳴らす。

「テメエ、平成育ちのくせに、いつも昭和臭いことばっかり言ってるな」

「うるせえ。昭和のテレビばかり見て育ったんだ。体は平成育ちでも、中身は昭和なんだよ」

「ちっとも、うらやましくねえ」

「この良さが判らないヤツは気の毒だよ」

後藤が「はい」と手を挙げて言った。

「僕は完全な平成生まれ、平成育ちですけど、半分くらいは昭和でできてます」

「何だと、このオタク野郎」

再び首を摑もうとする布施を、今度は寸前で阻止した。

「なあ後藤君、その中島屋に入りこむには、どうすればいい？」

「それは、買い手として？　売り手として？」

「どちらでも構わない」

「うーん、正直、難しいと思いますねぇ。けっこうなお金が動くらしいし、暴力団も絡んでるって噂もあるし、セキュリティはかなりしっかりしてると思うので」

「そこのところを、君の知恵で何とかならないか？」

「逆に一つききたいんですけど、布施さんもあなたも、どうしてそんなに一生懸命なんです？　スーツやプロップの盗難や売買なんて、今までにもあったことでしょう。今回に限って、どうしてそんなに必死なんです？」

布施が奥歯を嚙みしめながら、うつむいた。

さあ、どうする。椛島は自分自身に問うた。ここでの判断が、勝敗を分ける。そんな予感がしたからだ。

椛島は言った。

「今日、俺たちがここにいるのは、撮影が休みだからじゃない。撮影ができないからなんだ」

「おい！」

口を押さえようとする布施を制し、椛島は続ける。

「実は、撮影中の着ぐるみが盗まれた。ゴズメスっていう新怪獣だ。撮影は半分ほど終わってい
て、本当なら、今日中に撮り終わる予定だったんだ。それができなくなった」

さすがの後藤も、そこまでの事態は予想していなかったようだ。「へぇ」とつぶやいたまま、
固まっている。

「何とか明日までに、ゴズメスを取り返したい」

後藤は既に空になったアイスコーヒーを、ストローで吸う。

「そ、それで、もう見つからなかったら……どうなるんです？」

「下手をすると、ゴズメスはオクラ入りだ。別の怪獣で撮り直すしかないかもな」

「ええ、そんなぁ。ゴズメスには、あの太田さんが入るんでしょう？」

「そうだ。昨日まで、あいつが入ってがんばっていた」

「太田さんと布施さんの対決でしょう。俺、絶対、見たかったんだ。それが、このままいくと、
パア？」

「そう、パア」

後藤の目つきが変わった。

「それならそうと、先に言ってくれればよかったのに」

不満そうに後藤は頬を膨らます。

「すまないな。巻きこみたくなかったんだ」

布施に頭をはたかれた。

「出来の悪い脚本みたいなセリフ、吐いてんじゃねえ。鳥肌が立つぜ」

「テメエのためにやってんだろうが。いいから、少し黙ってろ」

「二人で乗りこむのなら、売り手のふりをしていくのがいいと思います」

後藤が珍しく真面目な顔で言った。

「売り手と言っても、俺たちには売り物がない」

「僕の画像をあげますよ」

椛島の携帯に、布施から、添付ファイル付きのメールが届いた。開いてみると、床に並べられた膨大な脚本が写っている。

後藤は得意げに胸を張って言う。

「僕のコレクション……というか、アニキのを全部、貰っているんです」

脚本はすべて「ブルーマン」のものだ。三年前に放送された第一話「青色作戦第一号」から問題の最新作「ゴズメスを倒せ！」まで、劇場版、テレビスペシャルも含め、全話揃っている。

「こいつはすげえコレクションだな」

「こいつを囮《おとり》に使って下さい。これなら、絶対、食いついてくるはずです」

「ああ、間違いない」

「実は今日、一冊、持ってきてるんです」

後藤はバッグから、赤い表紙の脚本を一冊取りだした。第十九話「天使はたびたび」である。

先に反応したのは、布施だった。

「おい、その話は……」

「布施さんが初めてブルーマンに入ったエピソードです。これにサイン貰おうと思って持ってきたんだけど、いったん、預けときます」

本を椛島ではなく布施に差しだす。

鉄面皮である布施も、これには少し感動したようだった。

「あ、ああ」

と両手で本を受け取った。

「これを見せ餌にして信用させれば、絶対に取引を持ちかけてくると思います。そこからは、布施さんたち次第ってことで」

布施は神妙な顔つきでつぶやいた。

「すまん。助かる」

「いやいやいやいや、布施さんの頼みですもん！　何でもやりますって」

真正面から首を絞められたことなど、もう忘れているかのようだ。いや、彼のような男にとって、天下の布施に首を絞められたこと自体が、勲章なのだろう。

「じゃ、脚本、返すとき、サイン入れて下さいね。後藤亮さんへ、もよろしく」

「ああ……。判った」

「撮影所見学のことも忘れないで下さいよ。俺、いつでも空いてるんで」

誇らしげに言うと、後藤は口を閉じ、じっと布施を観察し始めた。

布施が慌てて立ち上がる。

「そ、そろそろ、行くか」

最後まで付録扱いであった椛島だが、勘定を払うのは、椛島だった。

後藤は席から大きく手を振っている。

「布施、振り返せ」

「バカ言え！」

「ゴズメスに一歩近づけたのは、ヤツのおかげだ。サービスしとけ」

布施は頬を引きつらせながら、ドアを閉める直前、小さく手を振って見せた。後藤は胸を押さえ、椅子の上でのけぞっている。

店を出ると、疲労と屈辱が同時に襲いかかってきた。

「くそっ、あのガキ」

大声をだしながら、全力で走りたい気分だ。

「何怒ってんだ」

横にいる布施はキョトンとした表情だ。この鉄面皮に、椛島の気持ちなど判りはしない。口にだすだけ無駄なので、無言で歩きだした。

「これから、中野に向かうわけか」

布施は預かった脚本でパタパタと顔を煽ぎながら言う。

「その脚本を寄越せ。あとは、俺一人で行く」

「何だと?」

「おまえは、その筋には顔を知られすぎてる。ここで別れよう」

「おいおい、そりゃないだろう」

反対されるとは、思ってもいなかった。これ幸いとこちらにすべて押しつけ、酒でも飲みに行くと踏んでいたのだが。

「ここからが本番じゃねえか。俺を外すなよ」

「だけど、顔……」

「心配すんなって」

ポケットから、黒縁の大きなメガネを取りだした。伊達メガネらしい。それをかけると、今度はズボンの尻ポケットから、折り畳んだ赤いキャップをだす。それを広げ、頭にのせた。

「どうだ、天下の布施には見えねえだろ」

誰が天下だよ、と突っこみを入れたかったが、ここは黙っておいた。がっつりと鍛えあげた細身の体に、でかいメガネと派手なキャップだ。ちぐはぐなんてものではない。並んで歩くことすら恥ずかしい。

「ちょっと離れて歩け」

「何だ？　俺の格好、何か変か？」

「変装としては、いい線いってるかもしれないけどな」

「よし、決まりだ。俺も中野に行くぜ」

もう反論する気力もない。

「判った、一緒に行く。だが、離れてついてこい」

「何だと？」

「電車に乗ったら、別々の車両だ。それより、何でそんな変装道具、持ち歩いてんだよ」

「スーツアクターといえど、役者だ。いろいろと備えはしておかないとな」

「何に備えてるんだか」

椛島が嫌がっていると判るや、布施はぴたりと後ろについてくる。

これから、敵の本丸に潜入するんだぜ。少しは緊張感を持てよ。

ため息をつきながら、椛島は渋谷駅を目指す。

五

椛島にとって、久しぶりの中野だった。最後に来たのは、数年前、建築現場のアルバイトをしていたときだ。

いつの間にか駅舎を含めすべてが新しくなり、記憶の中の中野とは、まったく一致しない。別の場所に来たかのようだ。

それは、布施も同じであったらしい。

「何だ、この味気なさは。これじゃあ、八王子《はちおうじ》や立川《たちかわ》と変わらないじゃないか」

「八王子や立川に失礼だろう」

「うるせえ。俺がそう思うから、それでいいんだよ」

そう言い放ち、肩で風を切って歩いて行く。もっとも、その出で立ちゆえ、すれ違う人たちは皆、そっと顔をそむけていった。

後藤から聞いた中島屋の住所を頼りに、駅南口を出て中野通りを南下、大久保通りに入りさらに進む。こちら側の変化は、北口ほど激しくはない。それでも、商店はほとんどが変わっており、やはり、かつての面影はない。

所番地を確認しながら十分ほど歩いたところで、布施が足を止めた。

「おい、あれじゃないか」

大久保通りから左に入る路地があり、そこに「オモチャの中島屋」というくすんだ看板がかかっていた。長屋のように五軒ほどが軒を連ねる古びた建物であるが、中島屋を除く四軒にはシャッターが下りている。どれも錆《さ》びや落書きが酷く、閉めてからかなりの月日が流れていると推測できる。

一方の中島屋だが、一応、シャッターは開いているのだが、ウインドウは埃まみれ、中は暗く、営業しているようにも思えない。

入口であるドアの両側にはカラカラに干からびた鉢植えが二つ、横倒しになっている。

布施が看板を見上げてつぶやいた。

「こいつはサロンというより、ただの廃屋だなぁ」

さきほどまでの威勢の良さはどこへやら、既に腰が引けている。椛島は布施の背中を強く押す。

「ここまで来て、退散はないだろう」

布施はするりと身をかわし、椛島の背後に回る。

「バックは任せろ」

椛島はドアを開け、中に入った。埃の臭いが鼻をつく。店内は明かりも消えて薄暗く、人の気配もない。並んでいるのは、空の戸棚ばかりで、商品らしきものも何もない。

後藤に言われてなければ、ここがかつておもちゃ屋であったことすら、判らない状態だ。

「すみません」

声をかけてみるが、店内は静まりかえったままだ。正面奥には、かつてレジだったと思われるカウンター、その向こうには木製のドアがある。

「すみません」

再度呼びかけたところで、ドアのノブがゆっくりと回った。布施がゆっくりと出入口の方に下がっていく。逃げる準備は万端ってことか、このチキン野郎め。

椛島は拳を握り、出方を見る。

ドアが開き、中からスーツ姿の小男が現れた。丸いメガネにチョビ髭という、現代では、あまり見かけないスタイルだった。

「何ですかな、君たちは？」

男の言葉には、かすかに訛りがあった。「君」が「チミ」に聞こえる。

「あの、すみません、ここ、中島屋さんですよね。おもちゃ屋の」

「はい。ここは中島屋です。ただ、もう商売はたたみましてね。三年になります。長引く不況に少子化、その上、量販店の擡頭《たいとう》。町のおもちゃ屋なんかは、これ、やってられませんわな。ハハハハハ」

何と答えてよいか判らず、言葉につまる。

男はスタスタと近づいてきて、こちらの顔を下から覗きこむ。

「それで、今日は何のご用で？」

もしかすると、後藤にはめられたのかもしれない。布施の暴力を恨み、わざと潰れたおもちゃ屋の場所を教えた可能性もある。

「ええっと、そのぅ……ここって、もう完全に商売は止めてしまわれたのでしょうか」

「……といいますと？」

「買い取りはまだ続けているのでは？」

男はキョトンとした顔のまま、首を傾げる。

「おっしゃる意味が判りませんなぁ。買い取りも何も、うちにはもう、売り買いできるものは何もありませんので」

そんな男の態度に、椛島は違和感を覚える。見知らぬ男が二人、いきなり入ってきたのに、大して警戒もせず、愛想良く応対している、この小男――。

商売をしていないのなら、なぜほかの四軒同様、シャッターを閉めておかない。なぜ、ドアに鍵をかけておかない。

後藤への疑念は消し飛び、小男への疑念が取って代わる。

「実は、見ていただきたいものがありましてね」

「へえ？　そりゃ、何です？」

「見れば判ると思いますよ」

椛島は携帯を操作し、後藤から送られた画像をだす。

画面を見た瞬間、小男の表情が強ばった。

「えっと、お客さん……これは……？」

「あんたいま、お客って言ったな。商売は止めたんじゃなかったのか？」

「いや、まあ、何て言うか、商売替えをしたものでね。へへへへ」

「で、どうなんだい？　買うの？　買わないの？」

「あうーっと、見た感じ、これ、脚本のようですねぇ」

「『ブルーマン』の脚本、今まで放送された分、すべてだ」

「すべてって、全部ってこと？」

「当たり前だ。どうだ？　いくらで買う」

小男は眉間に皺を寄せた後、じろりと椛島を見る。初めて見せる、鋭い目つきだった。

「買うも買わないも、いきなり、こんなものを見せられても、こっちには何のことだか」

「この手のものを高く買ってくれるって、聞いたんだけどな」

「そんなこと、誰が言ってました？」

椛島は携帯をしまう。

「どうやらこっちの勘違いだったようだ。邪魔したな」

布施の肩をたたき、外へと向かう。

「ああ、待った！」

椛島たちの前に回りこみ、小男が叫んだ。両腕を前にだし、出入口のドアの前に仁王立ちとなる。

「えっとですね、まあ、買い取るといえば買い取るし、買い取らないといえば買い取らないんですが」

「どっちなんだ？」

「商売とはいえ、初対面の方といきなり取引はできかねます。せめて、紹介者の名前を」

「宇杉だよ」

「え？」

「ほら、宇杉って役者崩れがいるだろう。そいつから聞いたんだよ」

「……ああ、彼からね。あのう、最近、彼に会われましたかね」

「いや。もう一週間くらい顔は合わせてない。今日も一緒に来るかと思ってメッセージ入れたんだけどさ、返事がないんだ」

「あ、ああ、そりゃそうでしょう」

「何だよ、あんた、宇杉の居所、知ってんの？」

「い、いや、違います。いや、あの方の紹介なら間違いない」

「じゃあ、取引成立か？」

「物に興味はあるのですが、いかんせん、商品の画像だけでは、何とも……」

椛島は布施に合図を送る。布施は後藤より預かった脚本を、小男に渡した。

「およ！　これは、たしかに本物！　ああ、書きこみまで入ってる」

「どうだ？　信用してもらえたか？」

「えっと、そのぅ、別にお二人を疑うわけじゃないんですが、やっぱり、現物が目の前にないと、どうにもできません。持ってきてもらうか、こちらから出向いていくか、どちらでもいいんですがね」

「それは当然だ。取引までに、きちんと現物は見せる。その前に、こっちとしてもあんたのビジネスを確認しておきたい」

小男は肘で椛島の脇をツンと突き、腐肉を前にしたハイエナのような笑みを見せた。

「判っておりますよ。ま、お二人の身元云々については、後ほどということにしましょう。こちらへ。おお、申し遅れました、私、中島屋のオーナーをしております、輪島仁深《わじまひさみ》と申します」

さっと取りだした名刺には、名前と携帯の番号があるだけだ。

「では、こちらへ」

と輪島は、さきほど自分が出てきた木戸を開く。そのさきは、地下へと通じる細い階段となっていた。中はまっ暗で、何段あるのか、下りた先がどうなっているのか、まったく判らない。一歩踏みだすたび、木材のしなる軋み音が響いた。空気は埃っぽく、思わず鼻と口を塞ぎたくなるが、一方で、嗅ぎ覚えのある臭いが、そこはかとなく漂ってくる。

揮発性溶剤の臭い……。撮影所やアトリエで年中嗅いでいる、あの臭いだ。

クンクン鼻を鳴らしていると、突然、ぼんやりと辺りが明るくなった。輪島が、天井から下がる裸電球をつけたのだ。

階段を下りきったところは、短い通路になっており、その先に新たな扉がある。こちらは立派な鉄製で、なんと暗証番号を打ちこむテンキーがついていた。

「物々しいんだな」

「セキュリティには、特に気をつけてるんです。いや、怖いのは警察じゃありません。同業やマニアですな。ヤツらの物欲は、本当に恐ろしい。手に入れるためには、手段を選ばずってヤツですから」

自分がその片棒を担いでいることを棚に上げ、勝手なことを言っている。

おまえらのせいで、撮影が危機に瀕しているんだ。

輪島はテンキーを体で隠しながら、暗証番号を打ちこむ。重々しい金属音がして、錠が外れる。

輪島が扉を手前に引くと、ゆっくり開き始めた。

「まるで、金庫室だな」

「中を見れば、判りますよ」

扉の向こうは、思っていたより狭かった。左右に木製の棚が設けられ、そこに大小様々なものが並んでいる。明かりは天井から下がる三つの裸電球だけであり、すべてがセピア色にくすんで見えた。

椛島の目にまず飛びこんできたのは、往年のヒーロー、スタンプマンのマスクだった。ポストを模した、赤い色に四角い顔――。もっとも今は劣化が激しく、目の部分は破れ、色も黒ずんで、乾いた血の色をしている。

輪島は腕組みをして、観光ガイドよろしく語り始めた。

「これは実際の撮影で使用された本物なんです。まあ、貴重なものです。ちなみに、売約済み」

「こりゃなんだ?」

布施が棚中段にあった、茶色い筒状のものに手を伸ばす。

「それは馬男の前足! 触らないで!!」

輪島の金切り声が響く。

「前足?」

「四十五年ほど前に放映された『ドロップマン』というヒーロー番組の敵怪人です。本体は失われてしまいまして、いま、残っているのは、前足だけです」

「こんなもん、欲しがるヤツがいるのか?」

「売約済みです」

「いくら?」

「内緒です」

「この四角いブリキの缶は?」

「それこそが、『ドロップマン』のマスクです。本物です。ドロップマンはその名の通り、ドロップをなめて変身します。必殺技はもちろん、ドロップキック。当時、缶入りドロップを売っていた『タクマ』の一社提供でした。このヒーローは、ドロップの色によって形態が変わります。今でいうフォームチェンジですな。それを四十年以上前にやっていたわけですから、すごいものです。イチゴ味の赤なら火の化身レッドドロップ、メロン味なら森の化身グリーンドロップ、コーヒー味なら大地の化身ブラウンドロップ、レモン味は……えーっと、何だったかな」

「何でもいいよ」

「あ！　ただし、ハッカが出るとやばいです。二十四時間、変身不能になってしまうんです」

「ハッカは外れってことか？　それはおかしくないか。俺はハッカが当たりだと信じていたんだ」

「いや、私に言われましても、設定でそうなっているので……」

「ふん」

布施は小馬鹿にした顔つきで、ドロップマンのマスクを指ではじいた。

「ちょっと！　触らないで下さい！　売約済みなんですから」

「ゴミにしか見えねえけどな。これは？」

古い電話機だ。「黒電話」と言われていたものだが、これはまっ黄色に塗装されていた。塗膜はボロボロで、地の黒色が顔を見せている。

「これも古いですねぇ。五十年以上前のヒーロー番組、リンリンマンの必殺武器、リンリンスラッシャーです。本物です」

「本物も何も、昔の電話に色塗っただけじゃねえか」

「売約済みです」

「きいてねえよ」

輪島と布施の漫才を聞きながら、椛島は棚に置かれた品々に目を走らせる。そこには、特撮ヒーロー、怪獣関連の様々な物が並んでいた。往年のものから最近の作品まで、スーツ、マスクから、ブーツ、ベルト、実際に使用された様々な変身アイテム、銃や剣、中には水着や下着まであった。

棚の端には、椛島が持ちこんだような脚本や企画書、写真の類が置いてある。

「なるほど、これはすごいねぇ。全部、売約済みなの？」

「ええ。この世界は常に供給不足。出物があると、すぐに値段がついてしまいます」

「へえ、儲かるんだな。今度、田舎に帰ったら、物置の中、探してみるかな。昔遊んでたオモチャとか出てくるかもしれない。そしたら、査定してくれよ」

「申し訳ありません。うちは、オモチャは扱っていないんですよ」

「だけど、看板はオモチャの中島屋だろ？」

「あれは表向きでして。今はここにあるような、本物しか扱ってないんです」

「ふーん。正直、俺にはこんなもんのどこがいいのか、判らないけどな」

輪島は如才ない笑みで答える。

「人の趣味はそれぞれですからな」

「怪獣のぬいぐるみとか、そういうのは、置いてないのかい？」

輪島は後ろで手を組み、部屋の支配者よろしく、靴音を響かせ、陳列品の前をゆっくり移動していく。

「ぬいぐるみとは、特撮で使う怪獣のことでしょうか。私は敬意を込め、着ぐるみと呼んでいます。あなた、着ぐるみに興味が？」

「いや、その……宇杉がさ、言ってたものだから。ここに来ると、でかい怪獣とかがいてびっくりするぜって」

「ほう、彼がそんなことを。いけないなぁ、余計なことを漏らしちゃあ。いや、これは失礼。あ

なたがたはもう、私どもの顧客だ。何でも教えましょう。着ぐるみは現在、一体、在庫がありま
す。ただ、物が大きくて、ここにはないんです」

どこにある？　とききたい気持ちを抑え、椛島は「へぇ」と小さくうなずく。

「それはどこにあるんだ？」

布施がきいた。輪島の背後で、「黙れ」と身振りで示しているにもかかわらず、布施は止めよ
うとしない。

「ここになければどこにあるんだ？」

輪島は、背後にいる椛島にちらりと目を向けた後、唇を三日月形にして笑った。

「場所までは申せません。取引のお相手がお急ぎでしてね。今夜中に引き渡すのです。あんな大
きなものを運ぶ手間は、なるべく少なくしたい。そこで、引き替え場所の近くに、もう移してあ
るのですよ」

輪島はわざとらしく腕時計を見て、言った。

「おやおや、喋り過ぎてしまいましたね。では、そろそろお引き取りを。この後、約束があるも
のですから」

部屋から追い立てられ、オンボロの階段を上がり、元の埃っぽい店に戻る。

輪島がドアをそっと閉めると、両手の平をこすりながら、近づいてきた。

「いやいや、どーもどーも、それで、お取引の方はいかがでしょうかな」

「一度、現物を見てもらった方がいいと思うので、日取りを連絡させてくれ」

「承知しました。明日以降であれば、いつでも。査定無料。出張サービスもしておりますよ」

「連絡は、名刺にあった番号に？」

「はい、二十四時間、受け付けておりますよ」

「判った」

椛島はどこか不服そうな布施の背中を押し、外に出た。輪島がじっとこちらをうかがっている気配がする。

後ろを振り返らず、椛島は角まで足早に進んだ。一方の布施は不服そうに口を尖らせ、何度も何度も、後ろを振り返る。

「おう、あのチビ、まだこっち見てるぞ」

「振り返るな。怪しまれるだろう」

「別にいいじゃないか。あの店、あいつだけみたいだったし、地下倉庫におりたとき、やっちまえばよかったんだ」

角を曲がり、輪島の死角に入ったことを確認したうえで、椛島は布施を怒鳴りつけた。

「何を言ってるんだ？　そんなことをしたら、ゴズメスは永遠に取り戻せないぞ」

「痛めつけて在処を吐かせれば良かったんだ」

「吐かせてどうする？」

「そこに乗りこんで、着ぐるみを取り返す」

「そんな簡単にいくわけないだろう」

「邪魔するヤツはぶっ倒せばいいんだ。非は向こうにある。少し手荒くしたって、警察には通報しないだろう。自分らだって捕まるしな」

こいつ、本気でヤツらをなめている。

「ならこちらも言わせてもらうが、つまり奴らは窃盗団だ。何人いるか判らんが、二人、三人ではないだろう。こっちはたった二人だぞ」

布施は腕の力こぶを誇示する。

「五人くらい、ひと捻りよ」

「もっと慎重に行けよ。下手すりゃ、こっちの手が後ろに回る」

「それじゃあ、どうするんだよ？　今日中にゴズメス、取り返さなくちゃならんのだぞ」

「おまえ、車の運転、できたよな」

「ああ。点数はかなりやばいけどな」

「車を借りてきてくれ。俺はここで、ヤツを見張っている」

「どういうことだ？」

「取引現場を押さえる」

「何？」

「輪島が言ってたよな。着ぐるみの取引は今夜だって。ヤツを尾行して、取引現場に乗りこみ、ゴズメスを取り返す」

布施の表情がようやく緩んだ。

「いいね。おまえにしては、すごくいい」

「車」

「任せとけ」

弾む足取りで遠ざかっていく布施。一方、椛島の気分は冴えない。果たして、こんなことで上手くいくのだろうか。

六

「まさか、こんな雰囲気のある場所に連れて来られるとはな」

ドライバーズシートに身を埋めた布施は、タバコを吸う真似をしながら言う。

闇の中に倉庫群がそびえ、その向こうには黒い海がある。街灯はあまりに数が少なく、敷地全体の半分ほどをぼんやりと照らすだけだ。

エンジンを切り、ライトも消した車内で、椛島はフロントガラスに映った自分の顔とにらめっこをしていた。

事は思っていた以上に簡単だった。布施が借りてきた車を駐め、日が暮れるまで、中島屋を監視した。

午後八時過ぎ、輪島が一人で姿を見せた。周囲を警戒しつつ大久保通りに出ると、一台の黒塗りの車が横づけされる。輪島はその車内へと消えた。

あとは車のテールランプを追い、海沿いの倉庫街までやって来たというわけだ。

輪島の乗ってきた車は、二つ先にある倉庫の角に駐まっている。エンジンもヘッドライトもつけたままなので、死角にいても動きがあれば判るはずだ。

椛島は倉庫に隣接する空き地のまん中に、車を駐め、様子を見ることとした。

そして一時間。気の緩みから来る睡魔が、脳と瞼を蝕んできた。

意識をはっきりさせるため、椛島は口を開く。

「布施、おまえ、運転、上手いんだな」

「当たり前だ。これでも二種を持っている。大型も持っている。バイトで役だつんでな」

「そうか。俺は免許すら持ってねえ」

「都内にいれば車なんて必要ないし、そもそも車を持つ余裕なんてねえからな」

「いや、そういう意味じゃない。おまえのことだよ」

「何だ？　またいちゃもんつける気か？」

「逆だ。大したものだと思ってな。正直、俺には覚悟が足りないのかもしれないな。スーツアクターとしてやっていくための」

「今ごろ気づいても遅いだろう。俺なんか……」

「判ってる。バイトして、食いつないで、腕を磨いて、ここまで来た。何だかんだ言っても、その点に関してだけは、大したものだと認めるよ」

「その点に関してだけってところに、えらく力がこもっているな」

「今日、喫茶店でおまえの腕を摑んだだろう？」

「ああ、あのクソオタクを締め上げたときか」

「おまえの腕は鍛え上げてあって、木の幹みたいだった。腕力には自信があったが、俺の力じゃびくともしなかった。今の俺は、おまえにはかなわない。認めるよ」

「認めるのが遅え」

「おまえ……」

言いかけたとき、ひと筋のライトが倉庫の壁面を横切った。

新たな車がやって来たようだ。車は椛島たちの潜む空き地の前を通り、倉庫街へと入っていく。

輪島たちの車も動きだしていた。倉庫の陰から滑り出ると、新参の車と向かい合う形で、通路をノロノロと進み始める。

やがて二台は、十メートルほどの間隔を開けて停車した。傍に街灯があるため、二台の様子はよく見える。

椛島と布施は自分の車を出て、倉庫の壁に沿いながら、近づいていった。

新参の車から、三人が下り立った。運転席と助手席から、スーツ姿の長身の男。後部シートから姿を見せたのは、でっぷりと太った初老の男であった。手にはアタッシェケースを提げている。

三人が車の前に並ぶと、輪島たちの方にも動きがあった。車から出てきたのは、四人だ。助手席から輪島、残り三人は、やはりスーツ姿で、皆、体格がいい。

輪島が手を挙げると、三人が車の後ろに回った。トランクを開け、中から大きなものを引っぱりだしている。街灯の光が遮られ、確認できるのは、物体のシルエットだけである。

椛島には、それで充分だった。潰され、折り畳まれてクタクタになってはいるが、あれはゴズメスに間違いない。すぐ脇にいる布施の鼻息が荒くなった。

「椛島、ついに見つけたぞ」

「待て、思っていたより人数が多い。正面突破は無理だ」

「何言ってやがる、相手は七人。うち二人はあの小男と得体の知れないデブだ」

「得体の知れないデブが強敵だったらどうする？」

「そんなことあり得ない」

椛島の腕を振り切り、布施は男たちに向かって、歩いて行った。仕方なく、椛島も続く。

椛島たちから見て、手前に四人組の車が駐まり、その向こうに輪島たちがいる。そのさらに向こうは海だ。

こちらに背を向けていた巨漢を含む四人が、気配に気づいて振り返った。

七人の視線が、二人に浴びせられた。布施としては、こちらの出現でみんなびっくり、その隙にゴズメスを取り返す――つもりだったのだろう。

その当ては大いに外れた。

椛島たちを見ても、その場の七人は、まったく動じなかったからだ。輪島に至っては、満足げな笑みまで浮かべている。

「布施、待て。何か変だ」

「うるせえ。ここまで来て、待てるか」

布施は、ゴズメスを下ろそうとしていた二人に向かって叫ぶ。

「それを地面に置け」

二人はゴズメスを抱えたまま、動かない。

「それはもともと、俺たちのものだ。返せ。返せば、おまえらもこのまま帰してやる」

輪島の笑い声が響いた。

「ご自分の立場が判っていないようですな、布施さん」

布施の面が割れている。椛島はなお進もうとする布施の肩を摑む。

「これ以上近づくのは、やばい」

「だけどよお、ゴズメスがそこにあるんだぜ。目の前にさぁ」

「我々もバカにされたものだ。こんなド素人二人に嗅ぎつけられるなんてね」

得意げに言う輪島に対し、椛島は言った。

「最初から判っていたのか？　店に来たのが、布施だって」

「いや。だが、妙ちきりんな変装をしているくせに、持ちこんだ物は超一級品だ。誰でも疑ってかかる。こっそり写真を撮らせてもらい、仲間内で回したところ、身元が割れたってことだ。天下のスーツアクター布施様が、自分の番組の脚本を闇で売る。おかしな話だろう？　後は説明する必要もない。望み通り、取引の現場まで来ていただいた。やはり、狙いはこの着ぐるみだったのか」

「あんたらが盗品をどう捌《さば》こうが、正直なところ、俺には興味がない。だが、今回はいくらなんでも、乱暴だろう。おまえらが盗みだしたのは、撮影中の着ぐるみだぞ」

「仕方ないだろう。そのくらいのインパクトを、クライアントがお望みなんだから」

三人のお供をバックに、巨漢がニンマリと笑う。

この男の素性は知らないが、それなりの資産を持ったコレクターなのだろう。欲しいものを手に入れるため、手段は選ばない。

不遜な笑みに我慢できなくなったのか、布施が怒鳴り声を上げた。

「ゴタクはいいからよ、さっさと着ぐるみを返せ」

「断る」

巨漢が顎をしゃくった。顎といっても、肉に埋もれているため、かろうじて確認できる程度の動きだった。それでも、背後に控える三人には充分だったとみえる。布施に向かって進み始めた。

もう後には引けない。椛島は拳を固め、応戦の構えを取る。アクションの素地になればと、長年、空手をやってきた。向こうも素人ではないだろうが、ある程度、やれる自信はある。それに、今回は頼りになる相棒もいる。

「布施、左を頼む」

返ってきたのは、信じられないほど裏返った声だった。

「ひ、左って、何のことだ？」

「前から来る三人組の左に決まってんだろうが」

「いや、頼まれても、そこはそれ……」

「おまえ、何を言ってんだ？　おまえ、腕に覚えがあるんだろう？　今こそ、それを使うときだぞ」

「覚えがあんのは、おまえだろう。空手ずっとやってたって、自慢してたじゃねえか」

「やってたさ。だが、一度に三人はきつい」

「おまえの空手は、そんなもんだったのか？」

「おい、ちょっと……」

布施はするりと身を反転させ、椛島の背後に回りこんだ。

「三人とも任せた」

「ふざけんな！」

「お、俺は、スーツアクターとして大事な体なんだ。ケガでもしたらどうする」

「ぶちキレて飛びだして、こういう状況を演出したのは、おまえだろう！」

「椛島が何とかしてくれると思ったんだよ」

「何、ごちゃごちゃ言ってやがる！」

三人組の左側の男が、叫びながら、摑みかかってきた。布施に向かって怒鳴り散らしていた椛島は、怒りにまかせ、闇雲に拳を突きだした。

「うるせえ！」

拳は偶然、男の顎にヒットし、その場に崩れ落ちた。

布施がぴょんと飛び上がって、手を叩く。

「おう、さすがじゃないか。その調子だ」

「もうテメエとは絶交だ。未来永劫、友達づき合いはしない」

「友達だなんて思ってねえよ」

「くそっ」

布施への怒りを、眼前の二人に叩きつけた。一発、二発、腹に食らったが、痛みを感じない。鳩尾《みぞおち》と喉に軽いパンチを入れ、行動不能にした。

あと四人。

手下がやられた巨漢は、あっさりと輪島たちの後ろに逃げている。

「布施、おまえ、何もしない気か？」

返事はない。

輪島が不敵な笑みと共に、上着を脱いだ。後ろにいた男が、すかさずそれを受け止める。

輪島が進み出てきた。大柄な椛島に対し、身長差は十センチ以上ある。

椛島は腕を前にだして言った。

「なあ、輪島さん、別にやり合うつもりはないんだ。ただ、その着ぐるみはどうしても必要だから、返して欲しい。ただそれだけ……」

猛烈なパンチが鳩尾に向かってきた。とっさに右手で払うが、掌がしびれ、手首に激痛が走るほどの威力だった。

輪島は顔面をガードしながら、ニヤリと笑う。

「おまえ、俺を頭数には入れてなかっただろう」

動きにはキレがあり、しかも素早かった。椛島の打撃はすべて空を切り、一方、直撃こそないものの、輪島の打撃は強烈で防御するのが、精一杯だった。

「ほう、なかなかやるじゃないか」

輪島はまだ余裕である。

「こ、この！」

布施が輪島の背後から殴りかかった。腰は引け、上体ばかりが前にせり出している。顎は上がっており、パンチは完全な手打ちになっている。輪島はそれを避けようともせず、背のまん中で受け止めた。ダメージはまったくない。逆に、当たった衝撃で手首を痛めたのか、布施が悲鳴を上げてうずくまった。

輪島は哀れみをこめて椛島を見た。

「おまえ、相棒を間違えたな」

「最初から判っていたけどな」

左右の連突き、そこに下段の蹴りがきた。威力が並外れているため、ブロックをしても、無傷では済まない。左足が痺れ、両腕も感覚は既にない。致命傷こそないが、体はボロボロだ。

椛島のパンチをかいくぐり、輪島が懐に飛びこんできた。足をすくわれ、体が浮く。背中から、地面に叩きつけられた。

輪島の靴が頬に押しつけられる。

「宇杉のバカが欲をかきやがってね、分け前を寄越せだの、警察に駆けこむだの言いだした。今回の取引を最後に、しばらく姿を消すつもりだったが、最後になかなか楽しい思いをさせてくれたよ」

手下の二人が、布施を同じように地面に押しつけている。

「命まで取ろうとは言わないさ。だが、これだけでは、腹の虫も納まらない。足か腕、献《ささ》げてもらおうか。あんたが何者か知らないが、布施とつるんでいるわけだから、スーツアクターか何かだろ？　二人とも、引退してもらうよ」

輪島の顔には冷酷な笑みが張りついていた。これが、こいつの本性なんだ。金とか何とかそんなものだけじゃ、満足できないんだ。

「よせ、俺はともかく、布施を再起不能にしたら、ただじゃ済まないぜ」

「そんなことないさ。スーツアクターの代わりなんて、いくらだっているさ」

「いるか、ボケ！」

椛島は輪島の足を蹴りつけた。

「おっと」

輪島は難なく避ける。椛島はあまりにも無力だった。

「あんまり手間かけさせると、殺すぞ」

固い指が喉にかかり、ジワジワと締めつけてくる。目の端に、極彩色の何かが見え始めた。

「そのくらいにしておいてやれよ」

聞き覚えのある声が、天から降ってきた。指が緩み、椛島は大きく咳きこんだ。

辺りは、いくつもの光で照らしだされていた。地面に投げだされたゴズメス、椛島が倒した三人の男たち。そして、眩しげに目を細める輪島の顔。すべてが昼間のように見える。

椛島たちを照らしているのは、複数のヘッドライトだった。いったいどこから現れたのか、黒色のライトバンが五台、横一線に並んでいる。

「何だ、テメエらは！」

輪島が叫ぶ。

ヘッドライトの輪の中に、シルエットが浮かぶ。男だ。ゆっくりとこちらに近づいて来る。さきほどの声は、この男が発したものらしい。

「人様の大事なものを盗んで金に換える。クズだとは思っていたが、ここまでクズだとはな」

「テメエ、何者だ？」

「監督だよ」

「何？」

「お二人さん、あんまり面白いんで見とれちゃってさ。出てくるのが遅れたよ」

その声、特撮監督の小川悟だ。ようやく、思い至った。

椛島は上体を起こし、輪島に向かっていくほっそりとした体つきの小川を見た。

「どうして、監督がこんなところに？」

「おまえらが連れて来てくれたんじゃないか。感謝するよ」

小川は輪島と向き合った。

「悪いがね、大切な着ぐるみを返してもらうよ」

それでも、輪島に怯んだ様子はない。

「警察にも知らせず、自分たちだけで、乗りこんできたのか」

「警察なんかに知らせるものか。こっちが着ぐるみ盗難を届け出たって、身を入れて捜査もしないヤツらだぜ。それに、警察に知らせると、当然、マスコミも騒ぐ。そんなゴタゴタに、俺たちの『ブルーマン』を晒《さら》したくないんでね。どうだろう、内々で片を付けるってのは」

「面白い。どう片を付ける？」

「そうだな。おまえの持っている顧客リストを貰う。今までの売買記録もすべてだ。こっちはそれを隅々まで辿って、今まで盗まれたものを取り返す」

「ほう。で？　俺の方にはどんなメリットがある？」

「メリットなんてないさ。そんなものが要求できる立場か？　おまえの人生は、これからずっと下り坂だ。ほんのわずかな上り坂もない。ずっとずっと下るんだ。そのうち膝が壊れ、腰も悲鳴を上げるだろうが、それでも、下り続けるんだ。最後は這って下れ。おまえには、それがお似合いだ」

小川の強気っぷりに、椛島は生きた心地がしない。警察を呼ばないって、どういうことだよ。あのライトバンの中には、味方が詰まっているんだろう？　だったら、早く呼んだ方がいい。一台に五人として二十五人。そのくらいいれば、何とかなるだろう。

一方、輪島はやる気満々だ。先に椛島が倒した三人も、復活し始めている。ケリをつけるのなら、早めが勝負だ。

「あっちの車には、何人いるんだ？　出し惜しみせず、全員で来たらどうだ？」

「車の中には運転手一人ずつしかいない。こっちも人手不足、資金不足でね。余計な人を使う余裕はないんだよ」

輪島の顔にあの嫌な笑みが浮かぶ。

「つまり、おまえを含めて六人ってことか」

「そうなるな」

「久しぶりに骨のあるヤツとやり合って、体も温まっている。全力でいくぞ」

「それは、何のことだ？」

「こういうことだ」

小川の顎に向かって、輪島の拳が飛んだ。

「監督！」

小川の身のこなしが、椛島には見えなかった。それは、輪島も同じらしい。自分の拳がなぜ、どうやって避けられたのか判らず、動きが止まった。

気がつけば、小川は右の人差し指と薬指を、輪島の鼻の穴に突っこんでいた。

「その程度で、自信満々だったわけか？」

二本の指を、荒々しく捻る。輪島は鼻を押さえながら、倒れこんだ。指の間からは、血がしたたり落ちている。

小川は容赦なく尻を蹴り上げる。輪島は四つん這いになって前に進むが、小川はつま先で尻を蹴り続けた。

「おい、何とか、何とかしろ」

輪島は叫ぶが、誰も動こうとしない。残る六人の男も、小川がただ者ではないと判っている。

まず、巨漢を含む四人が駆けだした。ライトバンから男たちが下り立ち、彼らを苦も無く、全員確保する。

小川は輪島の髪の毛を摑んで立ち上がらせると、顔を接近させ、凄味のきいた口調で言った。

「さあ、これからがショータイムだ。言ったよな、俺たちは警察じゃない。つまり、おまえの口を割らせるためだったら、何でもできるんだ。そこにいる二人のお仲間、順番に耳を削いでもいいんだぞ」

輪島の顔には、血と鼻水と涙でまだら模様が描かれている。

「そ、そんなことをして、ただで済むと思うな。俺が警察に……」

「窃盗の常習の癖に、警察へ駆けこむのか」

「おまえらも、道連れさ」

「無理だな。おまえはもう、俺たち以外の人間と口をきくことはないんだから」

「え？　な、何、それ？」

「早めに顧客リストを渡せ。売買の記録もだ。そうすれば、なるべく楽な方法で、あの世に送ってやるぞ」

「そんな、バカな。あんた、ただの映画監督だろ？」

「俺のバックには、東洋テレビ、東洋映画、東洋グループがついている。おまえみたいなちんけな野郎、あっという間にこの世から消してやるさ」

「い、いや、そんな……」

「連れていけー」

男たちが泣き叫ぶ輪島を押さえつけ、ライトバンに引きずっていく。彼の用心棒と思しき二人はもう姿を消していた。

痛みが去り、身を起こした椛島は、地面に横たわったままの布施を抱え起こす。気を失っていた。

「何もされてないのに、何で気絶できるのかなぁ」

「いいコンビじゃないか」

小川が笑いながら、近寄ってきた。椛島は布施を抱えたまま、顔を上げる。

「もう、二度とご免です」

「そうなのか？　もったいない」

布施を地面に横たえ、立ち上がる。小川と目を合わせた。

「すべて、監督が仕組んだことなんですね」

小川はばつが悪そうに、鼻をクスンと鳴らす。

「すまなかった。本当はもっと早く出て行くつもりだったんだ」

「監督が言ってたこと、本当なんですか？　バックに東洋グループがついてるとか」

「冗談に決まってるだろう。今回の件は、すべて俺一人が考えたことだ。おまえら二人を巻きこんで、悪かったとは思ってる」

「狙いは何だったんですか？　内通者の摘発ですか？　それとも、盗品を売り捌いているヤツの確保？」

「すべてだよ。とにかく俺は、スタッフたちの血と汗の染みこんだ物が、不当、不法に売買されているのが、許せなかった。特に、ここ最近の状況は目に余った。ブルーマンのブーツ、グローブ、果てはマスクまで流出する有様だ。一網打尽にしてやりたかったんだよ」

小川は熱のこもった口調で続けた。

「宇杉には前々から目をつけていた。問題はその背後にいるヤツらだ。何とか動かぬ証拠を突きつけて、観念させたかった」

「つまり、現行犯」

「そうだ。そのため、今回の件を仕組んだ」

「弟さんのバイク事故というのは……」

「弟は今日も元気にバイクで通勤しているよ」

「撮休の情報をわざと宇杉に与えず、着ぐるみを盗みださせたんですね。わざと警備も緩くして」

「そう。途中までは計画通りだった。宇杉は深夜に撮影所に忍びこみ、保管庫からゴズメスを盗みだした。後は宇杉の後を尾け、黒幕を割りだすだけだったが……俺のミスで、見失ってしまったんだ」

「なるほど。それで、布施を利用したわけだ」

「ああ。監督である俺自身が動けば、どうしても目立つ。誰か適任はいないかと考えたんだが、思い浮かんだのが、おまえだ。豆源監督からちらっと聞いていたんだ。撮影中、どうにもならないことがあったら、椛島ってヤツを使えって」

あまり聞きたくないセリフだった。

「それならなぜ、直接、俺に頼まなかったんです?」

「さあ、なぜかな」

小川は悪戯小僧のように笑った。

「布施を窮地に追いこめば、絶対におまえの所に行くと確信していた。だから、だろうな。おまえと布施のコンビを見てみたかったんだ」

「そんなことするから、かえって事が面倒になったんじゃないですか」

「面倒になって欲しかったのさ。おかげで輪島たちの注意は、おまえたちに向いた。俺らはずっとおまえたちをマークして、ここまで来たが、輪島たちは最後まで、俺たちに気づきもしなかった」


「いい囮だったってことですね」

「いや、今回の計画が成功したのは、おまえたちの働きがあったればこそだ。そうでなかったら、俺は今ごろ、責任をかぶって辞職していた。遅くなったが、あらためて礼を言うよ。ありがとう」


小川は深々と頭を下げた。

「よして下さいよ。俺たちは別に……」

「布施には、後でおまえから説明しておいてくれ」

「待って下さいよ。俺がするんですか？」

「当然だろう。相棒なんだから」

「だから、こんなヤツと相棒になった覚えはありません」

「おまえはそうかもしれないが、布施にとってはどうかな」

「え？」

「布施は、おまえのことを相棒だと思っているんじゃないのかな」

こいつに限って、そんなことが……否定の言葉が頭を駆け巡ったが、結局、声にはならなかった。何となくではあるが、椛島自身にも自覚があったからだ。

小川は言う。

「布施はこんなヤツだ。どういう生い立ちなのかは知らないが、針が服を着て歩いているようだ。針は細くて脆くて折れやすい。正直、布施は現場でも持て余し者だ。仲間意識だとか信頼感を抱いているスタッフはいない。こんな調子じゃ、早晩、布施は潰れる。今回の件で、少し変わってくれればと思っているんだがな」

並んでいたライトバンの内、四台が動きだした。ヘッドライトの照明がなくなり、椛島たちの周囲に深い闇が落ちる。

「輪島たち、どうするつもりですか？」

「ライトバンに乗っていた男たちは、俺が雇った。奴らを適度に締め上げ、顧客リストなどを押収、その後は芋づる式に買い手を暴き、盗まれた物を取り返す」

「その後は？　警察に渡しますか？」

「渡したら、こっちまで罪に問われるぜ。強引なことといっぱいやったからな。俺の知り合いに、まあ、顔の広いその筋の人がいるので——」

小川は指で頬に傷の跡をつけてみせる。

「その人に任せて、もう商売ができないようにしてもらうさ」

「その筋って……小川さん、いったい何者なんです？」

「新人の特撮監督さ。もっとも、この仕事に就く前は、東洋映画で警備員をやっていた。もともと監督志望でね。何とか、そっちの業界に近づきたかったんだ。格闘技は子供のころからやっていた。そのツテで警備業界に入りこみ、首尾良く東洋映画に張りついたってわけさ。その後、数年かけて豆源監督に認められ、最近になってやっと独り立ちだ。さてと、説明はこれで終わりだ。車で家まで送って行く。布施はまだ気絶してんのか。まったく、日ごろから偉そうなことばかり言ってるくせに」

小川はそう言いながらも、そっと布施を抱き起こす。

椛島は最後に尋ねた。

「『ブルーマン』のてこ入れのこと、聞きました」

「さすが、地獄耳だな」

「布施を外すって話があるのは、本当ですか」

「ああ、本当だ」

「監督としては、どう考えているんです?」

「外そうと思っていたら、放っておくよ。こんな世話、焼くもんか。おっと、本人には内緒だぜ」

布施を車に乗せる小川たちを横目に、椛島は車の前を素通りした。

「おい、乗っていかないのか?」

「せっかくですけど、一人で帰ります。布施を早く送り届けてやって下さい」

小川がなおも何か言っていたが、無視して歩き続ける。

太田にしろ、布施にしろ、彼らは問題を抱えつつも、着実に自分の道を歩み続けている。そして、それを評価し、気にかけてくれる者もいる。

自分はいったい、何をやっているんだ。

孤独が、椛島を包みこんでいた。

七

自宅のドアを入ると、すさまじいいびきが、聞こえてきた。廊下も部屋も、電気は消えたままである。時刻は午前四時半だ。

太田は部屋のまん中で、今朝、出かけたときと同じ格好で眠っていた。

ゴズメスが無事に回収されたので、今日の撮影は予定通りだ。つまり、午前六時には起きて、撮影所に向かわねばならない。

あと一時間半。ここで寝れば、間違いなく寝坊するだろう。

起きていることに決め、流しでコーヒー用の湯をわかし始めた。

物音に気づいたのか、太田が薄く目を開いた。

「あれ？　アニキ、もう起きたのかい？」

「おまえ、丸一日、ずっと寝ていたのか？」

「丸一日って……よく判らないなぁ。とにかく、ずっと寝てたから」

「飯も食わずにか？」

「うーん、多分」

「出発まで一時間半だ。コーヒーをいれるけど、飲むか？」

太田はあくびをする。

「止めとく。ギリギリまで寝ていたいよ」

「じゃあ、寝ておけ。起こしてやるから」

「あれ？　アニキは一日、どうしていたの？　何か、面白いことでもあったかい？」

椛島は薬缶の火を止め、言った。

「いや、何もなかった。何もない、平和な一日だったよ」

消えた
スーツアクター

一

強い日差しを浴び、コンビナートは鈍く光っていた。オイルタンクが並び、赤と白に塗り分けられた煙突からは、今も白い煙が上がっている。作業路の脇には、トラックが乗り捨てられ、人気のない建屋の中では、警告を告げる赤いランプが点滅していた。

コンビナートの向こう、陽炎が立ち上るさらに先に、巨大な影があった。小山ほどもある体は歩みを止め、かすかに背中を上下させる。四つ足で、長い尻尾を持ち、背中にはゴツゴツとした岩山のような突起を持つ。黄色く光る丸い目と頭頂部に生えた大きな角、地底大怪獣バルバドンだった。

バルバドンの大きな口が開く。次の瞬間、コンビナートは巨大な炎に包まれた。タンクが次々と誘爆し、煙突は一瞬にして粉々に砕け散った。トラックは破片に押しつぶされ、建屋は黒い煙で見えなくなった。黒煙はそのまま空へと吹き上がり、照りつける太陽を隠してしまった。

メラメラと燃える炎を、バルバドンはじっと睨みつけている。

「はい、カットー」

特撮監督豆田源太郎の声が、拡声器を通して響き渡った。高さ二メートルほどのところに組まれた特設ステージに、スタッフたちがいっせいに駆け上がる。火薬によって吹き飛んだコンビナートのセットは、今も炎を上げている。消火器を持った男たち数人が、辺りかまわず白い泡をぶちまけ始めた。

「くせえぞ！」

「まけばいいってもんじゃねえだろ！」

さっそく、罵声が飛び始める。

爆発の名残の黒煙と消火器の白い泡で、視界は悪い。椛島は息を止め、走ってステージを回りこむ。日差しの中で、バルバドンはいまだ微動だにせず、じっと椛島の到着を待っている。

椛島は背面の突起を外し、背中のファスナーを慎重に開いていった。

「お待たせしました」

椛島は、バルバドンの背にぽっかりと空いた穴に向かって叫ぶ。

白いシャツにゴーグルをつけ、バンダナを巻いた倉持剣が、顔を顰めながら立ち上がった。

「いやぁ、さすが、屋外はこたえるねぇ。外の気温、何度？」

「三十二度だそうです」

「やっぱりな。こいつの中は四十度越えだったよ」

椛島たちがいるのは、東洋映画撮影所の北側にある、広大な空き地である。撮影スタジオ、丸々一棟分くらいの広さはあるだろう。しかも、東側と北側は雑木林、西側と南側は撮影所の第四、第五スタジオの壁が迫る。なぜこんな広大なデッドスペースが存在しているのか、理由を知る者はいなかった。

この人目にもつかない空き地に、豆源たちは臨時のステージを作り上げていた。特撮用のオープンセットを組むためだ。

あおりのカットを好む豆源は、自身の作品では必ずオープンセットを組んできた。天井の制約がなく自由に撮ることができ、さらに、今回のような、大がかりな爆破シーンもこなせる。豆源組のスタッフたちは、ここを東洋映画第九スタジオと呼び、大いに活用しているのだった。

椛島は持ってきたペットボトルを差しだす。倉持御用達の例の水だ。

「おう」

開栓し、五百ミリをひと息で飲み干す。

「俺の出番は、これで終わりかな」

空のボトルを椛島に放ると、倉持は着ぐるみから足を抜き、タオルで汗を拭いながら、ステージ下にいる豆源の方へと歩いていった。

狙い通りの画が撮れるオープンセットも、決していいことばかりではない。屋外であるわけだから、当然、天候の影響を受ける。雨が続けばスケジュールに影響が出る。晴れたら晴れたで、スタッフたちは一日中、日に炙られる。

今回の大爆破シーンは、前半の山場であり、セットを実際に吹き飛ばすため、やり直しのきかない難シーンだった。そのため、準備には細心の注意が払われ、撮影開始時間は六時間以上遅れた。当初の予定時刻に現場入りした椛島と剣持は、待機を言い渡され、そのまま、いつ終わるとも知れぬ準備を延々と待つはめになった。

倉持は終始不機嫌で、スタッフたちを労うこともせず、むっつりと黙りこくったまま、無言のプレッシャーをかけ続けた。椛島は、例の「ペットボトル事件」の真相を知ってから、以前のように倉持と接することができなくなっていたため、その場を取りなすこともできず、かといって、何か気の利いた会話をすることもできず、ただ陰々滅々とした空気の中で、倉持と二人、撮影開始を待っていたのであった。

とはいえ、いざ着ぐるみの中に入る段になると、倉持の面構えは変わっていた。そして、失敗が許されないプレッシャーの中、見事な演技をやってのけた。

いろいろ問題はあるけど、やっぱり、大した人なんだよな。

バルバドンの着ぐるみを抱え上げつつ、椛島は思った。

バルバドンを所定の怪獣ハンガーにかけ、いったん、本来の現場である第八スタジオに入れる。造型部スタッフたちと、メンテナンスもしなくてはならなかったが、椛島にはそれ以上に気がかりなことがあった。

時計を見ると、午後三時。

結局、行ってやることはできなかったか。

スタジオを出て、スタッフセンターの建物へと走った。現在、東洋映画撮影所では、八つあるスタジオのほとんどが稼働していた。そのため、所内は活気に溢れ、人の行き来も激しい。スタッフセンターは、正面ゲートを入った右手にある建物で、一階が食堂、二階、三階が会議室になっている。

案の定、食堂に併設された喫茶ルームは満席だった。壁に設置されたテレビでは、「金星大暴走」というB級映画を流している。テレビ関東が毎日午後一時から三時まで放映している、映画枠だ。もっとも、その場にいる者は、誰も見ていない。椛島は棚に置いてあるリモコンを取り、チャンネルを変えた。

幸い、文句の声は上がらない。

画面では、ワイドショーを放送していた。司会と三人のコメンテイターが何やら話をしているが、音声はまったく聞き取れない。

やがて画面が変わり、華やかなステージが映しだされた。画面下には「品川グランドホテルより中継」とある。会場はそれほど大きくはない。それでもステージ前は、カメラを構えた報道陣たちでごった返している。

壇上にいるのは、売り出し中の若手男優二人と、小柄な女性アイドルだ。司会と思しきお笑い芸人の二人組がマイクを手に現れ、大げさな身振り手振りで、話をしている。

ふと気がつくと、喫茶ルーム内の話し声が止んでいた。皆、画面をじっと見上げている。

傍に座る男が、椛島に言った。

「おい、聞こえねえ。ボリューム上げろ」

椛島は言われた通りにする。

お笑い芸人の声が、耳に入った。

『では、この三人が主演される映画のタイトルは？』

場内の照明が落ち、ステージの後ろにある幕がスルスルと上がる。現れたのは、巨大なパネルだった。そこに書かれていたのは、

『大怪獣最終決戦　バルバドン対バルバドン』

の文字だった。

フラッシュが盛大にたかれ、画面内は大いに盛り上がっている様子だ。

芸人がさらに声を張り上げる。

『昨年公開され、興収三十億円という大ヒットを記録しました「大怪獣バルバドン」。その続編が早くも製作開始です』

三十億という数字が出た途端、喫茶ルームにため息が広がる。

芸人は頭上のパネルを示し、さらに声を張り上げる。

『それにしても、このタイトル。気になりますねぇ。いったいどういうことなのでしょうか』

壇上の三人にマイクが向けられるが、それぞれに、まだ自分たちも知らされていないと惚けてみせる。この辺りは台本通りなのだろう。

『ではここで、この映画のもう一人……一人って言っていいのかな、もう一人の主役にご登場いただきましょう！』

また照明が落ち、ステージの右隅にスポットライトが当たった。そこに現れたのは、バルバドンだ。もっとも、先ほどまで椛島が相手をしていたバルバドンとは違う。形こそ同じだが、体色は鮮やかな赤色だった。

喫茶ルームの面々からも、「おおっ」と声が上がる。

赤いバルバドンはゆっくりと歩き始め、司会の二人の前を通り、ステージ中央に進んだ。赤いバルバドンは、新作のために作られた新造型である。大きさは約一・五倍となり、背中の突起も大型化している。そのため、四つ足怪獣とはいえ、全高は二メートルを少し超えていた。三人の役者たちと並んでも、圧倒的な迫力だ。

『いやあ、すごい迫力だなぁ』

司会の二人がバルバドンに触ると、その都度、大きく体を揺らして威嚇をする。二人は驚いて引っくり返る。

椛島はそうしたバルバドンの動きを、腕組みをしながらじっと見つめていた。

そうだ、いいぞ。タイミングといい、ばっちりじゃないか。

椛島は心の内で、相棒の太田太一に語りかけていた。太一は今、ステージ上の新バルバドンの中にいる。あの赤いスーツは、太田太一のために作られたものなのだ。

椛島の両腕に力がこもる。

本来であれば、自分もそのステージの袖に待機しているはずだった。撮影ではない、ただのイベント出演ではあったが、着ぐるみの脱着やその他の細々とした面倒を見るのが、自分の役目だ。実際、昨夜までは、自分も太田に同行する予定でいた。そこに横やりを入れたのは、倉持である。オープンセットで行われるきつい現場であるため、仕事ぶりもよく、気心の知れている椛島をぜひと、言ってきたのだ。

以前の椛島であれば、尊敬する先輩の申し出を、一も二もなく受けていただろう。が、今は違う。倉持は保身のためには、何だってやりかねない男だ。言葉をその通り受け取って信用すると、痛い目に遭う恐れがあった。

「よう」

肩を叩かれ、我に返る。小川悟が立っていた。

「あ……！」

立ち上がろうとする椛島を、小川は止め、空いている椅子を引き寄せ、すぐ横に座る。

「アレ、上手くいったようじゃないか」

親指でテレビを指す。品川からの中継は既に終わり、番組は他の話題に移っていた。喫茶ルーム内も、元の喧噪を取り戻していた。

椛島は握り締めていたリモコンをテーブルに置き、力なく笑った。

「ホッとし過ぎて脱力です。正直、上手くいくとは思ってなかったので」

「すまなかったな。準備があそこまで手間取らなければ、ギリギリ、間に合ったかもしれない」

小川は膝に手を置くと、深々と頭を下げる。それを見た近くの者たちは、会話を止め、こちらの方をうかがい始めた。

「ちょっと、止めて下さいよ。小川さんが頭を下げることじゃないっすよ」

「助監督のチーフとして、責任ゼロってわけにはいかないだろう。こっちとしても歯がゆいところなんだ。倉持大将の魂胆は見え見えだったからな」

「こんな身内ばっかりのところで、きわどい話は……」

「こういう場所で大っぴらに言うから、いいんじゃないか」

小川は回りの席にチラチラと視線を送る。聞き耳を立てていた者たちは、慌てて席を立ち、部屋を出て行った。

小川はひとしきり笑った後、真顔に返り言った。

「『大怪獣バルバドン』の大ヒットで、伊藤・豆源コンビを見る目も変わった。その挙げ句、ふって湧いたような続編製作だ。こんな急展開の中で、現場がしっかり動いているのは、何だかんだで、豆源の眼力だよ」

「小川さんこそ、大変なんじゃないですか。いきなりチーフ助監督でしょう?」

「俺はほら、人望があるから」

「人に言えないような人脈もね」

「おっと、その件については他言無用に願うぜ」

「安心して下さい。他言しようにも、親しい人間がいないもんですから」

「仲良しグループじゃないいんだ。そのくらいでいいんだよ。ま、それも今のうちだけさ。すぐに変わる」

「そうは思えませんがね」

「敵が多いわけではなく、味方がいないだけだ。心配しなくていい」

「そうでしょうかね……」

「何だよ、すっきりしねえな」

椛島は声を低くする。

「倉持さんですよ」

「倉持、倉持か。まったく！」

「声が大きいです！」

「聞こえるように言ってるんだ。あんなヤツの何を恐れている？」

「恐れるに決まってるでしょう！　スーツアクター界の伝説ですよ。そんな人に睨まれているんですから」

「伝説が現役だから問題なんだ。ペットボトルの一件、豆源監督から聞いた。結局、真相は公表しないことになったんだろう？」

「はい。今のところ、知っているのは、俺と太田と豆源監督、それに小川さんくらいです。でも、倉持さんは気づいていると思います。俺が真相に感づいていること」

「だろうな。その上、今回の映画で、奴さんのプライドもズタズタだ。主役をやるはずが、実は二番手の黒バルバドン。一番手の赤バルバドンは、何と、実績も大してない新人の手に渡ってしまったんだからな」

「いったい、誰が決めたんですか？　太田も俺も、黒バルバドンで充分だったのに」

「決めたのは、当然、豆源だ。もともと赤バルは、黒バルより大きめの設定だった。着ぐるみが大きくなれば、重量も増す。撮影は長丁場だ。正直、今の倉持では、最後までもたないだろう。たしかに太田は経験不足だが、それを補って余りある体力がある。スーツアクターとしての勘所も抜群だ。太田の抜擢には、ちゃんと根拠がある。黒バルが不満で、倉持がおまえさんたちにちょっかいをだしてきたとしたら、それは完全な逆恨みさ」

「それはそうですけど……」

逆恨みだろうが何だろうが、現場では倉持の影響力が強い。今回、相棒に椛島を指名したのも、撮影所に椛島を足止めし、太田を孤立させようという魂胆だろう。太田はスーツアクターに対する思い入れがなく、他人の目を気にしたりもしない。椛島という保護者がいなくなれば、どんな行動に出るか判らない。もし、生中継の最中にヘマをすれば、即、お役御免だ。

「でもまあ、良かったじゃないか。太田は、無事、務め上げたようだぜ」

「正直、俺も驚きました。あいつが俺抜きで、ちゃんと着ぐるみをつけられるなんて」

「何だよ。寂しくなっちまったのか？」

「そ、そんなこと、ないっすよ」

「おまえは心配性だな」

小川は笑いながら立ち上がり、椛島の肩を三回、叩いた。

「そうそう、豆源がお呼びだ。第八スタジオにいると思うから、後で顔をだしといてくれ」

相変わらずつかみ所のない、飄々とした男であったが、武道で鍛えた体には、他を圧する迫力があり、言い返す言葉も見つからぬまま、ただ、後ろ姿を見送るよりなかった。

喫茶ルーム内には、そんな小川に、険しい目を向ける者もいた。新参の部類に入る男が、慣習やしがらみに囚われることなく、現場を仕切ろうとしているのだ。古参にとっては、面白くなくて当然だ。

喫茶ルームが息苦しく感じられ、椛島も外に出る。ブラブラと第八スタジオの方へと道を戻る。歩きながら、ふと思うのは、小川が漏らした一言だ。

『寂しくなっちまったのか？』

今日、太田は椛島抜きできちんと仕事をやってのけた。喜ばしいことではあるが、それはつまり、椛島の存在感の低下を意味する。着ぐるみの脱着など、相棒の存在は不可欠だが、太田にスーツアクターとしての自覚が生まれてくれれば、必ずしもそれが椛島である必要はない。

着ぐるみの中に入っている自分を思い浮かべる。暗く、息苦しい、あの独特の空間。外界とをつなぐのは、小さく空いたのぞき穴二つだけだ。

ふつふつと恐怖心が湧いてきた。呼吸が苦しくなり、額からどっと汗が噴きだした。

椛島は泳ぐようにして道端に移動し、しゃがみこんだ。

一時に比べれば、ややましになったとはいえ、密閉空間に対する恐怖心は消えてはくれなかった。カウンセリングなどの治療をしっかりと受けるべきなのは判っていたが、今は現場を離れたくない。そして何より金もない。

軽い吐き気が残っていたが、目眩などは治まっている。椛島はゆっくりと立ち上がり、再び第八スタジオに向かって歩き始めた。

二

スタジオ内に作られたステージ上には、ビルの建ち並ぶ地方都市が再現されていた。建物類はほぼ設置が終わり、美術スタッフが、窓ガラスを一枚一枚、はめこんでいるところだった。

オープンでの爆破シーンの後は、このセットで、バルバドン同士による闘いが撮影される予定だった。

現在、スタジオ内には四十人ほどがいる。出入口の二重扉は、両方とも開放され、普段の埃っぽさからは、大分、解放されていた。正面には撮影部のデスクとカメラ機材が置かれ、すぐ右側には、特機部のクレーンがある。

その先の壁沿いは照明部のスペースに当てられ、照明用の器具、コード類が整然と並んでいた。その隣は操演部のデスクが二つあり、三人の男が難しい表情で何事か相談していた。そのさらに隣は特殊効果部だ。人は誰もいないが、衣装ケースほどの大きさをした金属のボックスが三つ積んである。それぞれにはしっかりと鍵がかけられ、さらにその横には、消火器が数本、置いてあった。

椛島が現在所属している造型部のエリアは向かって左側だ。特製怪獣ハンガーには、さきほど椛島自身が戻した黒バルバドンが、静かに眠っている。造型部の向こうは、美術部になっており、壁に沿う形でビルなどのミニチュア群が雑然と置いてあった。

椛島は目で豆源を探す。普段は撮影部に陣取り、怒鳴り声を上げているのだが、今はその馴染みの声が聞こえない。

ステージに近づいて行くと、ようやく探していた声を耳が拾った。あわせて、タバコの臭いも漂ってきた。

特殊効果部の先にある非常口が開いており、扉の陰に、人影が二つあった。一人は豆源に間違いない。「禁煙」の構内で、堂々とタバコを吸う人間は、豆源を措いてほかにない。もう一方の人影も、何となく予想はついた。

椛島は非常口からそっと顔をだす。こちらに背を向けて豆源が立ち、その向かいには、穏やかな笑みを浮かべた伊藤義徳がいる。豆源は黒バルバドンの登場シーンについて、がなっていた。

「昨日、今日のつき合いじゃねえんだ。おまえにも判るだろう。あそこは、絶対に夕景の方が映えるって。そりゃ、本編の方にも負担をかけることにはなるが、何とか頼むぜ。そっちはきっちりとスケジュール守ってんだろう？　うちはただ遅れさ。毎日、突き上げを食らってる。そっちが少し無理してくれて、丁度、バランスが取れるってもんだ。そうだろう？」

ガミガミとまくしたてる豆源を、伊藤はちょっと困ったような表情でハイハイとうなずきながら、すべて受け流してしまう。柔と剛、名コンビとは、まさにこの二人のことを言うのだろう。

話の切れ目を待つ椛島を気遣ってのことだろう、伊藤は右手を挙げて、「よお、椛島君」と言った。顔を上気させた豆源が、ギラギラとした目でこちらを振り向いた。

「何だ、椛島か」

「何だはないでしょう。監督が呼んでるって言うから、来たんです」

「おお、そうだった。よし、少し顔貸せ。それから義徳、頼むよ。この通りだからさ。頼む。頼んだよ！」

伊藤を残し、豆源はさっさとその場を離れ、喫茶ルームのある方へと歩いていった。

椛島は伊藤に頭を下げる。

「いろいろ、すみません」

「椛島君が謝ることじゃないだろ。ま、こっちの心配なんかしないで。ほら、待たせると、またあいつが吠えるよ」

「はい。すみません」

何てよくできた人なんだろう。感動すら覚えつつ、豆源の後を追う。豆源みたいな監督と何年もコンビを組むなんて、俺にはできないな。

豆源は途中で道を左に曲がり、喫茶ルームとは反対方向に歩きだした。

「ちょっと監督、どこ行くんです」

「黙ってついて来い」

そう言った豆源は、突然、酷く咳きこんだ。

「大丈夫ですか？」

背中をさすろうとした椛島を、荒々しく押しのける。

「余計なことをするな。ただの風邪だ。一週間くらい前から、治らねえんだよ」

咳がおさまると、ゼエゼエと荒い呼吸をしながら、ずんずん歩いて行く。

構内を斜めに突っ切り、駐車場へと入った。駐車スペースはそれほど広くはなく、駐められる車の数はせいぜい二十台程度だ。原則として車での「出勤」は認められていなかったが、豆源は毎日、自家用車を運転し、堂々と駐車場のまん中に駐めていた。

『糖尿に腰痛、不眠に頭痛。俺は病気のデパートさ。そんな人間に電車通勤を強いるのか？』

会社側も今のところは黙認という形を取っている。昨年の大ヒットがあらゆる局面で免罪符となっていた。

豆源の車はホンダのライフ３６０だ。免許をとって以来、かれこれ四十年以上乗っているという。

豆源は運転席に乗りこむと、助手席側のロックを外す。車内はタバコの臭いがこびりつき、シートの上も下もゴミだらけだった。灰皿は吸い殻であふれかえり、バックミラーは左に少し傾いている。これでよく車検が通るものだ。

助手席に座ろうとすると、そこには薬の袋がいくつも置いてあった。豆源は慌ててそれを後部シートに放り投げる。

「監督、今の袋……」

「うるさい。早く座れ」

仕方なく、椛島は言われた通りにする。固いシートに腰を下ろし、いつもながらの険しい表情でハンドルに腕を置く豆源の様子をうかがった。

しばらくの沈黙の後、豆源は言った。

「俺はこの映画を絶対に、完成させる。絶対にな」

椛島は返答に窮する。豆源ともあろう男がなぜ、そんな当たり前のことをわざわざ口にするのか。

当の豆源は何かに苛ついているらしく、コツコツと指でハンドルを叩く。そのまま、気詰まりな時間が、ゆっくりと流れていった。エンジンを切ったままの車内は、日を浴びて灼熱だ。汗を滴らせつつ、椛島はじっと豆源の言葉を待った。

「去年の映画は、今回のための布石だった。俺が本当にやりたかったのは、この映画さ。判るか?」

「……はぁ」

豆源は服のポケットから小さく折り畳まれた紙を引っぱりだした。それを椛島に突きつける。

「一昨日、こんなものが車のワイパーに挟んであった」

紙を開くと、印字された文章が一行――。

『いますぐ、映画の製作を止めろ　命の保証はない』

「これって……脅迫状じゃないですか！」

「そうだ」

「そうだって……落ち着いてる場合じゃないですよ。早く警備の人間を……」

「脅されてる当人が落ち着いているのに、おまえが慌ててどうするんだ。少し冷静になれ。いいか、こんな仕事をしていれば、誹謗中傷や脅迫は珍しいことじゃない。会社の方にも、有象無象、色んな手紙やらメールが来ている。いちいち気にしていては、やっていけん」

「……そうなんですか？」

「ああ。おまえもこの仕事を続けていけば、判る」

「ではなぜ、この脅迫状だけ、俺に見せるんですか？」

「決まってるだろう。撮影所のセキュリティは厳しい。にもかかわらず、これは俺の車に置いてあったんだ」

「つまり、犯人は内部の者だと？」

「その可能性が高い。いずれにしろ、セキュリティを突破して、ここまで入って来られるヤツってことだ。少し気になる」

「だったら上に報告して、すぐに警備を……」

「バカ野郎。撮影は今が佳境なんだぞ。こんなゴタゴタを報告できるか。マスコミに感づかれたら、もう最悪だ。この件は、他言無用でいく」

「はぁ?」

「おまえが探れ」

「はぁ?」

「ハトがハナクソ食らったような顔するな。何のために、おまえを現場に入れたと思ってる?」

「造型部の赤バルバドン係としてでしょう!」

「スーツアクターの相棒役なんて、おまえでなくてもいい。着ぐるみに入ることもできないおまえを、あえて使ったのは、こういうときに動いてもらうためだ」

「そんなぁ……」

「そんなもこんなもない。この脅迫状を誰が置いたのか、突き止めろ。それから、撮影全般の目配りも忘れるな。映画の製作を止めろとあるからな。撮影の妨害をするかもしれん」

「待って下さいよ。それを全部、俺一人で?」

「脅迫状のことを話したのは、おまえ一人だ。仕方ないだろう」

「責任持てませんよぉ。一日中、監督に張りついているわけにもいかないし。せめて、助監督の小川さんに相談したらどうです? あの人なら……」

「小川が犯人ではないという確証があるのか?」

「……いえ」

「だから、おまえに頼むんだ。ペットボトル事件のときと同じだよ」

「だったら、俺はどうなんです? 前のときとは違って、俺は撮影所に出入り自由だ。犯人じゃないとは言い切れないでしょう」

「おまえ、一昨日はどこにいた?」

「ここにいましたよ。雑誌の取材とかで、太田と、スタジオに詰めてました。ここに来る機会はいくらでもありました」

「だが、おまえは違う。俺には判る」

「どうして、判るんです？」

豆源は凄味のある笑みを浮かべ、言った。

「おまえ、俺を誰だと思ってる？　人を見る目は、あるつもりだ。俺に目を配るのは、撮影所にいるときだけでいい。プライベートは自分で何とかする」

「そんなのダメです。いくらなんでも勝手すぎますし、無茶苦茶ですよ」

「監督命令だ。頼んだぞ」

言い捨てるようにして、車から外に出る。

「ちょっと、監督……。この脅迫状……」

「おまえにやるよ。どうせコピーだから」

「いや、そういう問題じゃなくて」

後を追おうとしたが、助手席側のドアが開かない。ロックは外れているはずなのに、びくともしない。

「何だよ、これ……」

最後は肩から思い切り体当たりをして、ようやく開いた。外に転がり出たとき、豆源の姿はどこにもなかった。

「おまえが探れって……これだけじゃ、どうしようもないですよ」

掲げた脅迫状が、風にはためく。

「あれぇ、こんなところで何やってるんだい？」

間延びした、時としてこの上なく椛島を苛立たせる声が、その風に乗って聞こえてきた。

駐車場の入口に黒色のバンが駐まり、その前に太田が立っていた。品川から戻ってきたようだ。すぐにバンの後部ドアが開き、背の高い痩せた女性が飛びだしてきた。

「椛島さーん」

飛田冨子の登場に、一瞬面食らったが、すぐになるほどと、一人納得した。品川で、椛島抜きにもかかわらず、太田がきっちりと仕事をこなしたわけ――、その答えが目の前でこちらに手を振っている。

冨子は決して美人という顔立ちではないが、物怖じしない、カラリとした明るい性格が、それを充分に補っていた。

太田が巨体を揺らしながら、近づいてくる。

「中に入ろうとしたら、アニキの姿が見えたからさぁ、びっくりしちゃったんだ」

「おまえ、今日の仕事は完璧だったな」

「アニキ、見てたの？」

「たまたまテレビでな。現場に行けなくて、悪かった」

「大丈夫だよ。飛田さんが来てくれたから。いろいろ手伝ってもらってさ」

そう言う太田の頬はかすかに赤く染まっている。

バンの運転手に声をかけた後、冨子もこちらにやって来た。

「バルバドン、スタジオの前まで運ぶように、運転手さんに頼んでおいたわ。それから椛島さん、先日の取材、ありがとうございました」

「いや、俺は何もしてないよ。主役は太田とバルバドンだから」

「そんなことない。バルバドンの着ぐるみセッティングしているところ、椛島さんもけっこう写ってるの。顔だしオーケー？」

「俺の写ってる写真なんか、使うの？」

「けっこういい感じだったんで。『バルバドン対バルバドン』、次のメインなんで、ページ、いくらでも貰えちゃうの」

「俺は別に構わないけど」

「ありがとうございまーす」

冨子はスマホに何事か打ちこんでいる。仕事用のメモか何かだろう。

細くて長い指に見惚れている間に、太田が椛島の右手を指して言った。

「アニキ、何持ってるの？」

「いや、何でもない」

慌てて紙をポケットに入れる。太田はニヤニヤ笑いながら、じっとポケットに目を注ぐ。

「何だい、ラブレターかい？」

「そんなわけないだろうが。とにかく、第八スタジオに行くぞ。赤バルの着ぐるみ、ちゃんと確認してハンガーにかけておかないと」

「そんなの面倒くさいよ。早く帰って寝ようよ」

「そんなわけにいくか。まあ、おまえはもうひと仕事したんだから、先に帰っていいぜ」

「ホント？　じゃあ、そうしようかな」

「それじゃあ、私、途中まで一緒に行くわ」

太田と冨子は並んで、正門の方へと歩いて行く。椛島はそんな二人から目をそらし、早足で第八スタジオに向かう。

出入口の前に、赤いバルバドンは放りだされていた。慌てて抱え上げ、中に運び入れる。ざっとチェックするが、破損などはない。黒バルバドンの横にある赤バルバドン専用ハンガーに、着ぐるみをかける。二体が並ぶと、さすがに壮観だ。

スタジオ内はまだセットの設営が終わっておらず、三十人以上のスタッフが走り回っていた。助監督の小川が声を張り上げて、皆を指揮している。豆源の姿はなかった。

撮影に関わっているスタッフは、総勢七十人以上だ。その中に脅迫状をだした者がいたとして、いったいどうやって探りだせというのか。

雲を摑むような話だった。椛島は二体のバルバドンの前で、途方に暮れた。

三

駅向こうから現れた黒いバルバドンは、駅舎を破壊し、街の中心部に向かって進撃していく。信用金庫の建物が、体当たりを食らって粉々に砕け散った。天に向かって咆哮したバルバドンだが、ふとその歩みを止める。

はるか前方の地中から猛烈な土煙が舞い上がり、赤い巨体が姿を現したからだ。

赤いバルバドンは背を震わせ、土塊《つちくれ》をはじき飛ばすと、様子をうかがっている黒いバルバドンに向かって威嚇の雄叫びを上げる。

先に動き始めたのは、赤いバルバドンだった。突進で八階建ての立体駐車場が、中の車もろとも破壊された。

その地響きで、黒いバルバドンも前に進み始める。

両者の距離は縮まり、今、闘いの幕が切って落とされる。


「はい、カット！」

豆源の声が響き、スタジオ内の空気が変わる。

椛島はステージに上がり、赤バルバドンに駆け寄った。すぐ目の前には、黒バルバドンがいる。

そちらにもまた、男性が一人、走り寄ってきていた。倉持御大の相方、石原雅人だ。

「ペットボトル事件」の際には、今すぐ辞めるようなことを言っていたが、あれから何をどう考え直したのか、結局、留まる道を選んだようだった。石原はこちらには目もくれず、着ぐるみの背面パーツを外している。

「ちょっとぉ、まだかい？」

太田の声が聞こえた。

「おっと、悪い、悪い」

椛島も背面パーツを外し、背中のファスナーを開く。バンダナをつけた巨体が、むくりと起き上がる。滝のように流れる汗で、白のタンクトップが肌にへばりついている。

椛島は水のボトルを渡し、首にタオルをかけてやる。

「長丁場、ご苦労さん」

「今日は何だか、怖かったよぉ。黒いバルバドン、本気で向かってくるんだもん。体当たりされるかと思っちゃった」

「おやおや、太田君は相変わらず、甘ちゃんだな」

倉持が黒バルバドンの中から立ち上がった。太田同様、汗まみれでかなり疲労の色が濃い。それでも、太田を睨む眼光だけは、鋭く尖っていた。

「役の中とはいえ、俺たちは敵同士なんだ。殺す気でいかなくちゃな」

倉持はすぐ横でオロオロと蒼い顔をしている石原から、ペットボトル入りの水をひったくる。それを頭から浴びると、空になったボトルを床に放り捨てた。

「今日のところは、まだ前戯みたいなものさ。これから、闘いはますます激しくなる。楽しみにしてるよ」

敬礼の仕草をして、倉持は着ぐるみから飛びだし、ステージ上にいる顔見知りのスタッフに声をかけ始めた。

ペットボトルを拾った石原が、椛島の前まで来て、頭を下げた。

「あの……すみません」

「別におまえが謝ることじゃねえよ」

「でも……」

「気にするなって。あの人も必死なんだよ」

石原は目を伏せたまま、黒バルバドンの回収作業にかかる。

一方、赤バルバドンに両足を突っこんだままの太田は、大きく伸びをする。

「あーあー。今日はもう帰っていいんだよね」

「明日の動きは、頭に入っているのか？」

「何となくねぇ。だけど、せっかく覚えても、監督がすぐ動きを変えるんだもん。嫌になっちゃうよ」

豆源は現場で冴えるタイプの監督だ。新しいアイディアが出れば、臨機応変に対応していく。そこでいつも割を食うのは、スーツアクターだった。

そんな豆源に、おまえは苦もなくついていってるじゃないか。

椛島は心の内でつぶやく。

太田はコロコロ変わる豆源の演出プランに、きっちりと対応できていた。動き方やタイミングの微妙な変更にも、まったく動じない。苦労しているのは、倉持の方だ。

これだけのことができるのに、自覚がまったくないとは、何ともおめでたいヤツだよ。

椛島は苦笑する。

あーあーと周囲を苛つかせるため息をつきながら、太田は着ぐるみから出て、ステージ下に下りていく。

椛島と石原はお互い助け合いながら、二体の着ぐるみをハンガーまで運ぶ。すべての作業が終了したとき、石原はその場に座りこんでしまった。撮影に入って、二週間。疲労が少しずつ体を蝕んでくる頃合いだった。着ぐるみを抱えて走り回り、その上、倉持のご機嫌まで取らねばならない。それでも、かつてとは違い、石原の目は死んでいなかった。本人の中でどう整理をつけたのかは知るよしもないが、彼は自分の意思で現場に留まり、必死に食らいついている。

石原は蒼い顔のまま言った。

「椛島さん、オープンセットのときは、すみませんでした。僕が頼りないから、どうしても椛島さんを連れて来いって、倉持さんが言うものですから」

「気にするな。おまえのせいじゃねえよ」

「でも……」

「いいから。また明日な」

挨拶もそこそこに、椛島はその場を離れた。実際のところ、椛島も疲れていた。かつて経験したことのない疲労感だ。

ポケットには、あの脅迫状が入っている。今朝、現場入りしてから、ずっと気の休まる暇がなかった。休憩中も可能な限りスタジオに留まり、豆源の周辺を注視していたからだ。

もっとも、赤バルバドンのセッティング中や本番の最中はそうもいかない。あの脅迫状の主が、本気で豆源を狙っているとすれば、機会はいくらでもあったはずだ。

口外無用と厳命されているため、豆源に近づくこともできず、ただ精力的に動き回る姿を、目で追うことしかできなかった。本番が終わり、出入口も開放されたスタジオには、様々な人間が自由に出入りしている。その大半が知らない顔だ。こんな状況で、豆源を守り、脅迫者の正体を暴くなど、どだい無理な話だ。

豆源が人の輪の中から飛びだし、非常口の方へと向かった。戸口にいるのは、監督の伊藤だった。豆源同様、伊藤の表情も冴えず、顔色も悪い。本編班の進行状況も順調とは言いがたいようだ。豆源は深刻な表情で伊藤の話を聞いている。豆源の回りに集っていたスタッフたちは、そんな二人の様子を気にすることなく、それぞれ自分の持ち場へと戻っていく。

周囲の喧噪がさらに激しくなった。

「おい、椛島！」

今回から新しく入った助監督の山口真一《やまぐちしんいち》が、やって来た。経歴は知らないが、今回、小川チーフ助監督の下、セカンドを務めている。

「赤バルの電飾、ちゃんと確認しておけよ。今日みたいなことがあったら、ただじゃおかねえぞ」

「はい。すみません」

今日の撮影で、赤バルバドンの目が一瞬消えるミスがあった。原因は不明だ。本番ではなかったため、大事にはならなかったが、どこかで接触不良が起きている恐れがあった。

山口が去った後、非常口に目を戻すと、豆源と伊藤の姿は消えていた。

まずいと思ったが、どうしようもない。

椛島は着ぐるみをチェックするため、ハンガーに吊された赤バルバドンと向き合った。二週間の撮影をこなし、かなり傷みが出てきている。

気になる箇所を、専用のカメラで撮影していく。傷みを把握することはもちろん、後々の紛議を避けるためでもある。

「あのぅ」

後ろから声をかけられた。振り返ると、女性が二人、並んで立っていた。向かって右に立つのは、六十代前半といったところで、ネイビーのジャケットにライトグレーのコットンパンツという出で立ちだ。作業着姿の男たちの中に立てば嫌でも目立つ。一方、隣にいるのは三十代前半くらい、素っ気ない紺のスーツ姿で、気の強そうな目をじっと椛島に向けている。二人の面影には共通するところが多く、親子であることは、すぐに判った。

「椛島さんでいらっしゃいますか。主人がいつもお世話になっておりまして」

右の女性が深々と礼をする。若い方はどこか抵抗のある感じで、礼もおざなりであった。

椛島は面食らった。撮影現場で、こんなにも丁寧に挨拶をされる場面など、想像もしていなかった。そもそも、この二人はいったい誰なのか。

とまどいを察したらしく、老婦人の方がこれまた頭を下げながら言った。

「申し遅れました。私、豆田の家内です。こちらは娘でございまして」

「へ⁉　豆源の？」

思わず口走ってしまった。娘がきっとこちらを睨む。

「し、失礼しました。豆田監督の。僕の方こそ、すみません、気がつかなくて……」

二人で頭を下げ合う格好になった。

「主人は時々、椛島さんのことを話しておりますの。面白い人が入ってきたって」

「面白い……ですか」

「面白い、はうちの人の中で最高の褒め言葉なんですよ」

「はぁ……」

「ねえ、お母さん、もう行きましょうよ」

娘が母親の袖を引きながら言った。

母親は苦笑しながら、もう一度、頭を下げた。

「どうか、よろしくお願いいたします」

こうした場は慣れていない。椛島は頭をかきながら、「はい」やら「はあ」やらを連発し、また、娘にひと睨みされてしまった。

豆源に家族がいることは知っていたが、会うのはもちろん、初めてだった。あの癇癪玉のような豆源と一つ屋根に暮らすというのは、どういう気分なのだろう。

そこに山口が戻ってきた。

「ここにいたの、監督の奥さんと娘さんだよな」

「はい」

「何で？」

「え？」

「何で、おまえなんかに、わざわざ挨拶に来たの？」

「そんなの、俺にきかれても判りませんよ」

「豆源の奥さん、ホント、よくできた人でさ。差し入れは欠かさないし、何度も現場に来て、スタッフを労っていくんだ。なかなかできることじゃないよな」

「そうなんですか」

「ま、娘の方はカリカリして、どっちかっていうと、豆源ぽいな。何でもネットを使った宅配弁当のベンチャー立ち上げて、けっこう羽振りがいいらしいんだ。女傑ってヤツだよな。それにしても、仕方なくついて来てるって態度ありありでさ、そんなんなら、来なけりゃ……」

「あの……」

聞くに耐えなくなり、椛島は山口を遮った。「何か用事ですか？」

「これ、拡大コピーしてきてくれ。監督、字が小さくて読めないって言うからさ」

数日前、皆に配られた一週間の進行表だった。椛島は突きだされた紙を受け取ることなく、山口を睨む。

「何で、俺なんです？」

「あん？」

「コピーなら、他の誰かにやらせて下さい」

山口の顔が一瞬で赤くなった。

「おまえ、何様なんだよ。口応えなんて……」

耳障りな声でまくしたてる山口を前に、ふと一つの疑問が浮かび上がってきた。

「コピー……。なぜ、コピーなんだ？」

「何？　いま、何か言ったか？」

知らず知らずの内に声に出ていたらしい。山口が紅潮した顔を近づけてきた。

「おまえなぁ……」

椛島は、相手の手から進行表をむしり取る。

「コピー、行ってきまぁす」


第八スタジオを出た椛島は、駐車場出入口の脇にある売店に飛びこんだ。店内は小会議室くらいの広さで、雑貨から菓子、飲み物類、新聞雑誌などが、ところ狭しと並んでいた。店奥にある古びたレジの横に座るのは、店主の依田泰子《いだやすこ》である。深い皺が刻まれた丸い顔は、八十にも見えるし、百を超えているようにも見える。それでいて足腰はしっかりとしており、商品の搬入から陳列まで、すべて一人でやっている。年齢不詳の妖怪として、スタッフたちの間では密かな有名人なのであった。

スポーツ新聞を読んでいた泰子は、猫のような仕草でこちらを見ると、かさかさに乾いた唇をきゅっと吊り上げた。

「おやぁ、椛島君。珍しいねぇ。今日は何だい？」

撮影所に出入りするようになって二週間。ここを利用したのはまだ一、二度であったが、しっかりと顔、名前を覚えられていた。

「実は泰子さんにききたいことがあって」

「あたしに？　あんたの興味を引くようなことは、何もしてないと思うけどね」

「一昨日、豆源がここに来なかった？」

「豆源って、豆田源太郎かい？　あのスケベで強欲で、金回りの悪い人間のクズのことかい」

「……俺の知っている豆源は、もう少しましな人だと思うけど、まあ、多分、そうだと思う」

「あいつなら来たよ。一昨日の夕方。飛びこんでくるなり、コピーを貸せって怒鳴ってさ。あたしが返事する前に使い始めやがったよ」

コピー機は、飲料が詰まっている冷蔵庫の脇に置いてある。一枚十円だ。

「何をコピーしていたか、判りますか」

「紙一枚だった……。そんなことを聞いて、あんた、どうするつもりだい？」

泰子はレジカウンターにほおづえを突きながら、縄張りを主張する猫のような目つきで、こちらを睨んだ。

「監督が演出プランをメモ書きした紙だったんですが、原本が見つからないらしくて。探してこいって、言われたものですから」

泰子はふふーんと目を細め、何事か思案している様子で、首を右斜めに傾げている。

「だけど、コピーはあるんだろ？　だったら原本なんてなくてもいいじゃないか」

さすが妖怪だ。一筋縄ではいかない。

「スタジオで重要書類がなくなったんです。トップシークレットってヤツです。それを持ちだしたのが、監督じゃないかって疑いをかけられていて……まあ、大トラブルに発展しそうな気配で……」

泰子はさっと右手を挙げた。

「はい、そこまで。とにかく、その紙についてあたしが喋ったら、あの人間のクズは、助かるのかい？　困るのかい？」

「えっと……助かる……ことはなく、結局、困ると思います」

「そうかい。なら、洗いざらい喋ってやる。ここからだから、はっきりとは見えなかった。だけどあたしは、こう見えて視力二・〇さ。あいつが持ちこんだ紙は、映画の宣伝チラシだったよ」

それは確かですか？　という質問を危ういところで抑えこんだ。そんなことをきけば、へそを曲げるに決まっている。

「その映画のタイトルとか、判りませんか」

「むろん判るさ。赤くてバカでかい字で書いてあったからね」

「そのタイトルは？」

「メドン対ナツベロン」

忘れようのないタイトルだった。大怪獣メドンシリーズ第八作として一九九二年に公開された。ファンの中にはメドンシリーズの最高傑作と言う者もいる。

「どうだい？　役にたったかい」

泰子は、得意げに下あごを突きだしている。椛島にはなおも納得のいかない点があった。泰子の言う通り、それが宣伝用チラシであるのなら、裏面にも印刷がなされているはずだ。ストーリーのまとめや作品解説などが、ぎっしりと書きこまれていたはずである。とても脅迫文を書きこむスペースはないし、実際、椛島が渡されたコピーに脅迫文以外の文面は印刷されていなかった。

ふと気がつくと、泰子が冷たい目でこちらを睨んでいた。

「その様子だと、大してお役にはたたなかったようだねぇ」

「いえ、いえ、そんなことはありません。役にたちました。とってもたちました」

「そうかい。なら、何か買って行っておくれ」

椛島はのど飴と栄養ドリンクを取り、カウンターに置いた。泰子は人差し指でゆるゆるとレジに金額を打ちこむ。

「しけてるねぇ」

「すみません」

カウンターに置いた小銭から百円玉一枚だけを取り、泰子は言った。

「こんだけもらっとくよ。あとはおごりだ。持ってきな」

「あ、ありがとうございます」

「用が済んだら、さっさと出て行っておくれよ。ところで、あんたスマートホンっての、持ってるかい？」

「ええ、もちろん」

「あの人間のクズが、困り果ててオンオン泣いているシーンを、撮影して見せておくれ。そしたら、店にあるもん、何でもおごってやるよ」

泰子はバサバサと新聞を開くと、その陰に隠れてしまった。

売店の妖怪と、あの豆源にかつて何があったのだろうか。詮索はしてみたいが、相手が悪すぎる。それに今は、それどころではない。

外に出ると、椛島はのど飴を口に放りこみ、第八スタジオとは逆方向にゆっくり歩き始めた。

摑んだ手がかりについて、じっくり考えてみたかったからだ。

一つの疑問が氷解し、一つの疑問が新たに発生した。そして、根本的な疑問はまったく解決されていない。一歩進んで二歩退がるの心境だった。

脅迫状が「メドン対ナッペロン」の宣伝チラシの裏に書かれていたことは判った。豆源はその事実を隠すため、わざわざコピーを取り、そちら側を椛島に見せた。

なぜだ。

なぜ、豆源はその事実を隠そうとしたのか。もう一つ、なぜ、脅迫者はわざわざそのチラシの裏に脅迫文を書いたのか。さらにもう一つ、宣伝チラシの裏はなぜ白紙だったのか。

椛島は携帯をだした。こういうとき、頼りになる男が一人いる。もっとも話をしたくない男の一人であったが、そうも言っていられない。

「はい、後藤亮です！」

ハキハキとした爽やかな声の向こうに、期待と打算が息を殺しているのが判る。

「椛島さんですよね。この間はどうもー。お役にたてて何よりでしたぁ。あ、もしかして、太田さんに会う日程の件ですかね。僕、明日、明後日ちょっとダメで。明明後日《しあさって》なら大丈夫です。家の近くまで来てくれると助かるんですけど、太田さん、忙しいだろうから、どこにでも出向きます。あ、いま、バルバドンの撮影ですよね。となると、東洋映画撮影所！　うわぁ、撮影見学とかも一緒にさせてくれるとうれしいんだけどなぁ」

携帯を地面に叩きつけたくなったが、そんなことをしても、困るのは自分だけだ。言葉がとぎれるのを待ちながら、激しく波打つ感情をコントロールする。

「ああ……お話し中申し訳ないんだが、今日は太田の件じゃないんだ」

「じゃあ、布施さんの？」

「違う！　いや、その、ちょっとききたいことがあって」

とたんにトーンが下がる。そして、後藤のトーンには最高と最低の二つしかない。

「ふーん、で？　何？」

「『メドン対ナッペロン』、知ってるよな」

「当たり前っすよ。俺を誰だと思ってるんです」

映画公開当時、おまえ、いくつだったんだよ。心の内で突っこみつつ、懸命に言葉を選ぶ。

「そのときに配られたチラシについてききたいんだ。宣伝用チラシってあるだろう？　Ａ４サイズくらいで、ポスターの絵柄を……」

「そのくらい、判るから」

「そうか、そうだよな。で、ナッペロンの宣伝チラシで、裏が白紙のものが配られたりしなかったかなと思ってな……。いや、知らなければそれでいい」

後藤の口調が突然、熱を帯びたものに変わった。

「白紙？　何も書いてないの？　それ、いま、手元にあんの？」

「いや、そうじゃないんだけど……」

舌打ちが聞こえた。

「何だよ。つかえねえなぁ」

「それって、どういう意味なんだ？」

「あんたが言ってるのはチラシじゃなくて、多分、公開当時のイベントで配布されたものだよ。資料見てるわけじゃないから、正確ではないけど、当時、子供百人を試写会に呼んで、その後、自分の考えた怪獣を紙に描くってイベントがあった。描いた絵は東京有楽町《ゆうらくちょう》にある劇場の正面に張りだされるってことでね。あんたが言ってるのは、チラシじゃなくて、そのイベントのとき、子供に配られたものだよ。裏が白紙なのは、そこに絵を描くためだ」

椛島自身、メドンシリーズのファンであるから、映画に関することなら大抵のことは知っている。特に「対ナツベロン」には思い入れもあったため、大概の知識は持っているつもりだったが、そんなイベントまでは押さえていなかった。

「そんなことがあったのか……」

「配られた用紙はすべて子供が絵を描いている。だから、白紙のまま残っているのは、すごく貴重なんだよ。たまーに、ネットオークションとかに出るんだけど、ものすごい高値になる。もっとも、真贋を確認できないから、俺は無視だけど」

「話からすると、その用紙を手に入れられたのは、かなり限られた人間ということになるな」

「そうなるね。おそらくスタッフかイベントの関係者だ。だけど、そんなお絵かき用紙を、後生大事にずっと保管していたとすれば、相当のマニアだよ」

「判った。ありがとう。本当に助かったよ」

「自分ばっかり助かってないでさ。俺も助けてよ」

「判った。近々、連絡する」

「ホント?」

「ああ」

通話を切る。

椛島は携帯を手にしたまま、後藤からもたらされた情報について考えた。

脅迫文が書かれていたのが、後藤の言う通り、イベントで配られた、今となっては貴重なものだとすれば、犯人はいよいよ関係者である可能性が濃くなる。しかも、九二年に配布された紙を今まできちんと保存していたわけだ。そこにあるのは、並々ならぬ執念だ。

「どういうことなんだ……」

思わず口をついて出た言葉は、豆源に対してだった。

「メドン対ナッベロンだぞ」

これがもし他の映画であったのなら、もう少し落ち着いていられたかもしれない。だが、「メドン対ナツベロン」は、一九八五年以来、「大怪獣メドンシリーズ」を支えてきた二人、豆源と伊藤によるシリーズ最終作であり、椛島を含む怪獣ファンにとって、特別な意味を持つ作品だ。しかも、二人は降板理由について黙して語らず、それっきり表舞台から姿を消してしまった。二〇〇〇年前後に起きた「メドンブーム」の最中も、ファンイベントなどの公の場には姿を見せず、特撮系雑誌の取材などにもほとんど答えていない。

二人の突然の「隠遁」は、当時から怪獣ファンの間で大きな謎とされてきた。様々な憶測がなされたが、いまだ真相はヤブの中だ。

犯人が「ナツベロン」にまつわるものに脅迫文をしたためたのには、何らかの意味があるのだろうか。

椛島は、またも自身が深みに落ちていくのを感じていた。命じられた通り、犯人捜しを行うには、まず「メドン対ナツベロン」を起点にするよりない。果たして、豆源や伊藤はどう出るか。

とんでもない厄介事を背負いこんじまったよ……。

途方に暮れているとき、携帯が鳴った。助監督の山口からだ。

舌打ちをしつつ、通話ボタンを押す。早速、罵声が飛んできた。

「バカ野郎。いまどこだ？」

「スタジオに向かってるところです」

「まったく、肝心なときにいなくてよぉ」

「何か、あったんですか？」

「たった今、監督からの発表があってさ。明日から三日間、撮影休止だと」

「ええ？」

「寝耳に水。まったく、これからってときにさぁ、やってらんねえよ」

「理由は何なんです？」

「説明なし！　訳が判らん。とにかく、上がそう決めたんだから、下々の俺らは黙って従うよりない。おまえと石原で、着ぐるみの管理しておいてくれ。スタジオに置きっぱなしってのも、どうかと思うが、ほかに持って行きようもないしな」

「判りました」

「それから、撮休の件、他言無用だ。マスコミにもれたら、アウトだぞ」

「了解です」

通話が切れると、椛島はすぐに豆源にかけた。各方面からの問い合わせが殺到し、繋がらないだろうと思っていたが……。

「聞いたか？」

ツーコールで、あのだみ声が聞こえてきた。

「聞きました」

「この三日間は、俺のことなんか忘れて好きにしろ。撮影が再開したら……」

「撮休の原因は、あの脅迫状ですか？」

脅迫状の存在が公になったか、あるいは、椛島の知らないところで実際に何事かが起きたのか。

「いや、関係ない。あくまで、プライベートな理由だ」

「でも……」

「切るぞ。あちこちから、電話がかかってくる」

携帯をしまうと、第八スタジオに急いだ。中に豆源の姿はなく、ステージ上に立った小川が、指示を飛ばしている。スタッフたちの混乱も治まったようで、皆、釈然としない表情ながらも、それぞれの持ち場に戻り、撤収の準備を始めていた。

造型部の怪獣ハンガーの前には、石原がぽつんと立っていた。

「遅くなってすまん。撮休なんだってな」

「急なことなんで、びっくりしちゃいました」

「黒バルバドンの状態はどうなんだ？」

「傷みは激しいですけど、何とかなります。それより、赤バルの電飾、しっかりチェックした方がいいですよ」

「ああ。丁度いいから、この休み中にメンテナンスだ」

「それから、海バルバドンが仕上がったみたいです。明日くらいに搬入されてくるんじゃないですか？」

「そうか。思ったより早かったな」

海バルバドンというのは、海上シーンで使う専用の着ぐるみのことだ。東洋映画撮影所には、二千平方メートルの撮影用プールがある。そこは中プールと呼ばれ、水を使った特撮シーンは主にそこで撮影される。なぜ中プールかと言えば、かつて撮影所にはさらに大きな大プールがあったからだ。しかし、戦争映画や怪獣映画で大活躍した大プールは、一九九三年に閉鎖、その跡地に第八スタジオが建てられた。一方、中プールはかろうじて閉鎖を免れ、様々な映画で今も活躍中だ。

「バルバドン対バルバドン」では、浦賀《うらが》水道に現れた赤バルバドンを海上自衛隊が迎え撃つというシーンがあり、そのカットすべてを、中プールで撮影する予定となっていた。

「海上シーンは来週からだったよな」

同じバルバドンであるのに、普段の着ぐるみを使わないのには訳がある。着ぐるみは水に浸かると、水を吸って変形し、傷みも酷くなる。また赤バルバドンのように電飾を仕込んであるものに水は大敵だ。そのため、海上シーン専用の着ぐるみを作り、撮影に当てるわけだ。もっとも、今回の着ぐるみは新調というわけではなく、昨年、宣伝などのアトラクション用に作ったものを改造し、外観を赤バルバドンに仕立てあげた急造品でもあった。

「海バルバドンが明日来てくれれば、太田の試着と微調整もできるな」

「太田さん、水は初めてですよね」

「ああ。一応、泳げるようだけどな」

「着ぐるみつけてたら、そんなの関係ないですよね」

着ぐるみごとプールに転落した、あの記憶が頭を過《よぎ》り、思わず手足が硬直した。

「どうかしました？」

何も知らない石原は、きょとんとした顔でこちらを見ている。

「いや、何でもない。海バルについては、こっちでやるよ。それより、御大のご機嫌、とっておいてくれよ」

「任せて下さい。大分、リズムが判ってきました。コツさえ摑めば、チョロいです」

「おまえも言うようになったなぁ」

現場で経験を積み、修羅場をくぐり、人は成長していく。足踏みしているのは、俺だけか。

「あれぇ、アニキ、どこに行ってたんだよ」

太田の声がした。そういえば、ヤツのことをすっかり忘れていた。

顔を上げると、その場の緊張感にはそぐわない、無邪気な笑顔を浮かべながら、太田はまっ直ぐ椛島の元にやって来た。

「探したんだよ」

「明日からのことはきいたか？」

「うん。三日の休みだって。うれしいなぁ」

椛島は太田の頭をはたく。

「そんなこと、大声で言うヤツがあるか。回りの雰囲気を見てみろ」

太田はキョロキョロと左右を見渡すが、「うーん」と顔を顰める。

「みんな、一生懸命だね」

「日程が全部ずれるわけじゃないんだ。三日休んでも、決められた日までに映画は完成させなくちゃならない」

「うへ、それは大変だ」

「だから、みんな一生懸命なんだよ」

「じゃあ、俺も一生懸命になるよ。だけど、何をすればいい？」

「別にすることはない。家に帰って寝てろ」

「何だよぉ。それなら初めからそう言ってくれよ。りょうかーい。俺、家に帰って一生懸命、寝るよ」

「体、休めとけ。休みが明けたら、プールでの撮影だ。けっこうきついぞ。ところで、相棒はどうした？」

「俺の相棒はアニキだよ」

「違う。カメラの飛田だよ」

「ああ。仕事があるって、先に帰ったよ」

「そうか……。俺はまだ仕事が残ってる。先に帰っててくれ」

「りょうかーい。ラーメン食べて、寝てるよ」

「ああ」

巨体を見送ると、着ぐるみのチェックを続けている石原に尋ねた。

「倉持さんは、どうしてる？　もう帰ったのか？」

石原は着ぐるみの中に顔を突っこんだまま、答えた。

「いえ。まだ残ってるはずです。撮影所内をランニングしてると思います」

一日の撮影を終えた後に、トレーニングか。

「多分、スタッフセンター横にある自販機コーナーにいると思います。何か用事ですか？」

「あぁ、ちょっとな」

椛島は適当に答え、スタジオを出た。中にはまだ四十人を越えるスタッフたちが残っており、小川は今も、皆からの集中砲火を浴びている。

外はもう日暮れ間近だった。遠くにカラスの鳴き声が聞こえ、空が朱《あか》く染まっている。

自販機コーナーをのぞくと、倉持はランニング姿で汗を拭っていた。手にあるのは、いつものミネラルウォーターだ。

気配を感じたのか、彼が顔を上げる。

「よう。何だか、大変なことになっちまったなあ」

日焼けした顔に白い歯。年齢を感じさせない爽やかな風貌は、今日も健在だ。

椛島は倉持と少し距離を取り、話を切りだすタイミングをうかがった。

倉持はすぐに察したようだ。

「買い物に来たわけじゃ、なさそうだな。何か用か？」

「『メドン対ナッツベロン』のことをききたいんです」

倉持の顔が強ばった。

「おまえ、今度は何を嗅ぎ回っているんだ？」

タイトルを口にしただけで、この変化だ。突っこんでみる価値はありそうだった。

「個人的な興味です」

倉持の太い腕が伸びてきた。首を正面から摑まれそうになったが、危ういところで逃れた。

「ほう、いい動きだ。やはりそれなりのものは持っているな」

「倉持さん、落ち着いて下さい。俺はただ……」

「豆源か？　ヤツがまた、こそこそ嗅ぎ回っているんだな。この数日、どうもしっくりこないと思っていたんだ。長いつき合いだからな。カットの声がけ一つで、その日の体調も判る」

「それだけ長いつき合いなら、どうして豆源、伊藤監督が降板したのか、その理由も知っているんじゃないんですか？」

「やはりそこか。おまえ、自分が何をしているのか、判っているのか？　もう二十年以上前のことだぞ。しかも、今は新作の撮影まっただ中だ。そんなときに、ナツベロンを蒸し返してどうなるっていうんだ？」

蒸し返したいヤツがいるんだよ。

「俺、『メドン対ナツベロン』が大好きで、何度も何度も観ました。シリーズの中で一番観ているはずです。それで一つ、気づいたことがあるんですよ」

倉持は虫を追うような仕草をして、言った。

「聞きたくない。さっさとここから出て行け」

「メドンには倉持さんあなたが、敵怪獣のナツベロンには、もう亡くなられましたけど、鈴木誠一さんが入っていた」

「鈴木とは相性がよくてね。ただ、腰に持病があった。九〇年代に入ると少しずつ動きに勢いがなくなってきたな」

「鈴木さんは、次作のアゴラを最後に、スーツアクターを辞められた」

「引き留めたかったが、腰が限界だったんだ。無理は言えなかったよ」

「鈴木さんの引退は、本当にアゴラだったんですか？」

倉持が口元を緩め、言った。顔は笑っているが、目は違う感情を示していた。

「意味が判らんな。なあ、おまえみたいな若造に何が判るっていうんだ？　俺らがナツベロンを撮っていたころ、おまえはいくつだった？　こっちは命がけで画を撮ってたんだ。当時の現場を知りもしないヤツが、当て推量でものを言うんじゃない」

「『メドン対ナッツベロン』はシリーズ最高傑作だと思います。特に、スーツアクターの視点から見た場合は」

「そう言われると、悪い気はしない。たしかに、あの作品では、俺も鈴木もいい動きができた」

「でもワンシーンだけ、ナッツベロンの動きに気になるところがあるんです」

倉持の顔からは笑みすらも消えていた。汗はしたたり落ちているのに、それを拭おうともせず、手にしたボトルには、水がほとんど残ったままになっている。

椛島は構わずに続けた。

「クライマックスの都市要塞破壊の場面です。ドーム型の要塞にナッツベロンが突進し、粉砕します。タンクの一つが爆発して、吹き上がる炎をバックに、ナッツベロンが見得を切るみたいにして、カメラの方を振り返ります。豆源監督は、難しいシーンを、ワンカットで納めています。俺は歴史的名シーンだと考えていて……」

「おまえの感想を聞いている暇はない。要点を言え」

「鈴木さんの動きと違います。足を上げるタイミングが遅いし、何より腕の演技が全然違う。鈴木さんはあまり腕を動かしません。指で表情を作ることもしない。でも、このシーンのナッツベロンは両肩を上げ下げして、指を曲げたり、伸ばしたりしている。カメラを振り返るときの動作もそうです。鈴木さんの怪獣は重心が安定しています。腰の位置が一定なんです。でも、このときのナッツベロンは派手に腰を捻り、足の踏みだしも大きい。迫力はあるけれど、重厚感に欠ける」

倉持は腕を組み、あきれ顔で聞いていた。

「真剣に喋っているところ悪いんだが、今のは何かの冗談か？」

「いいえ。俺は真面目ですよ」

「ほほう、つまりおまえは、大まじめに、鈴木の残した仕事にケチをつけるんだな。重厚感に欠けるだと？」

「俺だって、何度も確認したんです。すごく微妙な動きだから、自分の思い違いだろうって、納得しようとも思いました。でもやっぱり、どうしても気になって……」

倉持はうんざり顔で、空を指さした。

「すっかり日も暮れちまった。体が冷えてきたから、そろそろ戻らせてもらうよ」

「三人目のスーツアクターがいたんじゃないんですか？」

倉持の足が止まった。椛島は続ける。

「ナツベロンの時点で、鈴木さんは引退するつもりだった。だから、その代わりに選ばれたスーツアクターがいた。問題のシーンで、ナツベロンに入っていたのは、その人です。ですが、何らかの事情で、ナツベロンは鈴木さんが演じることになった。それまでに撮ったシーンは、すべて撮り直しになったんじゃないんですか？　ただ、要塞を破壊するシーンだけは、撮り直しがきかなかった。だから、そこだけ……」

「もう止めろ。すべてはおまえの妄想だ。俺は、実際に現場に立っていた男だ。その男が断言する。スーツアクターは二人だけだった。俺と鈴木のな」

「でも……」

「スーツアクターは、特撮映画の要だ。実質的な主役であると俺は思っている。そこが崩れれば、映画そのものが崩れる。おまえもスーツアクターの端くれなら、そんな妄想は捨てるんだ。あの作品は俺と鈴木で撮った。いいな」

倉持は椛島と目を合わせることなく、顎を深く引いたまま、自販機コーナーを出ていった。

倉持が感情を露わにすればするほど、椛島の疑いは深まっていく。今では、自分の推理が正しかったという確信に近い思いがあった。そして、第三のスーツアクターの存在は、あの脅迫文にも繋がっているはずだ。

豆源は椛島に見せる脅迫文をわざわざコピーしてきた。それは、裏面にある「メドン対ナッツベロン」を見せたくなかったからだろう。

豆源は脅迫文とナッツベロンの関連に気づいていた。それを隠した上で、椛島に依頼をした。都合の悪い情報は隠し、自分の要求だけは突きつける。そんなやり方に、ムラムラと怒りがわき上がる。そんなに都合よく使われてたまるかよ。

日が暮れてなお、湿気を含んだ重い空気は居残っていた。

椛島はドリンクを買おうと自販機の前に立つ。小銭を探しながら、ふと、あの脅迫文の文面が思い浮かんだ。

『いますぐ、映画の製作を止めろ　命の保証はない』

背筋が凍りついた。

さきほど交わした倉持との会話の一節を思いだす。

『スーツアクターは、特撮映画の要だ。実質的な主役であると俺は思っている』

『そこが崩れれば、映画そのものが崩れる』

椛島は走りだした。財布からこぼれた小銭が地面に落ち音をたてたが、拾いに戻る余裕もなかった。

脅迫者の目的は映画製作の中止にある。その対象は、豆源とは限らないのではないか。たしかに、脅迫文は豆源の車に置かれた。だからといってそれが、豆源を狙う宣言とは限らない。もっと別な方法もあるではないか。

映画の要。そう、スーツアクターだ。「バルバドン対バルバドン」の要は、太田太一だ。あいつがいなければ、映画は完成しない——。

四

携帯を何度鳴らしても、応答はなかった。椛島はジリジリとした気持ちで電車を乗り継ぎ、下宿まで戻った。部屋の明かりは消えており、中を探しても太田の姿はなかった。

一瞬の安堵と新たな不安が交錯した。椛島は当てもなく外に飛びだす。

暗い道を駆けながら、太田の行動を考える。彼がすぐに撮影所を出たのであれば、とっくに帰宅しているはずだ。

どこかで寄り道をしているのか？　仕事を終えたあの男がどこに寄る？　物欲も性欲もどこかに置いてきたような男だ。あるのは、睡眠欲と食欲……。

ラーメンか。

ラーメン食べて寝ると言っていた。椛島は走る速度を上げ、コンビニの隣にある古びた中華屋のドアを開けた。二人の行きつけの店である。

「あらぁ、椛島さん」

馴染みになったおばちゃんが、いつもと変わらぬ明るい笑顔を向けてきた。店内にはテーブルが八席。一番奥、テレビが見やすい四人がけの席に、太田が一人で座っていた。こちらに背を向け、すさまじいいびきをかいている。

おばちゃんが苦笑して言う。

「ラーメンの大盛り食べたら、寝ちゃったのよ。疲れてるみたい。かわいそうだから、そのままにしてあるの」

「ホント、いつもすみません。このいびきじゃ、営業妨害だ」

「気にしないで。お客、ほとんど来ないから」

今はともかく、太田がやって来た食事時は、席がほぼ埋まるくらい客が来たはずだ。そんな中で、皆、このいびきバカをそっとしておいてくれた。

もともとは椛島が常連となり、その後に太田が加わった格好だが、今では、太田の方が心配され、愛されている。

おばちゃんは言う。

「まあ、うちに来るのは、みんな、常連さんだし、太田さんのこと、好きだからね」

おばちゃんはそう言って、厨房へと消えて行った。カウンター越しに、はちまきをしめた親父と目が合う。おばちゃんと一緒に、この店で二十年以上、鍋を振る強者だ。坊主頭で、右目の上に大きな傷がある。

「ホント、すみません。すぐ連れて帰りますから」

椛島は太田の頭を叩く。

「おい、起きろ!」

「うい!　ムニャムニャ」

「漫画みたいな声、だしてんじゃねえ」

「うにゃ？　その声はアニキかい？　俺、これからラーメン食べるんだ」

「ラーメンはもう食べ終わっただろう。それも、大盛りを」

「あれ？　そうだっけ。なあんだ、がっかり」

「とにかく、立て。帰るぞ」

「帰るってどこへ？」

「家に決まってるだろうが」

「はいはい。判ったよぉ」

あくびをし、伸びをし、もう一度あくびをして、太田は立ち上がる。

「おやじさん、ごちそうさまぁ」

親父は目の上の傷をヒクヒクと動かした後、ヤニだらけの黄色い歯を見せて、笑った。

「おう、また来いよ」

「じゃあねぇ」

頭を下げる椛島をよそに、太田は店を出ていった。

下宿までの道は人通りも少なく、物騒なほどに暗い。椛島は太田と肩を並べて歩く。

「あの店にはツケも含めて世話になってるんだ。もう少し、遠慮しろよ」

「ごめんよぉ。ラーメン食べたら、何だか眠くなってね。だけどアニキ、どうして迎えになんか来てくれたんだい？」

「いや……俺もラーメン食いたくなったからさ」

「でも、アニキ、何にも食べてないじゃないか。だめだよ。腹が減ったら何にもできぬってヤツだよ」

「いいって。後でコンビニにでも行ってくるから」

「ホント？　だったら、肉まんとピザまんを三個買ってきてよ」

「まだ食う気か？」

「食べるよぉ」

路地を曲がろうとしたとき、黒いライトバンが目の前に飛びだしてきた。ヘッドライトもつけていない。ドアが開き、黒ずくめの男が三人、飛びだしてきた。全員、帽子にマスク姿で、人相は確認できない。

突然のことで、何もできなかった。先頭の男に殴られ、路上に倒される。

「早くしろ！」

「いいか、腕か足だ」

「止めて、止めてくれよぉ」

太田が暴れている。闇雲に手足をばたつかせているだけだが、あれだけの巨体で、しかも馬鹿力ときては、取り押さえるのも簡単ではない。

「こいつ、大人しくしろ！」

「バカ、何やってる！」

三人の男たちはお互いを罵りながら、太田を引き倒そうとしている。

「一人だから楽勝って言ってたじゃねえか。何でもう一人いるんだよ」

「うるせえ。その辺は……」

男たちは太田に気を取られ、椛島に背を向けていた。悟られぬよう、ゆっくりと立ち上がり、目の前にある男の股間を蹴り上げた。

「ぎゅう」

男が倒れたため、その向こうにいた二人と目が合った。目深にかぶったキャップの奥からのぞく目は、ひどくうろたえたものだった。手際も悪く、連携も取れていない。素人の寄せ集めであることは明らかだ。

相手に考える暇を与えないこと、それには先手必勝だ。椛島は左に立つ男の腹を殴りつけた。

「太田、走れ！」

「ええ？　どっちに？」

「どっちでもいい。とにかく、走れ！」

男一人だけで太田は押さえきれない。太い腕で縛めをはじき飛ばし、太田は駆けだした。図体の割に驚くほど速い。

椛島は太田にはじき飛ばされた残りの一人に往復びんたをお見舞いする。背後で気配がした。ライトバンのドライバーだ。四人目の男が下りて来たのだ。気配を感じつつ、もう一度、男の頬を張る。

タイミングを見て、椛島は振り返り、拳を放った。背後から来た男はそれを右腕ではじく。黒ずくめの服装はほかの三人と同様だ。しかし、醸しだす雰囲気が違う。構えに隙はなく、肩の力も抜けている。

ハッとする間もなく、ワンツーの攻撃がきた。武道の経験はあるが、今はセオリー通りになどやっていられない。男の後ろには三人の仲間がおり、最初の一撃のダメージから復活し始めている。このままでは、四人に囲まれて袋だたきだ。

できれば一人を痛めつけ、目的をききだしたかったのだが、もうそんな余裕はない。

椛島は倒れている男一人を踏みつけ、来た道を駆け戻る。太田が逃げた方向とは逆側だ。

背後を振り返ると、腕の立つドライバーは運転席に戻り、残る三人も車内に入るところだった。見た限り、股間を蹴った男が一番ダメージが大きそうだった。

椛島は全力で駆けた。この辺りは、曲がりくねった路地の多い住宅街だ。土地勘のある方が圧倒的に有利だった。

襲撃された場所を大きく迂回しつつ、慎重にアパートを目指した。問題は太田だ。あのまままっ直ぐ家に帰り、閉じこもっていてくれればいいのだが。オンボロアパートだが、まだわずかに住人が残っている。部屋に押し入ってまで、太田に危害を加えようとは考えないだろう。

角を曲がるたび、周囲を確認し、普段の三倍近い時間をかけ、アパートの見える一本道までたどり着いた。襲撃者とはそれっきり出会うことはなかった。あのまま、逃げ帰ってくれたのか。それとも、自宅周辺で網を張って待ち構えているのか。

アパートを中心に、円を描くように移動して、様子を確認する。軒先で眠っていた猫が、気配に驚いて飛び起きたほかは、しんと静まりかえっている。

確認作業を終え、元の一本道まで戻って来たとき、電柱の陰にいる大きなシルエットに気がついた。

「太田！」

「ア、アニキ」

太田が心細そうな声で、顔をだす。

「おまえ、こんなところで何やってんだ。家の中に入ってろ！」

「中で待ってたんだけどさぁ。アニキ、戻って来ないから。心配になっちゃってさ。様子を見にきたんだよぉ」

「そうか。いや、心配してくれるのはうれしいが、おまえが危険だ。早く部屋に戻れ」

「どうして？　どうして俺が危険なのさ？」

「事情は後で説明する。ちょっと複雑だけどな」

「複雑なら、もう聞かなくていいや。どっちみち、アニキが何とかしてくれるんだろう？」

「そこまで頼りきられてもなぁ。とにかく、戻るぞ」

再び肩を並べ、歩きだす。

あと数メートルというとき、気配を感じた。振り向く暇もない。いきなり、頭から袋を被せられ、視界を奪われた。袋を取り払おうとしたが、筋肉質の腕が背後から抱えこんできて、身動きが取れない。

椛島は、体をよじる動きを止める。賊《ぞく》の動きも一緒に止まった。椛島は見当をつけ、右足の踵で、相手のつま先を踏みつけた。耳元でうめき声が聞こえ、縛めが緩む。肘で相手の鳩尾を突き、脱出する。すぐに袋を外し、振り返った。片足立ちになり、胸を押さえ、苦痛に顔を歪めた布施がいた。

五

鳩尾を氷で冷やしながら、布施はずっと悪態をつき続けていた。

「まったく、つま先に鳩尾だぞ。明らかな殺意があったよな。それに何だよ、この部屋。あるのは小っこいテレビとDVDプレーヤーだけか」

気絶寸前の布施を、慌てて部屋に引きこんだのが二十分前だ。悪態を耳にしながら、椛島は玄関のドアを薄く開け、周囲の様子をうかがっていた。

「おい、テメエ、聞いてんのか！」

布施が声を荒らげる向こうで、太田は既にいびきをかいている。

この狭くて汚い部屋に、スーツアクターが三人だ。いったいどういう巡り合わせなのだろう。

アパートの周りに動きはなかった。先ほどの襲撃者は、あのまま撤退したとみえる。油断はできなかったが、ひとまず緊張を解いてもよさそうだった。そういう意味では、布施の登場がありがたかった。着ぐるみ盗難事件で、布施がまったく頼りにならない、口だけの男であることは判っていたが、今はとりあえず、頭数が欲しかった。

椛島は玄関前を離れ、奥の部屋に戻る。壁にもたれ、鳩尾を押さえた布施が、憤然として立ち上がった。

「おまえ、いったい……」

「やり過ぎたのは謝る。だが、悪いのはおまえの方だぞ。夜中に後ろから、いきなり袋を被せるなんて。誰だって、必死で抵抗する」

「手加減ってヤツがあるだろう。おまえくらいの運動神経持ってたら、それくらい……」

たしかに、普段なら、それもできたかもしれない。そういう意味では、ただタイミングが悪かったとしか言うほかない。

現在、椛島たちの置かれている状況を布施に話すわけにもいかず、ここは惚けて謝るしか道はないだろう。

椛島は話題を変えた。

「で？　こんな時間にわざわざ、何の用だ？」

「用がなければ、こんな場所、来るものか……いてて」

布施はわざとらしく、痛がってみせる。鍛え上げた布施の体は、筋肉の鎧を着ているようなものだ。咄嗟にだした椛島の肘打ち程度で、どれほどのダメージを与えられたというのか。

「悪かったよ。今度、飯をおごる」

「少し行った所にある中華屋じゃあるまいな」

「その中華屋だ。ラーメンの大盛りでどうだ」

「ニラレバ炒めをつけろ」

「嫌だ。いま、金がない」

「じゃあ、餃子だ」

「一人前だけだぞ」

「それでいい」

「では、用件を言え」

「ブルーマンZは好調だ」

「チェックしてるよ。おまえの動きもなかなかのもんだ」

「当たり前だ。てこ入れがあろうが、ブルーマンの動きは、俺でなくちゃ、だせん」

「大した自信だな」

「主役を張るっていうのは、そういうことさ」

布施は凄味のある笑みを浮かべた。その顔が、倉持と重なる。

椛島は布施から目をそらし、絶え間なく続く太田のいびきに苛立った。

「自慢しに来たのなら、帰れ！」

「俺がそんな無駄なことするかよ。おまえ、『ブルーマンZ』に出る宇宙人に入ってみないか？」

布施の言葉の意味が判らない。布施がなぜ、自分にそんなことを言うのかも判らない。布施が耳を指でほじりながら怒鳴った。

「テメエ、日本語が通じなくなったのか？　スタッフの一人から聞いた。明日から三日間、撮影、休みなんだろ？　ちょうどいいからさ、お試しにうちの現場に来てみろよ」

「いや、だけど……」

情けないことに、恐怖心が先に立つ。

「安心しろ。いきなりがっつりとした着ぐるみに入れとは言わねえ。おまえも知っての通り、『ブルーマンZ』になってから、ブルーマンは等身大でも活躍するようになった。アクション面の強化ってヤツだ。おまえの役は侵略宇宙人だ。着ぐるみといっても、ボディはレザー製のスーツになる。バイク用のレーシングスーツみたいなものだと思っていてくれ。そこにヘルメット式のマスクを被ってもらう。怪獣の着ぐるみに比べ、密閉感はないはずだ。おまえ、バイト用の着ぐるみくらいなら、着られるようになったと言ってたよな。試してみる価値はあると思うんだ」

「……布施、おまえ……」

「おっと勘違いするんじゃないぞ。これは友情とかそんな美しいものじゃないんだ。たまたま、スーツアクターがケガをした。たまたま代役を探していたら、たまたま体格の合うおまえが三日間撮休だという情報が入ってきた。そう、たまたまが重なっただけだ。俺としては、おまえみたいな未熟者を現場に入れることには反対だ」

「だがすまん。今回は遠慮する」

「いや、礼を言う必要は……何⁉　断る？」

「撮影は休みでも、いろいろやることがあるんだ。太田の面倒も見なくちゃならないし」

布施は頭を抱え、ゾンビと出くわしたかのような顔をする。

「俺の言ったことが理解できていないようだな。もう一度言うぞ……」

「言わなくても判ってる。おまえの気持ちはうれしいんだが……」

「ふざけんじゃねえ」

布施が壁を蹴りつける。月日を経て柔になった壁は、つま先の形にボコリとへこんだ。

「おまえはいったい何なんだ？　太田の保護者か？　付き人か？　豆源の使い走りか？　アホぬかせ」

「いや、布施、違うんだ」

太田は何者かに狙われている。だから、彼のそばを離れるわけにはいかないんだ。

本当にそうなのか？　自分自身の囁き声が聞こえた。太田を守るため、自分が犠牲になる。いや違う。本当は怖いのだ。布施たちと現場に立ち、着ぐるみやスーツをつけるのが怖いのだ。暗闇に、呼吸が止まる苦しさに、無様な姿をさらすのが怖くてたまらない。だから、太田を理由にして、布施の申し出を断っている。

布施はこれ以上、何も言うつもりもないようだった。怒りと失望がない交ぜになった表情で、もう一度、軽く壁を蹴った。

「くだらねえ」

そうつぶやき、玄関で靴を履く。ドアを開きながら、こちらに背を向けたまま言った。

「明日八時に東洋ビルドスタジオだ。場所は判るよな」

荒々しくドアが閉まる。太田のいびきが、部屋を揺らす。

六

朝六時半、椛島は東洋ビルド正門前に立っていた。横には半ば目を閉じた太田がいる。

「もう、眠いよ。せっかくの休みなのに、わざわざ撮影所に来ることはないじゃないかぁ」

「文句は聞き飽きたぜ。おまえは何もしなくていい。スペースがあったら、そこで寝てろよ」

「同じ寝るなら、家が良かったな」

「いいから」

玉突きをする要領で太田の背中を押し、スタジオ内に入る。守衛室前で名前を言うと、話が通っていたとみえ、入場許可証をくれた。

東洋ビルドスタジオは何度か訪ねており、配置も大体、頭に入っている。

布施は「ブルーマンZ」の撮影が行われている第二スタジオの脇に立ち、椛島たちを見つめていた。その顔には、満足げな笑みが浮かんでいる。

「やはり来たな」

答えるのも癪だったので、椛島は黙したまま、布施に向き合う。太田はその脇で、やる気のなさをアピールするように、あくびをしている。

「どこか場所があったら、太田を寝かせてやってくれないか。起きてから文句しか言わないんだ」

布施の笑みがますます広まる。

「寝るだなんてとんでもない。こいつは、すごいゲストだ。おい！」

布施は開けっ放しになっているスタジオ内に向かって叫んだ。即座に、タンクトップにジャージという出で立ちの若者三人が飛びだしてきた。胸、首、腕に筋肉がついており、体操選手のように見える。

布施は三人に言う。

「飛び入りゲストだ。太田太一さん」

途端に、三人の目が輝いた。あくびを繰り返すだらしのない男に、釘付けだ。

「スタジオの中に案内して、話を聞かせてもらえ」

「はい」

三人はわけが判らず、目を白黒させている太一を、玉を転がすようにしてスタジオ内に押しこんでいった。

布施はどこか得意げに言う。

「奴らは後輩なんだ。かなり筋がいいから、ちょくちょく、脇で出てもらっている。まだ見習い同然だが、ヤツらにとって太田太一ってのは、ちょっとしたものなんだぜ」

スタジオをのぞいてみると、太一が三人に囲まれ、歩き方や重心移動、足の動かし方などについて、矢継ぎ早に質問を受けていた。困り果てて逃げだすかと思いきや、太一もそれなりに気分がいいらしく、自分流の動き方などを再現している。

「今日の撮影は午後からだ。邪魔が入る前に、始めるぞ」

布施はスタジオ裏に椛島を連れて行った。そこは、塀とスタジオの間にできたデッドスペースだった。北向きで日も当たらず、地面もデコボコだ。それでも、立ち回りには充分すぎる広さがある。

「普段はトレーニングウェアでやるんだが、今日は特別だ。本物を用意してもらった」

地面に潰した段ボールが敷かれ、その上に旅行用のバッグが置いてある。開くと、畳んだ宇宙人のウェアとマスクが入っていた。ウェアは黒を基調としており、腰から胸にかけ、シルバーのドット模様が散らしてある。マスクはヒーローものによくあるヘルメット式のもので、ウェアと同じく黒、顔のまん中に金色に輝く六角形が配されていた。六角形の中は蜂の巣模様になっており、シンプルなだけに不気味さを際立たせるデザインだった。

布施が言った。

「マスク、被ってみろ」

撮影用の「本物」は、今の椛島にはまぶしすぎる。そっと持ち上げてみると、思いの外、軽かった。

「じれったいヤツだな」

布施がマスクを取りストッパーを外すと、マスクは前後に割れた。心臓が高鳴った。じりじりと不安感がわき上がってくる。金縛りにでも遭ったかのように、動けなくなった。

布施は、そんな椛島に構うことなく、強引にマスクを被せてきた。視界が塞がり、有機溶剤の臭いにつつまれる。

外界との接点は、蜂の巣模様の中に空いた二つののぞき穴だ。思っていたより視界は広い。突然、背中を押された。

「何、ぼんやりしてんだ。どうだ？　調子は」

布施の声が遠くに聞こえた。密閉されたマスクのせいで、音が聞き取り辛くなっているのだ。

「だ、大丈夫だ」

と答えたものの、その声が布施に届くはずがないことに気づく。慌てて、首を大きく縦に二度、振った。

「よーし、上々だ。一度、マスクを外すぞ。動きの確認をして……」

椛島は首を二度、横に振った。そして、怒鳴った。

「このままでいい。動きは一度言ってくれれば、対応できる」

マスクを外したくなかった。一度外したら、二度と被れない気がする。このまま、いけるところまでいきたかった。

「だけど、ストレッチもまだ……」

「いいから！」

「判った。じゃあ、軽い動きでほぐしながらいこう」

突きや蹴り、簡単なラリーなどをこなして、体を温めていく。少し動いただけで、体が汗ばみ、息が上がってきた。それでも、いつものような閉塞感、窒息への恐怖感はない。

一方の布施は息一つ上がっていない。

「左右の突き、受けて反撃、そのまま蹴り二発。いくぞ」

布施の左右顔面ストレートがくる。それを受け、右手で顔面を殴り、左の前蹴り、つづいて右をだす。

布施は基礎的なパターンをいくつも指示、それらがひと通り終わったところで、パターンのコンビネーションに入った。

体は軽く、いくらでも動けそうだった。布施の動き、呼吸も瞬時に理解できる。

ふと気がつくと、一時間以上が経過していた。

布施がタオルで顔を拭いながら言った。

「今日はこの辺にしておこうぜ」

「いや、まだだ。まだいける」

「おまえがいけても、俺が限界だ。午後には本番が控えてんだぞ」

本番という言葉で、我に返る。マスクの中には湿気がこもり、全身、汗だくだ。汗が目に入り、ヒリヒリと痛んだ。

俺はこんな状態で、動いていたのか……？

布施とやり合っている間の記憶は、ほとんどなかった。夢中だった。

布施は苦笑しながら、マスクを外した。そして首にタオルをかけてくれる。

「いい動きだったよ。本番もこの調子がだせるんだったら、問題はないな」

椛島はうなずくことができなかった。本番と練習は違う。今の動きは、スタジオの裏、しかも二人きりだったからできたのだ。ステージに上がり、皆が見ている前で、やり直しのきかない緊張感の中、同じことができるかと言われれば、まったく自信がない。

布施は言った。

「撮影まではまだ時間がある。俺から監督に話をしてやるよ。それから、これ」

封筒を差しだす。

「何だ？」

「心療内科だ。紹介状も入っている」

「待ってくれ、医者なんて、俺、金もないし……」

「知り合いの兄貴がやっている所だ。話はしてある。とにかく、一度、診てもらえ」

布施はシャツを脱ぐと、上半身裸のまま、スタジオの中に消えていった。

椛島はマスクを旅行バッグの中に戻し、それを抱えてスタジオの出入口に立つ。中ではまだ、太田が輪の中心にいた。何が楽しいのか、囲む三人は興奮状態だった。

「すげえなぁ。俺、スーツ着たまま、そんな動き方できないっすよ」

「でも太田さん、特別なトレーニングしてるわけじゃないですよね」

「太田さん、よければ、この後の本番、見ていきません？」

そんな様子を、布施は少し離れたところから、見守っている。椛島が近づいていくと、肩をすくめて苦笑した。

「天才ってのは厄介だよなぁ。この俺ですら、嫉妬を覚えるぜ。どうだ？　どうせなら、一緒に本番、見ていくか？」

「そうしたいのは山々だが、先約があってな」

「おまえ、また厄介事に首を突っこんでるんじゃないのか？」

口で否定したところで、布施は信じないだろう。椛島はうなずいた。

「内容は言えないが、かなりの厄介事だ」

「依頼主は豆源か？」

「ああ」

布施はマスクとウェア入りのバッグを受け取りながら、声を低くした。

「あんまり深入りしない方がいいぞ。豆源は何を考えているのか、よく判らん」

「それは同感だ」

「そもそも、いったいなぜ、伊藤監督共々、現役に復帰した？　突然、現場を離れたのは、確か……」

「一九九二年だ」

「そう！　ナツベロンの後だったな……」

布施ははっとした顔で、椛島を見た。

「おまえ、タイトルと年代はセットで覚えているのか？」

「え？」

「おまえ、すぐに一九九二年って答えたよな。公開年度まで、覚えているのか？」

「あ、ああ……。一応、マニアだから」

「嘘つけ。そうか、今回の一件、ナツベロンに関係しているのか」

「普段は鈍いくせに、こんなときだけ冴えてるんだな」

「あのときの降板劇には、謎が多い。ふふーん、なかなか面白そうじゃないか」

「ダメだ。今回の件は、俺一人でやる。下手に手をだすと、おまえのキャリアが潰れちまうぞ」

「判ってるよ。俺だって、そこまでバカじゃない。危ない仕事は全部、おまえに任せるよ。で？太田君はどうする？」

「一緒に連れて行くつもりだったが……」

「ここで引き受けてやるよ。現場にとっても、いい刺激になりそうだ」

「頼んでもいいか」

「ああ。本番になったら、そこら辺で寝かせておく」

「任せる。それから……」

椛島は先ほど渡された封筒をだす。

「いくらなんでも、ここまで世話にはなれない」

またあれやこれや言い返されるのかと覚悟していたが、布施は無言のまま、背を向けただけだった。

「おい！」

「後輩の一人がな……おまえと同じだったんだ」

「え？」

「スーツアクターに憧れて、田舎から出てきたんだ。体操をやっていたとかで、動きはかなり良かった。飲みこみも早くてな。だけど、着ぐるみがダメだった。一年がんばったが、克服できなかった。泣きながら、田舎に帰っていったよ」

椛島は布施の正面に回りこむ。

「だから何だ。俺みたいなのは、いくらでもいると言いたいのか？」

「今年の初めにさ、そいつ、事故で死んじまった。バイクでトラックに突っこんだんだ。事故ってことになっているが、俺は違うんじゃないかと思っている。いや、俺の思い過ごしかもしれないが、事故と言われてすぐには割り切れない。知らせを聞いてから、そいつの顔がチラチラしてな。もう少し、親身になってやればよかったかな、なんてな」

布施は再び顔を背け、太田を中心とした輪の方に歩いて行く。

「医者の件は好きにしろ」

布施の背中が大きく見えて、声をかけることさえ、できなかった。

七

東洋映画撮影所の正門を入ると、椛島はまっ直ぐに第八スタジオに向かった。豆源に会うためだった。問い合わせたところ、早朝から撮影所内で打ち合わせをしているらしい。

様々な疑問が渦を巻き、その中心には豆源がいた。やはり、直接会って、話を聞くのが、一番の近道と思えた。

スタジオに向かいながら、豆源の携帯にかけてみた。応答はない。

スタジオの建物が見えてくるころには、駆け足になっていた。

今日も出入口は開け放したままだ。中に飛びこむと、そこにはいつもと変わらぬ光景があった。ステージ上では、美術スタッフがセットの手直しを行っており、制作部、照明部、特殊効果部はもちろん、演出、撮影部もほぼ総出だった。

そんな状況であるから、椛島が飛びこんでいったところで、誰も意外そうな顔はしない。

椛島は豆源の姿を探した。演出部にその姿はない。手近にいるスタッフを捕まえた。

「監督、知りませんか？」

「三時間ほど抜けるって言って、今、出てったよ」

「出かけるって、どこへ⁉」

「知らねえよ。車のキー持ってたから、パチンコか何かなんじゃねえの？」

スタッフはそう言い置いて、歩き去った。

椛島はスタジオを出て、駐車場の方へと走る。今日も撮影所はフル稼働しているようだ。様々な人間が忙しく行き来している。その合間を縫いながら、駐車場へと駆けこんだ。

豆源の車、ライフ360が咳きこむような音をたて、走って行くところだった。椛島は手を振りながら追いかけたが、豆源は気づくことなく、出口から出て、走り去ってしまった。

駐車場に残され、一人悪態をつく椛島の横に、赤い軽自動車が止まった。スズキのアルトだ。ハンドルを握っているのは、飛田冨子だった。

ウインドウから顔をだし、「どうかしたの?」と明るい笑顔できいてくる。

椛島は助手席に乗りこんだ。呆気に取られている冨子に、だせと指示をする。

「もしかして私、カージャックに遭ってる?」

「大人しくしていれば、危害は加えない。前を行く、ライフ360を追ってくれ」

冨子は素早くアクセルを踏み、駐車場を出た。豆源の車はかなり前を行っており、間には数台の車がいる。道は渋滞していてすぐに見失う恐れはなかったが、信号などで分断される危険を考えると、もう少し距離を詰めたいところだ。

冨子は身を前に乗りだすようにして、ライフ360のテールランプを確認している。

「あの車って、たしか豆源監督のよね」

遥か前方の信号が変わり、車列がゆっくり進み始める。

「理由、きいてもいい?」

長身の冨子に、軽自動車のドライバーシートはやや窮屈そうだった。

「何もきかないでくれ、と言ったら、この場で放りだされるか?」

「スパイの車みたいに、助手席が飛びだす仕掛けがあればいいんだけど」

冨子が車線を変更し、一気にスピードを上げた。空いている左折レーンに入ったまま、交差点を直進する。

「警察がいないことを、祈ってて」

爛々と光る目で、冨子はハンドルを切る。

「飛田さんって、ハンドルを握ると人格が変わる？」

「普段から、こんな感じよ」

言いながら、強引に右車線に割りこんだ。気がつけば、二台挟んだその先が、豆源の車だった。

「あと一点で免停なの。今日のことは、貸しにしておくからね」

道が流れ始めた。椛島はシートに体を埋め、これからのことを考える。

すべてが行き当たりばったりだった。俺は何で豆源を尾行しているんだ？　それも、飛田冨子の運転する車で。彼女にいったい、どう説明すればいいんだ。

頭を抱えたい気分であったが、そんな椛島の様子を横目でうかがっていたらしい冨子は、クスリと小さく笑った。

「そんな深刻な顔をしなくても大丈夫よ。きくなと言われれば、きかないから。でも、何となく予想はつくけど」

「予想と言うと？」

「椛島さん、豆源監督にまた何か、頼まれたんじゃないの？　いま、ここにいるのは、その成り行き」

図星だった。

「つけ加えることは何もないよ」

「あ、右に曲がるみたい。でも……」

冨子は眉を寄せ、カーナビに表示されている地図に目を向ける。

「この先にあるのって、病院くらいよ」

なるほど、道を挟んだ両側に巨大な病院の建物がある。豆源の車は、病院の地下駐車場入口に吸いこまれていった。

「えっと……あの、どうすればいい？」

右折を終えた冨子がスピードを緩めながらきいた。

「このまま、まっ直ぐ行こう」

まさか病院内まで尾けていくわけにもいくまい。椛島たちは病院前を素通りし、再び大通りに出た。

「適当なところで、一度、止めてくれ」

冨子は車を道端に寄せた。

「豆源が病院って……どういうことだろう」

「診察かお見舞いか」

「現場を放りだしてか？」

「一応、撮休なわけだから」

豆源が、そんなことをする男だろうか。スタッフ全員が帰った後も、自分一人残って、明日の準備をする。彼はそんな男だ。

「健康診断か何かかもな」

不安をごまかすため、軽い調子で言った。だが、隣で携帯をいじっていた冨子は、暗い表情でこちらを見る。

「いま、調べたんだけど、監督が入っていった病棟は、癌治療専門みたい……」

飲み放題のコーヒーを手に、椛島は無言のまま、冨子と向き合っていた。駐車場つきのファミリーレストランは、子供を連れた母親のグループと、休憩中の会社員で混み合っていた。

何からどう切りだせばいいのか判らず、椛島はカップをくるくると回しつづけていた。仕事道具であるカメラバッグを脇に置いた冨子は、しばらく携帯に目を落とした後、「あーあー」とこちらがびっくりするほどに、大きなため息をついた。

「人の後をこっそり尾けるなんて、やっぱりよくないわね。とんでもないもの、見ちゃったし」

「とんでもないかどうかは、まだ判らないさ」

「椛島さん、本気でそう思ってる？」

やや茶色味がかった大きな瞳で見つめられると、急に話すのが億劫になってしまう。

「いや……その……」

「椛島さんはどう考えているの？　きかせて」

「考えも何も、俺たちが見たのは、豆源が病院に入っていったところだけだ。あれこれ推測するのは、よくないと思う」

「それは、そうだけど……。でも、そんなこと言って、椛島さん、いま、頭の中であれこれ推測してるんじゃない？　私が見たところ、豆源監督、ここ最近、あまり体調が良くなかったみたい」

ノーコメントは、通用しそうにない。

「本人は風邪だと言っている」

「椛島さんは、どうして豆源監督が復帰したと思ってる？」

「何だよ、いきなり」

「私、ずっと疑問だったの。九二年に伊藤さんと降板した後、表舞台からは消えていた人よ。それがどうして、このタイミングでの復帰だったんだろうって。もしかして、監督の余命……」

「止めろ！」

思わず大きな声が出た。周囲の話し声が止み、視線が二人に集まった。

椛島は慌てて目を伏せ、美味くもないコーヒーをすする。

「すまん。つい……」

「いえ。こっちこそ……」

冨子もまたしょんぼりと肩をすぼめる。周囲は再び喧噪に包まれ、二人だけが、ぽっかりとあいた深い穴に落ちこんだようになった。

「九二年のことなんだが」

切りだすタイミングなど、もはや計る余裕はなかった。椛島は言った。

「君は何をしていた？」

「九二年と言えば、二十年以上前よ。生まれてなかった、とまではいいませんけど、まだ右も左も判らない子供でした。九二年がどうかしたの？」

「メドン対ナッツベロン」

「伊藤・豆源コンビが降板した作品ね」

「その降板理由についてなんだ」

椛島は、スーツアクターに関する推理を話してきかせた。冨子は目を丸くして聞いている。

「スーツアクターが三人……。すごい。そこに気づいた人なんて、まだ誰もいないわよ」

「これもまだ推理の段階なんだ。君は取材で現場によく出入りしている。インタビューなんかで、顔も広い。『メドン対ナツベロン』について、何か聞いたことはないか？」

冨子は何も答えず、ニッと白い歯をのぞかせた。

「どーして、そんなことを、いま、きくの？」

事と次第を冨子に話すべきか否か。損得勘定は、不得手だ。

椛島は豆源の許に届いた脅迫状について話した。太田が襲われたことについては、黙っておいた。二人の関係がどのようなものかは判らないが、無駄な心配はかけたくなかったからだ。

冨子は好奇心ではちきれそうな様子だった。

「つまり、脅迫状が書かれた紙から、ナツベロンを導きだしたわけね。椛島さんって、やっぱりすごい」

「すごいどころか、謎は深まるばかりなんだよ。豆源は何のつもりで俺に依頼したのか。そのとき、なぜわざわざナツベロンの件を伏せたのか」

「鍵はその辺にありそうじゃない？　脅迫者は見つけたい。だけど、ナツベロンに関しては、触れられたくない」

「俺もそう思う。だけど……」

何かがひっかかる。

「判った」

突然、冨子が言った。

「判ったって、何が？」

「実は私、鈴木誠一さんにインタビューしたことがあるの。亡くなる少し前に。その記事を奥様がすごく気に入って下さって、今でも年賀状のやりとりとか、しているの。第三のスーツアクターのこと、奥様なら、何か知っているかも」

「それは……！」

身を乗りだしたため、カップを引っくり返しそうになった。

冨子が笑う。

「そんなに顔を近づけないでよぉ。その反応だけで充分。社に戻って電話番号を調べて、連絡してみるわ」

「頼む」

「そうと決まれば、善は急げ！」

冨子はカメラバッグを取ると、すぐに立ち上がった。

「椛島さんはどうする？　送るわよ？」

「いや、俺はもうしばらくここにいるよ。じっくり考えてみたいんだ」

「了解。あ、本当はビルドに太一さんを迎えに行こうと思ってたんだけど……」

「布施たちがついているから、あいつは大丈夫だろう」

「では！」

飛びだしていく冨子の後ろ姿を見送り、窓越しに見える駐車場の出入口に目を移す。まもなく、彼女の車が現れ、通りを走り去っていった。

椛島は会計を済ませると、一人、病院へと向かった。

歩道の手すりにもたれたまま、二時間が過ぎた。すぐ目の前には、病院の駐車場出口がある。日はビルの向こうに隠れ、椛島の回りだけ、ひと足早く、夜の薄闇がやって来ていた。

出口に注意を払いながらも、椛島は一つの可能性について、考え続けていた。もし、それが真実であるのなら……。考えれば考えるほど、暗澹《あんたん》とした気持ちになる。

駐車場から車が出て来ることを示すブザーが鳴り、歩行者に注意を促すライトがともる。椛島は疲労に背を丸めながら、出て来る車を待った。予感めいたものがあった。手すりから腰を浮かせ、固まった足の筋肉をほぐしながら、ゆっくりと進む。

豆源のライフ360だった。椛島は予感の正体に気づいた。咳きこむような独特のエンジン音だ。運転席の豆源は椛島には気づいていない。

椛島は両手を広げ、一時停止した車の前に飛びだした。さすがの豆源も、ぎょっとした様子で固まっていた。

椛島は運転席の横へと回り、ウインドウを叩く。

「監督、話したいことがあるんですが」

ウインドウを下げた豆源の顔色は蒼白だった。

「おまえ、どうしてここが？」

「撮影所から尾けてきました」

伸びてきた腕が、椛島の胸ぐらを摑み上げた。細い腕だった。力も大して入っていない。

「誰がこんなことをしろと言った。おまえがやるべきことは、もっとほかにあるはずだろうが」

「その件で、監督と話がしたかったんです。撮影所ですれ違いになったから、後を追っただけで……」

椛島はそびえる病院の建物を見上げた。豆源は下唇を嚙み、今にも大噴火を起こしそうにみえる。

「この件については、他言無用だ。判っているだろうな」

「監督、これが答えなんですか？　監督が突然、怪獣映画に復帰したのは？」

「答えるつもりはない」

「三日間の撮休って、もしかして、ここでの診察のためですか？」

「ノーコメントだ」

椛島は、助手席に置かれた薬の袋の束に目をやった。

豆源はバックミラーを気にしながら、低い声で言った。

「ききたいことというのはなんだ？」

「メドン対ナツベロンのことです」

「倉持から聞いた。おまえがそのことについて、嗅ぎ回っていると」

「それならば話は早い。どうなんです？　俺の推理は正しいんですか？」

「俺から言うことは、何もない」

「何もないって……調べろと言ったのは、監督ですよ」

「俺が依頼したのは、脅迫者の正体を探ることだ。二十年以上昔のことをほじくれなどと頼んだ覚えはないぞ」

「今回の一件が、ナツベロンと関係があるとしてもですか？」

豆源は椛島と目を合わせようとしない。受け身に回った豆源に、いつもの威圧感はない。椛島には、目の前の男が酷く弱々しい存在に見えた。

「今回の映画は、絶対に完成させねばならん。それは俺の義務でもある。醜聞で頓挫することなど、絶対にあってはならんのだ」

「ですが、このままだと何が起こるか判りませんよ。未然に防ぎたいのなら、せめて情報を貰わないと。『メドン対ナッベロン』の撮影現場で、いったい何があったんですか？」

豆源は口を真一文字に結び、かつてない険しい表情で、じっと正面を見据えた。

「俺はある男と約束したんだ。この件については、何があろうと、他言しないと」

「監督！」

クラクションが鳴った。駐車場から別の車が出ようとしていた。豆源の車が邪魔になって、通りに出られないのだ。

豆源は、椛島を振り払うように、車を急発進させた。

「監督！」

帰宅時のラッシュが既に始まっており、豆源の車は瞬く間に車列の向こうに消えて行った。

しばしたたずんだ後、椛島は病院の建物を見上げる。ほとんどすべての窓に、明かりがともっている。

『今回の映画は、絶対に完成させねばならん』

豆源の言葉が、耳にこびりついて、離れない。

八

飛田冨子から連絡があったのは、病院前から駅に向かっているところだった。

椛島の気分とは裏腹に、冨子の声ははずんでいる。

「判ったわよ、第三のスーツアクター。鈴木さんの奥様が、名前と所属クラブを覚えていてくれた」

「そうか……」

「何よ、そのテンションの低さ！　せっかく調べたのに」

「ああ、すまん。それで、スーツアクターの情報は？」

「名前は、米倉清晃《よねくらきよあき》さん。所属クラブの名前はニホンアクション研究会。連絡先は……っとその前に」

「何だ？　勿体ぶらずに早く教えてくれ」

「報酬を考えて」

「何だって？」

「私、これでカメラマン兼ライターでもあるの。今度の新作映画で、何か情報が欲しい。特ダネ級のヤツ」

「そんな要求をされても困る。俺はしがない、スーツアクター付きの怪獣係だぞ」

「情報源は秘密にするから」

「狭い世界だ。すぐにばれる」

「それじゃあ、教えられるのは、ここまで」

「ここまでって、名前だけじゃないか」

「それだけ判れば、調べられるんじゃない？　椛島さんは名探偵だから」

「冗談を言い合ってる暇はないんだよ」

焦りばかりが募るが、冨子の立場も判らなくはなかった。椛島という格好の情報源に対し、一方的にネタを提供する義理は、彼女にもない。

椛島はしばし考えた。ここは重要な局面だ。一か八かに、賭けてみるか。それとも、より堅実に回り道をするか。

「判った」

椛島は言った。回り道は、流儀ではない。

「三日の撮休が開けたら、バルバドンの海上戦を撮る。そこで使う着ぐるみが、完成してそろそろ搬入されるころなんだ」

「それはつまり、海用のバルバドンってこと？」

「そう。海バルだ。去年作ったアトラク用の改造だが、なかなかよくできてる。海バルを含め、海上戦の撮影に密着取材でどうだ？」

「……んが！」

「何だ？　今の音は？」

「興奮して、言葉が喉につかえちゃった。それ、すごい。ぜひ、お願いします」

「正直言うと、絶対確実とは言い切れない。これから豆源におうかがいをたててみる段階だから」

「椛島さんを信じてます」

「なら、情報をくれ」

「ニホンアクション研究会は、かなり前に活動を休止してる」

椛島も、そんなクラブの名前は聞いたことがなかった。

「ただ、米倉さんが在籍していた当時の研究員の名簿を、奥様がまだ持っていらしたの。研究員といっても、米倉さんを入れて数人だけど。で、そこに片っ端から電話をかけて、米倉さんと親しかった一人を捕まえた」

「連絡先と名前を教えてくれ」

「市田陽一《いちだよういち》という人なんだけど、あなたの携帯番号を教えておいた。向こうからあなたに連絡するって」

「そうか」

「それで、米倉さんについてなんだけど……」

そこに着信が入った。市田からのようだ。椛島は冨子との通話を切る。

「はい。椛島です」

名乗りながら、道沿いの喧噪を避け、目についた小さな公園へと入る。子供たちの姿はなく、隅の方で会社員が数人、集まってタバコを吸っていた。

「市田陽一と言います。飛田さんから連絡があって、電話させてもらいました」

声の様子から、四十代後半くらいだろうか。

「お忙しいところ、恐縮です。実は米倉清晃さんについておききしたいことがありまして」

「米倉君……か」

突然、声のトーンが下がった。

「彼の何をききたいんだ？」

「米倉さんが一九九二年公開の『メドン対ナッツベロン』にスーツアクターとして参加されていたと聞きまして……」

「何だって？　あいつがメドンシリーズに？」

その声を聞いただけで、市田が何の情報も持っていないことは明らかだった。米倉は自分が所属するクラブにも、出演のことを秘匿していた……いや、秘匿させられていたのか。

市田が言った。

「まあ、俺たちが所属していたのは、小さな、私塾みたいなクラブだったからな。米倉はちょっと陰のあるヤツで、口数も少なくて、人とつるむタイプじゃなかった。俺とはたまたま帰る方向が一緒でさ。バイトを紹介してやったりして、たまに飲むようになった。自分のことはあまり話さなかったな。両親ともに死んじまって、おじさんだかおばさんの家で育ったんだそうだ。俺が知ってるのは、そのくらいかなぁ」

「米倉さんの連絡先、判りませんか？」

市田の声が、今度は上ずった。

「連絡先？　あんた、本当に何も知らないんだな」

「と言いますと？」

「米倉なら、とっくに死んじまったよ。二十年前、いや、もっとになるかな。海に身を投げて」

あまりのことに、言葉が出てこなかった。

「自殺らしい。何が原因だったのか、俺にも判らないけどね。もしもし？　聞いてるか？」

「……あ、すみません」

「あれ、ちょっと待ってくれよ。あんたさっき、一九九二年公開の映画って言ってたよな。えっと、『メドン対ベロベロン』」

「ナツベロンです」

「それぞれ。その映画に米倉が関わってたのかどうかは知らないけどさ、あいつが死んだのって、たしかその年だぜ。一九九二年の七月か八月だ。おっと、電話が入ってきた。悪いな、まだ仕事中で」

「いえ。どうも、ありがとうございました」

通話は切れた。

米倉は死んでいる。ナッツベロン撮影中の夏に、自殺していた。その事実は、椛島を打ちのめした。手がかりは消え、進む方向は再び闇に包まれた。


疲労感を引きずりながら、自宅のドアを開ける。明かりは消えており、いまだ西日の名残で、部屋の中は熱気がこもっていた。布施から来たメールによれば、太田はまだ、スーツアクター仲間と飲んでいるらしい。徹夜になるだろうから、一晩、太田を預かるとある。椛島にとっては、願ってもないことだった。太田を狙う奴らも、若手スーツアクターの集団に取り巻かれていては、手のだしようもないだろう。ここで椛島一人に守られているより、遙かに安全だ。

蛇口からコップに水を注ぎ、飲み干す。そのまま壁にもたれると、その場に尻をついた。

飛田冨子の携帯を呼びだしてみるが、留守番電話に転送される。

米倉についての情報が、何でもいいから欲しかった。自分の携帯で検索をかけてみたが、ヒットするのは同姓同名の別人についてばかり。求めている「米倉清晃」についての情報は皆無だった。考えてみれば、彼が亡くなったのは一九九二年。そのころと今とでは、ネットを取り巻く環境もまるで違う。

市田は自殺と言っていたが、米倉の死は実際のところ、どういったものだったのか。

ドアの向こうに人の気配がした。椛島は反射的に立ち上がり、何か武器になりそうなものを探した。目についたものと言えば、パンパンに膨らんだゴミ袋くらいのものだ。

中腰になり、いつでも動ける体勢を取りながら、相手の出方を待つ。

乱暴にドアがノックされた。のぞき窓も何もないドアだ。外の様子を知りようもない。一人でいることが、例えようもなく不安だった。あんな太田でも、背後にいてくれれば……。

「おい、椛島、いるんだろう。開けろ」

聞き慣れた声だった。

「倉持さん!?」

「話がある。開けろ」

ノブに手を伸ばしたところで、動きを止める。

倉持を信用してよいのだろうか。彼がスーツアクターとして、良くも悪くもプロに徹していることは、椛島も身に染みて判っている。彼は自身の損得勘定で動く男だ。昨今、椛島と倉持の利害は必ずしも一致していない。

「用件は何ですか？　倉持さん」

「おいおい、そりゃねえだろう。おまえ、俺を疑っているのか？」

「はっきり言って、そうです」

「ただの若造かと思っていたら、なかなか言いやがる。安心しろ、おまえにネタを持ってきてやった」

「どんなネタです？」

「それは、中に入ってから話す」

「それでは、安心できません」

ドア越しに舌打ちが聞こえた。ドアを足で蹴る音が響き、続いて、倉持の低い声が聞こえた。

「おまえ、飛田冨子を使って、米倉の件に探りを入れているな」

「情報、速いんですね」

「何年、この業界で飯を食ってると思ってる。鈴木の奥さんから連絡を貰ったんだ」

何か動きがあれば、必ず自分の耳に入るようになっている。倉持の作り上げた人脈の網に、椛島は引っかかったわけか。

外からは、倉持の恫喝にも似た声がきこえてくる。

「いい加減に開けろ。蹴破るぞ」

倉持の力であれば、それも可能だ。ロックを外し、ドアを薄く開いた。隙間に靴の先が突っこまれ、こじ開けられた。

「ようやく、会えたぜ」

胸を強く突かれた。バランスを崩し、壁に手をついた。倉持は靴を履いたまま廊下に上がりこむ。

「静かだな。相棒はどうした？」

「布施たちと飲んでいます」

「そいつは好都合だ。おまえとさしで話がしたかったんだ」

出口を塞ぐ格好で、倉持は廊下のまん中にあぐらをかいた。

迫力に圧されるように、椛島も正面に座る。

「水、飲みます？」

「いらねえよ、そんなもん」

「コーヒーとか、何もないですけど」

「くつろぎに来たわけじゃないんだ。そんなものは無用だ」

「そう……ですか」

かつては憧れの存在であった男だ。同じステージに立つことを夢に見て、やってきた。その当人と、自宅で差し向かいだ。夢は破れ、虚しさしか感じないのが、何とも皮肉だった。

倉持は腕を組んだ。二の腕の太さが際立っている。

「なぜ、米倉について調べている？」

椛島が答えずとも、もうすべて判っている。そんな質問の仕方だった。

「言えません」

「探偵気取りか。一丁前に」

「倉持さんこそ、どうしてここに？」

倉持は無言だった。

四十ワットの薄暗い明かりの下、二人の男が廊下に座りこみ向き合っている。椛島にできることは、もはや何もない。口を閉じ、倉持の言葉に耳を傾けるだけだ。

倉持が血走った目で、こちらを睨んだ。殴りかかられるのかと身を固くしたが、倉持は弱々しく微笑み、降参の意思を示すかのように、両手を胸の前で開いてみせた。

「これから話すことは、他言無用、ここだけのことにしておいてくれ」

椛島がうなずくのも待たず、倉持は語り始めた。

「ナツベロンの現場に清晃を連れて行ったのは、俺だ。たまたま、ニホンアクション研究会の練習を見に行って、惚れこんだ。細かな動きはともかく、スタミナがあり、何より、動きが鈴木に似ていたんだ」

「当時、鈴木さんは……」

「腰に爆弾を抱えていた。はっきり言って、ナッベロンを一人でやりきるのは難しい状態だった。そこで、俺が豆源に紹介した。実績も何もない、無名の若手だったが、背に腹はかえられない。様子を見ようということになって、清晃も現場に入ることになった」

当時、米倉が味わった夢見心地が、椛島には想像できた。興奮とプレッシャーで、夜も眠れなかっただろう。

倉持は続けた。

「清晃の動きは、まずまずだった。鈴木に比べればかなり見劣りするが、工夫次第で何とかなるレベルだ。俺は空き時間を使って、鈴木の動きを教えた。鈴木の後継にと考えたわけではないが、鈴木の状態はそのくらい、悪かったってことだ。清晃にもそのことは判っていたんだろう。必死に食らいついてきたが、なかなかものにはならなかった。素質という点では、残念ながら、俺や布施、太田たちには劣っていた」

「それでも、彼は本番でナッベロンを演じていますよね。あの要塞ドームの破壊シーンで」

「そうだ。撮影が始まって三日目に鈴木が動けなくなったんだ。一週間休んだが、完治しない。仕方なく、清晃を使うことになった。いきなりクライマックスシーンというのは、本人にも酷だったと思うが、スケジュールの都合で仕方なかった。結果から言うと、まずまずの出来だった。これならばいけると、俺は思った。豆源だってそう考えていたはずだ。それから三日、ナッベロンには清晃が入っていた」

倉持はそこで言葉を切った。組んだ両腕には、知らず知らずのうちに力が入っているようだ。二の腕の筋肉がくっきりと浮きだしていた。

「清晃は四日目の撮影に来なかった。自宅に戻った様子もなかった。ああ、ヤツは一人暮らしをしていたんだ。ちょうど、こんな感じのオンボロアパートだったよ」

倉持はなつかしげに、低い天井、薄汚れた玄関扉を見やった。

「清晃が見つかったのは、それから一週間後だった。海に浮かんでいるところを、船が見つけたんだ。実家近くの崖から海に落ちたらしい。警察は自殺ということで処理した。遺書はなかったが、あいつの部屋から日記が見つかった。悲鳴のような内容だった。やはり、あいつにとって、鈴木の後釜は荷が重すぎたんだ」

倉持は拳で床を叩いた。

「俺のせいだ。俺が追い詰めちまったんだよ」

倉持の悔やむ気持ちは理解できる。それでもなお、大きな疑問は残る。

「それならばどうして、米倉さんのことを隠したんです？　作品の中から、完全に名前を消してしまったんですか？」

「言い訳か逃げにしか聞こえないかもしれないが、すべては上層部の判断だった。米倉が現場で追い詰められていたことは、日記の記述を見れば明らかだ。それが公表されたりしたら……」

「そんなことで、米倉さんの名前を？」

「メドン対ナツベロンは、正月映画の超目玉だったんだ。コケるわけにはいかなかったし、メドンブランドに傷をつけたくなかったんだろう」

「豆源や伊藤監督がナツベロンを最後に降板したのも、米倉さんの件が関係しているのですか？」

「判らん。実はきちんと話したことはないんだよ。だが、あの二人も責任を感じていたのは確かだと思う。俺にはあそこまでの潔さはなかったな。ズルズルとその後もメドンを続け、今に至るまで、この通りさ」

釈然としない部分は多々あったが、倉持の話は一応の筋が通っていた。

椛島は納得の意思を示しうなずくと同時に、最後の疑問をぶつけた。

「どうして、そのことを俺に？」

倉持は苦笑して言った。

「これは俺の独断だ。こうでもしないと、おまえは止められん。おまえが動くことで、いったん葬ったものが、蘇ってくる恐れがあった」

「すべては映画のためですか？『バルバドン対バルバドン』の？」

「そうとも言える。だが……」

倉持は珍しく口ごもった。

「何です？」

「いや、何でもない」

「豆源監督のため……ですか？」

「どうして、そう思う？」

倉持は、病院の件を承知しているのだろうか。問いかける倉持の表情からは、どちらとも判断がつかない。話すべきか、沈黙するべきか。

逡巡している内に、倉持の方から立ち上がった。

「話はそれだけだ」

倉持は靴音を響かせながら、部屋を出ていった。

椛島は座りこんだ体勢のまま、突然舞いこんできた新たな情報について、考えを巡らせた。椛島が抱き続けてきた、ナッベロンへの疑問は、思わぬ形で解決した。第三のスーツアクターはやはり実在したのだ。

とはいえ、その謎が解けたところで、現在の状況は、驚くほど進展していなかった。ではいったい、脅迫者の目的は何なのか。そもそも第三のスーツアクターとは、まったく別のところにあったのか。

振りだしに戻るのかよ。笑うに笑えねえ。

降って湧いた撮影休止の三日間。その一日目は、絶叫マシンばりの急展開を見せながら、結局、すべてが無駄足に終わりそうであった。

椛島は部屋に移動し、畳の上で大の字となった。太田のいびきが聞こえない部屋は、静かすぎて、逆に落ち着かないほどだ。

天井を見上げながら、今一度、倉持の話をさらってみる。やはり釈然としない。

米倉の自殺によって、彼の名前が消されてしまったことも、豆源と伊藤が作品から降板したことも、素直にはうなずけないものがあった。実のところ、何かもっと大きなことがあったのではないか。そこに米倉が絡んでいるのかは判らない。

いずれにせよ、椛島は今回、無意識の内に、そのタブーとされる領域に足を踏み入れてしまったのかもしれない。倉持の突然の告白は、真実を隠すためのものか。

いや、考えすぎだろう。わき上がる疑念を振り払い、寝ようと体を丸めてみるが、ふと気づくと、同じことを考えている。眠気はまったくやってこなかった。

そんな中、明日搬入される予定の海バルバドンのことも気になる。海バルに入るのは太田だ。つまり、着ぐるみの管理責任者は椛島である。搬入時に立ち会い、その後、ほかの着ぐるみ同様、きちんと管理しなければ。

海……。

かつて、「メドン対ナッツベロン」に関する記事で、「海」についての記事を読んだ記憶がある。単純な連想に過ぎなかったが、確認しないと、何となく居心地が悪い。

携帯で検索をかけると、いくつか気になる情報がヒットした。

開いたのは、特撮映画の批評を載せているページで、書いているのはプロの批評家であるらしかった。膨大なタイトルの中に、「メドン対ナッツベロン」もあった。長々と書きつけられている論評を斜め読みしながら、画面をスクロールしていく。ようやく、目的の記述を見つけた。

「徹底比較、決定稿と本編」と見出しのついたコーナーだった。脚本は、決定稿であったとしても、完成作とは異なっている部分が多い。脚本完成後に変更が加えられることはよくあるし、撮影当日、現場で変えられることだってある。天気やロケの問題などでも、脚本通りに進まない場合もある。

「徹底比較」のコーナーでは、「メドン対ナッツベロン」の決定稿を掲載し、作品との違いを比較検討していた。細かい部分まで見ていくと、差違は山のようにあるのだが、もっとも大きな部分は、メドンの海上戦シーンがそっくりなくなっていることだった。

椛島の記憶が刺激された。そうだ、自分が探していたのは、この情報だ。

九〇年代前半、まだ特撮情報誌というものはほとんどなく、ホビー誌やアニメ誌の一部にコーナーとして紹介される程度だった。それでも、特撮映画、テレビ自体は空前の盛り上がりをみせ始めており、撮影現場の写真やシナリオなども限定的ながらも掲載されていた。椛島が特撮に興味を持った二〇〇〇年代になると、様々な特撮雑誌が刊行され、過去の作品群もＤＶＤなどで比較的安価に見ることができるようになった。「メドン対ナツベロン」のシナリオを読んだのは、古書店で見つけたホビー誌に掲載されていたものだった。そこにも、海上戦シーンが丸々カットされたことは、脚注か何かで言及されていた。そのときの記憶がわずかに残っていたのだ。

カットの理由は何だったのだろうか。記憶にある限り、海上戦は中盤のクライマックスであり、特撮映画として、かなり重要なシーンになるはずだった。

豆源や当時を知るスタッフたちに尋ねてみる手もあるが、適当にはぐらかされる可能性が高い。それに、ナツベロンに関わった人々を探し、話をきいて回る手もあるが、膨大な労力と時間がかかる。

それに、当時から豆源組の結束は、非常に強かったらしい。豆源の了解なしに口を開くとは考えにくい。実際、今に至るまで、現場に米倉がいたことは、どこにも洩れていない。

そのまま、少し眠っていたらしい。ふと気がつくと、窓の外が白んでいた。太田はまだ帰って来る気配がない。

疲労は感じていたが、もう後戻りするつもりもない。椛島は携帯の着信履歴を確認し、電話をかけた。

「はい、市田」

早朝にもかかわらず、彼の声には力があった。

「昨日はさっさと切ってしまって、すまなかったな。まだ、何か用かい？」

「鈴木さんの奥さんの連絡先を、教えて欲しいんです」

九

鈴木の妻康恵《やすえ》は、千葉県稲毛《いなげ》駅近くにある、介護施設にいた。緑豊かで閑静な場所にある、五階建ての建物だった。庭も広く、高台にあるため眺望も良い。

康恵は南側に面した日当たりのよい部屋で、椛島を待っていた。施設の談話室らしい。今はほかに人もおらず、五つあるテーブルは空いていた。

薄いピンク色のシャツに、紺色のスラックスをはいた康恵は控えめな笑みを浮かべつつ、大儀そうに立ち上がった。足が少し悪いようだ。

「遠い所をわざわざ……」

そう言って、痛みのためか顔を顰める康恵の体を、椛島は慌てて支えた。

「こちらこそ、突然、すみません」

椛島の介助で椅子に座った康恵は、小さく首を左右に振った。

「とんでもない。市田君から連絡を貰ったときは少し驚いたけれど、私で何かお役にたてるのなら、何でもきいてちょうだい」

「ありがとうございます」

椛島からの連絡を受けた市田は、康恵にあらためて連絡を取り、事と次第を伝えた。康恵が椛島との面会を快諾したため、こうして望みがかなったのだった。

「飲み物はあっちの自動販売機にあるわ。私はいらないから、好きなものを買ってきて」

康恵は、部屋の隅にある自販機を示した。喉は渇いていたが、一人で飲むのも何となく気が引けて、椛島は「大丈夫です」と言うに止めた。

康恵はまたくすりと笑う。

「みんな、そう言うのよね。どうしてかしら。私たちに、気を遣うのかしらね」

康恵の悪戯心に、してやられた気がした。笑うに笑えない。

「ごめんなさい。意地悪言ってるわけじゃないの。ただ、こういう場所にいるからって、必要以上に気を遣われるの、逆に重たくってね。贅沢な悩みだわね」

康恵は、椛島の肩越しに差しこむ日の光に目を細める。

そんな彼女を見ていると、自然と緊張もほぐれてくる。同時に、介護施設に先入観を抱いていた自分を、椛島は恥じた。

「俺……いや、僕、スーツアクターを志しているんです」

「市田さんもそんなことを言ってたわ。でも、志してるって、どういうこと？　もう現場に出ているんでしょう？」

自然と、自分が置かれている状況が口をついて出ていた。着ぐるみごとプールに落ち、それ以来、着ぐるみに入ることができなくなったこと、今は太田の相方という立場で現場に出入りしていること――。

康恵はまるで我が事のように、顔を曇らせる。

「あらあら、それは大変ねぇ……」

「でも、少しずつよくなってはきているみたいです。長年の夢ですから、簡単にあきらめるわけにはいきませんし」

思いが素直に口から出た。康恵は満足そうにうなずき、言った。

「主人がやっていた仕事って、すごいことだったのねぇ。もう少し、やさしくしてあげればよかった」

「鈴木さんの怪獣は、素晴らしかったです。テレビでは怪人も演じておられましたよね。体はそれほど大きくないのに、すごく力強くて」

「私、最後まで主人の仕事のことは、よく判らなかったの。主人も何も話してくれなかったし。映画もほとんど見たことがないのよ。私は映画館に行きたかったんだけど、主人がね、行かなくていいって」

「そんな……。あんな凄い……」

「主人はぬいぐるみに入ること、最後まで認められなかったみたいなのよ。あの人は、もともと役者志望だったから。顔が出ないことに、思うところがあったみたい」

「あの、鈴木さんがですか」

様々な怪獣、怪人、どんなものにでも全力で挑む男――、それが特撮ファンが抱く鈴木のイメージだ。椛島自身、そう信じていただけに、康恵の話は少なからずショックだった。完成した映画を、「見なくていい」と妻に言った鈴木の心の内を思うと、胸が詰まった。

康恵は言う。

「今のあなたのような人を見たら、あの人、何て言うかしらねぇ。あら、いけない。私ばっかり話をしてしまって。何か、ききたいことがあったのよね。何だったかしら、ヘロヘロン？」

「ナツベロン。鈴木さんが敵怪獣を演じられたシリーズの八作目です」

「えーっと、ごめんなさいね、あれをやってたころって、毎年、スケジュールが似通っていてね。どれがどれだったか、混乱してしまうの。だから、記憶が定かではないのよ」

年に一本とはいえ、十年以上にわたって毎年作り続けていくのは、大変なことだ。一本の撮影が終わったと同時に、来年度の新作がスタートする。そんな感覚だ。まして、鈴木は映画以外の仕事も抱えていた。鈴木自身、自分の仕事を振り返る余裕はなかっただろう。

晩年のインタビューで、仕事のことはよく覚えていないと語っているが、それが真実であるに違いない。

椛島は少しでも記憶が辿れるよう、ゆっくりと説明した。

「鈴木さんは、『メドン対ナツベロン』の次作『メドン対アゴラ』で、スーツアクターを引退されています。一九九三年のことです」

「ああ、それなら良く覚えているわ。そのぅ、なんだったかしら、ペロペロウン？」

「ナツベロン」

「そう、それを撮影しているときから、腰が痛いって、もらしていたの。撮影が終わると、すぐにマッサージをしてもらって。新しいベッドを買ったり、腰を温める機械を買ったり、本当に大変だったわ」

「鈴木さんが腰を痛められたのは、いつごろのことか、覚えておられますか？」

「一九九〇年くらいだったと思うわ。マッサージや鍼《はり》に通い始めたのを覚えているから」

九〇年というと、「メドン対ハンラゼンラー」のときからか。翌年の「メドン対メカメドン」は何とかこなしたものの、症状は悪化、「ナツベロン」を演じられるか微妙となり、ピンチヒッターとして米倉に声がかかった。倉持の話とも時間的に一致する。

「アゴラの撮影が始まるときには、引退の意思は決めておられたのでしょうか」

康恵はすぐにうなずいた。

「ええ。撮影が始まる前から、私には言ってましたよ。これが最後になるって。その前の年の、えっと、ペペロン……」

「ナツベロン」

「少しずつ思いだしてきたけれど、その年、もう一人で怪獣をやるのは無理かもしれないってことになって、若いぬいぐるみ役者の方がいらしたのよ」

「それが、米倉清晃」

「ええ、そう。うちにも挨拶に来られたわ。だけど結局、ナツベロンは、主人が一人で全部演じたの。米倉さんとは、その一度きりになってしまったわ」

「ご主人は、米倉さんについて、何か言ってませんでしたか?」

「一度、尋ねたことがあるの。あの若い人はがんばっていますかって」

「ご主人は何と?」

「低い声で、あいつはダメになったって。きいてはいけないことをきいた気がしてね、その話はもうそれっきり。若い人が現場に飛びこんできて、でも結局上手くいかなくって、そのまま いなくなってしまう。そんなことは当時からけっこうあったのよ。厳しい世界だったのね。だから、私もあまり気にしないようにしていたの」

どうやら康恵は、米倉のその後について、何も知らないようだった。

かつての記憶を刺激されたことで、亡くした夫の思い出もまた、よみがえってきたらしい。康恵はうっすらと目を潤ませ、言った。

「ナツベロンの撮影中、私、一度だけ言ったことがあるの、もうお止めになったらって。あんまり辛そうにしていたから」

「鈴木さんは、何と？」

「いま、止めるわけにはいかないって、しぼりだすように答えたわ。全体に、悲壮感とでも言うのかしら。ちょっと鬼気迫るところがあったわね。仕事には厳しい人だったけれど、あそこまで追い詰められた姿を見たのは、一度だけよ。最後の仕事のときだって、あそこまで、張り詰めてはいなかった」

『いま、止めるわけにはいかない』

鈴木の言葉は、自分の体のことを言っただけではない。

米倉のことを思い、すべてを背負う覚悟から、にじみ出た一言だ。

「引退したとき、あの人の体はボロボロだったみたい。腰や膝、背中、首にも痛みがあったみたいね。同い年の人より十歳は老けてみえた。七年後に脳梗塞で倒れて、寝たきりの生活が三年続いたあと、亡くなったわ。こうして振り返ってみると、何だか酷い人生だわね。だけど、私も本人も、悲壮感のようなものはなかったの。すべてを受け容れて、後は……あら、ごめんなさい。私、一人で喋っているわね。何か、ほかにもききたいことがあるんじゃないのかしら。遠慮しないで、きいてね」

椛島としては、いつまでも聞いていたかった。スーツアクターとして壮絶に生き、役者としては不遇のままに終わった男の人生だ。鈴木のことを思うと、今の自分が芥子《けし》粒のごとく、小さく感じられる。

来てよかった。しみじみ、そう思った。鈴木から力を貰った気がする。

ただ調査として見た場合、収穫はゼロに等しい。このまま帰るわけにはいかない。

椛島は最後の質問を投げた。

「ナッベロンの撮影中、ほかに何か気になったことはありませんか。例えば、海に関することとか」

「海？　夏はいつも撮影が入っていたから、海になんか行ったこと……。ああ、あなたが言ってるのは、撮影のことよね。そう、怪獣映画は海や湖のシーンもあるから、慣れておく必要があるって、いつも言っていたわ。時々、プールにも行ってたわ。五十メートル、息継ぎなしでいけたとか、そんな自慢もしてた」

「ご存じないかもしれませんが、ナッベロンでは、海のシーンが丸々カットされているんです。その件について、鈴木さんが何か言ってなかったかなと思って」

康恵の表情が輝いた。

「そのことなら、覚えているわ！　あの人、家にいるときは、よくスタッフの方々の愚痴を言ってたけど、豆田監督と伊藤監督の二人については、何も言わなかったの。長い間一緒にやって来て、信頼していたのね。それが、ナッベロンのときだけは違ったの。そう、あなたが言った、海についてよ。あそこをカットするなんて、どうしても納得ができないって。一度だけじゃなく、何度もこぼしてたわ。大プールで撮るのはこれが最後だったのにともね」

「大プール……。一九九三年に閉鎖されて、今では第八ステージが建っています」

「私も一度だけ見たことがあるわ。ものすごく大きなプールでね。怪獣の中に入ったまま、水の中に沈んだり、いろいろ危険なこともしたみたいよ。それだけに、思い入れもあったのね。なくなることを、すごく寂しがっていたわ」

鈴木にとって、ナッベロンが大プールを使う最後の機会だったわけか。

「そんなこんなもあって、納得できなかったのでしょうね。あれがなくなったら、盛り上がらない。絶対になくしちゃダメだって、ずっと言い続けてた」

とはいえ、最後に決断するのは、監督だ。ベテランとはいえ、スーツアクターがそこまで口だしすることはできない。

「カットになった理由については、何か言っていませんでしたか？」

「それが判らないから、イライラしているみたいでしたよ。理由は判りませんけど、きちんとした説明がなかったようですね。行き当たりばったりで、予算も無駄にしてって、すごい剣幕でした。後にも先にも、あのとき一回だけね」

「予算を無駄にした……。それはどういうことでしょう」

海の特撮は金も手間もかかる。そこが丸々カットになったのであるから、予算面は逆に助かるはずだが。

「私にはよく判りませんでしたけど、何でも、海専用の着ぐるみを用意していたんだとか。鈴木の体に合わせて採寸したもので……」

「待って下さい。当時、海ナツベロンが製作されていたんですか⁉」

「海……ナツベロン？」

「ああ、すみません。海での撮影専用の着ぐるみのことです。海のナツベロン。今だったら、海ベロンってところでしょうか」

康恵は声をだして、無邪気に笑った。

「海ベロン。面白いわね」

海用スーツまで作っておきながら、丸々カット。よくあることと言ってしまえばそれまでだが、やはり引っかかる。そこまでの決断を、製作陣に強いた理由は何なのか。

「あらあら、怖い顔になって。私、何か変なこと言ったかしら」

椛島は慌てて、両手を振った。

「いえ、そうじゃないんです」

壁の時計を見ると、もうかなりの時間が経過している。

「すみません、長い時間……」

「いいのよ。どうせ、暇だもの。こちらこそ、楽しかったわ。久しぶりに、あの人のことゆっくりと思いだせたし。それより」

康恵は口調をあらため、続けた。

「あなたも負けないでね。克服するのは簡単じゃないと思うけれど」

「はい。ありがとうございます」

「あなた、好きな人はいるの？」

突然の問いに、椛島はうろたえるばかりだった。

「……いや、その、今は誰も、その……」

康恵は優しく笑った後、言った。

「あなたにはまだピンとこないかもしれないけれど、家族を持つと、いろいろ変わるわ。良くも悪くもね。だから、今の自分がすべてだとは思わないで。自分一人ですべてを変えようとは、思わないで。人生って案外、長いのよ。だから、あきらめないで。ちょっとしたことで、人間なんて変わるものだから」

それは、目の前の椛島に対して言っている言葉なのだろうか。それとも、今は亡き夫に向け、語りかけている言葉なのだろうか。

それでも椛島は、康恵の温かさが、体の内に広がっていくのを感じていた。波瀾万丈とも言うべき人生を送り、不遇の内に生を終えた鈴木。だがそれは、あくまで他人から見た場合であり、康恵共々、案外、幸せな思いで日々を送っていたのかもしれない。

来てよかった。

椛島はあらためて、そう思った。

十

駅に向かうバスを待ちながら、椛島は石原雅人の携帯にかけた。あいつのことだ、今も間違いなく撮影所に詰めているはずだ。案の定、通話はすぐに繋がった。

「はい、石原です。お疲れさまです」

声の向こうから、ゴワゴワという喧噪が聞こえてくる。予想通り、スタジオにいるようだ。

「忙しいところ悪いな。海バルバドンの搬入って、どうなっている?」

「海バルですか? 搬入、終わってますよ。現物、僕の目の前にあります」

「了解。予定通りだな」

「でもこれ、どうします? 撮休中に届くとは思ってもいなかったから、スタジオに置きっぱなしになりますよ。着ぐるみ用のロッカーはいっぱいだし……」

「その辺は、俺が何とかする。これからスタジオに行くから、そこに置いておいてくれ」

「僕も手伝いますよ。太田さんも一緒ですか?」

「ああ、そのつもりだ。明後日までには、きっちり仕上げておきたいからな」

「それじゃあ、僕も……」

「いや、気持ちはうれしいが、海バルの担当は太田だ。俺が責任をもってやる。セキュリティの方もな」

「そうですか」

石原の口調には、あからさまな失望が含まれていた。

「悪いな。ただ、おまえさえ良ければ、本番は手伝ってもらいたい。どうだ？」

「それはもちろん、喜んで」

「今日、豆源は現場に出ているか？」

「いえ、朝から一度も見かけていません」

「海バルのこと、念のため伝えておいた方がいいかもな。連絡、頼めるか」

「それが、監督の携帯、かけても応答がないんですよ。みんな、困ってます」

「自宅に連絡してくれ。奥さんか娘さんに伝えておいてくれればいい」

「うへぇ、奥さんはともかく、娘さん、苦手なんですよねぇ」

「みんな、そうさ」

石原との通話を切り、続けて布施にかけた。この時間は収録かと思っていたが、すぐに応答があった。

「おう、どうした？」

「今、大丈夫か？」

「ああ。準備が押していてな。いつもの場所で、ウォーミングアップ中さ」

いつもの場所というのは、昨日、椛島も世話になった、スタジオ裏の空き地のことだろう。

「昨日は太田を預かってくれて助かった。あいつ、いま、どうしてる?」

意味ありげな間があった。

「太田のヤツ、ただの不思議君かと思っていたが、なかなかやるじゃないか」

「というと?」

「徹夜で飲んで、俺の部屋で少しだけ寝た。それにしても、あいつのいびき、尋常じゃねえな」

「俺は毎日、洗礼を受けてる」

「耐えられなくなって叩きだそうとしたら、女に電話しろと来やがった。びっくりしたぜ。で、本当に迎えに来たんだよ。呼びだされても嫌な顔一つせずさ。その後、仲良く出て行ったぜ。名前は言わなくても、おまえには、判るみたいだな」

「ああ。連絡してみる」

「椛島」

「何だ?」

「昨日の件、進めても大丈夫だよな」

即答はできなかった。

椛島の沈黙の意味は、布施もよく判っているはずだった。

「まあ、そんなに急いで決める必要もないか」

「いや、大丈夫だ。やる」

椛島は言った。しくじれば終わり。承知の上だ。しくじったところで、これより下はない。

「そうか、また、連絡する」

通話を二本終えたが、バスはまだ来ない。飛田冨子にかける。しばらく待たされた後、応答があった。

「米倉さんの件、どうなったの？」

こちらが喋る前に、質問が飛んできた。

「彼が亡くなっていること、伝える前に電話が切れちゃったので」

椛島はここまでの流れを簡単に説明する。

「え⁉　鈴木さんの奥さんに会ったの？」

「ああ。どうしても、気になることがあってね」

「それで？　それで？」

「おいおい、こっちの用件も話させてくれよ。そっちに太田がいるだろう」

「ええ、いるわよ。車の助手席で、ずっと寝てるけど」

「君は今、どこにいるんだ？」

「ファミレス。あのいびきの横で仕事なんてできるわけないでしょう。こっちは原稿の〆切があって、必死なんだから」

「あいつは、駐車場に駐めた、車の中ってことか」

「そう」

「いつも頼みごとばかりで悪いんだが、太田を東洋映画撮影所まで、連れてきてくれないか」

「別に構わないけど、今日も撮影はお休みよね」

「ああ。ただ海バルバドンが届いてね。念のため、太田に着せて確認したい」

「わあ、すごい。私も行っていい？」

「もちろんさ。実は、君にもやってもらいたいことがあってね」

撮影所正門前で落ち合う約束をして、電話を切った。近づいて来るバスの姿が見えた。

十一

深夜零時を回ったが、撮影所内には、まだ多くのスタッフたちが残っていた。各スタジオ内は、煌々とライトがともり、昼間と変わらぬ喧噪があった。

そんな中にあって、通称中プールのある一角だけは、人気もなく静まりかえっていた。プールサイドに立つのは、椛島と太田だけだ。プールを照らすライトに、ゆらゆらと揺れる水面が光っている。プールは周囲を金網で囲まれているが、今はそこにブルーシートがかけられていた。すべては秘密保持のためだ。最近は撮影現場の盗撮が後を絶たない。公開直前まで秘密にしておくはずだった怪獣などのデザインが、半年も前の段階でネットに流出したりする。かつては大らかだった東洋映画撮影所も、最近ではセキュリティの厳格化に加え、撮影所全体を塀で囲ったり、こうしてシートを使ったりして、所内を外部の目にさらさぬよう、手を打っているのだった。シートは、時おり吹きつける風にバタバタと音をたてる。

そんな中で、椛島は太田と二人向き合っていた。太田の足元には、梱包を解かれたばかりの海用バルバドン、海バルがいる。

海用バルバドンは、前作で宣伝などに使われたアトラクション用の着ぐるみを改造したものだ。アトラク用着ぐるみは、撮影用に比べ、軽くて動きやすい一方、ディティールなどはやや簡略化されている。体表のディティールはあっさりしているし、歯や爪も柔らかなものになっていた。また目の発光や口の開閉ギミックもすべて排されているため、やはり全体として作り物めいて見えてしまう。

そんなアトラク用着ぐるみは、全身を赤く塗り直され、新怪獣に生まれ変わっていた。

「もともとおまえの体型に合わせて作られたものではないからな、ちょっときついかもしれん。だが、心配ないだろう。海上戦が主だから、上半身パーツだけで何とかなるはずだ」

太田はシートのたてる音に気を取られつつ、「ん？」と眉を顰める。

「上半身ってどういうこと？」

「こいつはな、足のつけ根のところで、セパレートになっているんだ」

椛島は腰回りにあるフックとファスナーを一気に外した。海バルバドンは体のまん中で輪切りになったように、二つに分離した。

太田は目を丸くする。

「うへえ、これはすごいねぇ」

「海上戦だと、下半身は基本、見えないからな。着ぐるみも上半身だけあればいいってわけさ。とはいえ、水を吸うと上半身だけでもかなり重い。まあおまえの体力があれば、心配ないと思うけどな」

「海っていわれても、よく判らないなぁ」

「台本、読んだんだろ？」

「バルバドン顔をだすとか、巡洋艦吹き飛ぶとか、よく判らないや」

「そんだけ具体的に書いてあって、どうして判らないんだ」

太田の思考は判らないことだらけだが、いざ、本番となると、こちらの期待以上の動きを見せる。型にはめず、本能のまま自由にやらせる方が、太田の才能を引きだせるようだ。

「だけどさぁ、アニキ、どうしてこんなところで、練習するのさ。これの試着だけだったら、スタジオの中でもいいだろう?」

「まあ、ちょっと訳があるんだよ。とりあえず、上半身だけ着てみるか」

「でもこれ、どうやって着るの? どこにもファスナーがないよぉ」

撮影用と違い、背中の突起が分離したりはしない。そもそも出入り用のファスナーは背中についてはいない。

「被るんだよ、頭から」

もともと軽い海バルバドンだ。上半身だけになれば、一人で楽に持ち上がる。頭の方を抱え上げ、輪切りになった胴体を太田に向ける。

「頭から突っこめ」

太田は万歳をしたまま腰をかがめ、着ぐるみの中に上体を突っこんだ。

「うわぁ。けっこう簡単だねぇ」

上半身は天を向いたバルバドン。下半身は膝のすり切れたジャージをはいた太田だ。

「すごい光景だな」

「暗いよぉ。のぞき穴はどこだい?」

「口の中だ。上あごと下あごの間に、穴が空いている。そこから見るんだ」

「この姿勢じゃ無理だよぉ」

「四つん這いになって、もっと頭を奥に入れろ」

「うーん、なんだか、きついなぁ」

この数ヶ月、スーツアクターの仕事をこなすうち、太田の体はしぼられるどころか、新たな筋肉がつき、首、肩、上腕回りがさらに大きくなっていた。こちらの見込みの甘さもあるが、やはり海バルは太田には小さすぎたかもしれない。

「そうは言っても、代わりはいないんだ。がんばれ」

「うーん」

足をじたばたさせながらも、何とか所定の位置に頭を持って行けたようだ。

「ああ、のぞき穴あったよ。プールの水がよく見える」

「プールに入るときはゴーグルもつける。俺もすぐ横にいるから、大丈夫だ」

「アニキが傍にいてくれるなら、何とかなるかもねぇ」

プールの撮影では、危険がともなう。過去に、溺れかけたり、感電したスーツアクターがいる。太田には内緒にしてあったが。

シートのたてる音が不自然に大きくなった。いらっしゃったようだ。

顔を上げると、プールを挟んだ向こう側に、黒ずくめの男が三人、立っていた。昨夜、太田を襲ったヤツらだ。

「アニキ、何だい？　誰か来たのかい？」

椛島は無言で男たちとの距離を詰める。左右の二人は雑魚《ざこ》だ。問題はまん中の男――。

左右の二人は、バットらしき棒を持っていた。

「昨日の借りを……」

椛島は、ポケットに忍ばせていたゴルフボールを右手で握る。握力を高め、右側の男の顔面に拳を突きだした。

「返す……」

鼻下にヒットした。

「ぜ……」

まずは一人だ。椛島は手の中のゴルフボールを、バットを中段に構えている左側の男に投げつけた。小気味の良い音がして、ボールは男の額に当たり、高く高く跳ね上がった。

当たった男は、額を押さえてうずくまっている。このままにしておいてもよかったが、興奮がそれを許さなかった。髪を摑んで顔を上げさせると、膝を叩きこんだ。男はペタンと正座の姿勢を取ったが、そのまま上体だけが後ろに崩れ落ちた。ヨガでもやっているようなポーズで気を失っている。

ここまでは予定通りだ。残るは一人。

最後の男は素手のまま、ゆっくりと中段の構えを取った。姿勢を見るだけで、それなりの心得があると判る。多分、まともにやり合ってもかなわない。

慎重に間合いを計りつつも、相手は大胆に踏みこんできた。一発目、二発目は避けることができたが、あっという間に金網にまで、追いこまれた。ぽっかりと空いた穴からのぞく目が、笑っていた。

椛島もまた、笑う。

「余裕綽々《しゃくしゃく》だな。だから、素手で向かってくると思ってたよ」

ポケットから芥子《からし》入りの防犯スプレーをだし、ふきつけた。相手は素早く離れたが、もう遅い。目を押さえ、のたうちまわる。椛島は目出し帽をむしり取る。三十前後のヒゲをはやした男だった。面識はない。閉じた目からは、涙が溢れ出てくる。

「感動的だな。さて」

戦意は完全に喪失している。椛島は男の正面にしゃがんだ。

「おまえらを雇ったのは、誰だ？」

男は体の向きを変え、逃げようとする。椛島は足をかけた。顔面から地面に叩きつけられ、鼻血が噴きだした。

椛島は胸ぐらを摑みあげ、できるだけ静かな口調で言った。

「おまえ、誰を相手にしているのか、判っているのか。俺たちのバックには、東洋テレビ、東洋映画、東洋グループがついている。おまえみたいなちんけな野郎、あっという間にこの世から消してやる」

着ぐるみ盗難事件の際、小川が使っていたセリフを、そのまま頂戴した。

効果は抜群だった。

男はまっ赤に充血した目を見開くと、左右に目を泳がせる。相方の二人は、まだ気絶したままだった。

「違う、違うんだ」

地面にへたりこんだまま、後ずさりしていく。

「何が違う？」

ゆっくりと後を追いながら、椛島はきいた。

「だって、俺らの雇い主も東洋映画の人間だから」

「ほう。お仲間か。だったら、なおさら名前を聞きたいね」

「お仲間たって、ただもんじゃねえ。監督の身内だ」

「監督？」

「怪獣撮ってる監督だよ。豆田とかいぅ」

「豆田監督が依頼人なのか？」

「違う、違う。その娘だよ」

「何だとぉ」

聞き慣れただみ声が、響き渡った。プール入口に、豆源が立っていた。えんじ色のジャージを着て、頭にはいつものはちまきを巻いていた。驚きと怒りが入り交じっているためか、顔は朱く染まっている。そのため、いつになく、血行が良いように見えた。

「それは、どういうことだ」

椛島は男を離し、立ち上がった。

「脅迫状は監督の娘さんが書いた。こいつらを雇い、太田を襲わせたのも、娘さんだ」

「だから、なぜだ？　なぜ、娘がそんなことをする？」

「理由は一つ、あなたの娘だからですよ」

「意味が判らん」

「あなたの体調を心配しているから、と言ったら、理解できますか？」

豆源は言葉を失ったようだった。男たちを指さしていた腕が、だらんと垂れ下がる。

椛島は続けた。

「監督、あなたの体調不良は、ただの風邪なんかじゃない。病名はあえて言わないが、もっと遙かに重篤な病なんだ。あなたはそれを隠して、撮影にのぞんでいる。自身の遺作を完成させるために」

豆源は慌てた様子で、襲撃者の三人、それと海バルバドンに上半身を突っこんだまま、地面に伏せ気配を消している太田に目をやる。

「監督、あなたは病院通いを続けながら、無理をして撮影を行っている。家族として、心配して当然ではないのですか？」

豆源は無言だ。癇癪玉を破裂させ、声を荒らげて否定するだろうと予想していた椛島には、拍子抜けであった。

「映画の製作が中止になれば、監督は治療に専念できる。娘さんはそう考えたんです。だから、脅迫状をだし、撮影のキーマンである太田を襲わせ、それらが失敗すると、最後の手段として、海バルの着ぐるみを盗みだそうとした。娘さんであれば、撮影所内に入ることもできる。脅迫状を置いたり、こいつらを中に入れたり」

ようやく、気絶していた二人も意識を取り戻した。頭を振りながら、場の様子を把握しようと懸命だ。

豆源が大股で、椛島の前で今もへたりこんでいる男に近づいた。肩を怒らせ、目はつり上がり、口元には微笑みが浮かんでいた。般若のごとく、恐ろしい顔つきだった。武道の心得がある男も、その迫力の前に、為す術がない。

豆源は正面に仁王立ちとなる。

「いま、この男が言ったことは、本当か」

「……いや、えっと……」

「本当かぁ‼」

「本当です」

「娘はいま、どこにいる」

「駐車場にいると思います。借りたライトバンの中に俺たちを潜ませて、撮影所に入りました。この怪獣をかっぱらったら、また戻ることになっています」

「行け」

「へ⁉」

「そこの二人を連れて、さっさと行け」

「え……」

三人がへたりこんだまま、目を合わす。豆源が怒鳴る。

「どうするんだ？　俺たちのバックには、東洋テレビ、東洋映画、東洋グループがついている。グズグズしていると、おまえらみたいなちんけな野郎、あっという間にこの世から消してやるぞぉ！」

男は糸で引っぱられたかのようにすっくと立ち上がると、残る二人の尻を蹴飛ばし、プールサイドから姿を消した。

怒っているのか泣いているのか、それとも両方なのか、豆源は判別のつきかねる複雑な表情で、その場に佇んでいた。ライトが水面に反射し、光の網目模様を彼の顔に描きだしている。

三人が消えて一分ほどたったとき、豆源が「ぐふっ」といううめき声と共に、両肩を震わせた。椛島には嗚咽に聞こえた。

「監督」

近づこうとしたが、様子が変だった。肩の震えは大きくなり、やがて、口から飛びだしたのは、笑い声だった。豆源は腹を抱え、涙を流しながら笑っている。

「こいつは、傑作だ。娘が、俺を心配して……」

笑い声が夜空に吸いこまれていく。

「監督……」

そこ、笑うところじゃないです。すべて判ったつもりでいたが、このリアクションだけは予想外だった。

椛島の存在など、もう忘れてしまったかのように、豆源は涙を拭い、乱れた呼吸を整えている。椛島は豆源の傍を離れ、太田に近づいていった。豆源には驚かされっぱなしだが、今日の演《だ》し物《もの》はまだ終わっていない。これから第二幕が始まる。椛島は気を取り直し、太田の前に立つ。口の中にあるのぞき穴から、かろうじて見えたのだろう。

「アニキ！　もう疲れちゃったよ。これ、脱がせてよ。着る方はなんとかなるけど、脱ぐ方は……」

「悪かったな」

頭を持って引っぱる。着ぐるみは難なく脱げた。

「ふわぁ。やっぱり空気が違うよ」

太田は鼻の穴を膨らませた。

椛島は着ぐるみを手にしたまま、言った。

「太田、一つ頼みがあるんだよ」

「何だい？」

「この着ぐるみ、つけてみたいんだ」

「つけるって、アニキがかい？」

「ああ。手伝ってくれ」

「だけど、大丈夫なの？」

「いや、正直いって、かなり不安だ。だけど、やらなくちゃならないんだよ」

椛島は着ぐるみを地面に置くと、頭から胴体の方へと回りこんだ。輪切りになったバルバドンの胴体。ぽっかりと大きな、そしてまっ黒な穴が、椛島の目の前にある。恐怖に鳥肌がたった。額に汗が浮かぶ。昨日、布施と共に被ったマスクの比ではなかった。心臓の鼓動が激しくなり、空気が上手く吸えなくなった。椛島は歯を食いしばり、バルバドンの中に突っこんでいった。

「あれ、待ってよアニキ、まだ……」

案の定、太田の動きは遅い。上半身を着ぐるみに入れたまま椛島は立ち上がった。遠くで、豆源の声も聞こえた。

「おい、おまえら、何をやってる？」

「太田、頼むぞ」

そう言って椛島は、プールへと飛びこんだ。水は思っていたより冷たかった。全身の毛穴が収縮し、思わず「うわっ」と声が出る。プールサイドの声はもう聞こえない。水を吸収していく着ぐるみの重さのせいで、頭を下にゆっくりと沈んでいく。既に水が流れこんでいて、呼吸はできない。椛島は目を閉じ、じっと待った。水に入って、何秒くらいだろう。一分以上に感じるが、実際はせいぜい二十秒くらいか？

コツンと何かが当たる感覚があった。プールの底だ。バルバドンの頭が底を打ったのだ。

呼吸が苦しくなってきた。着ぐるみから右腕を抜こうとしたが、まったく動かない。左腕も同じだ。何とか押さえこんでいた恐怖心が、一気に押し寄せてきた。足をばたつかせ、必死に腕を抜く。だが、微動だにしない。

「くそっ」

口の中から空気が抜けていった。同時に水を飲んだ。もう訳が判らなくなった。

腹の下に、何かが潜りこむ感触があった。そのままグンと押される。足先が軽くなった。そう思った瞬間、体が反転していた。水が流れていく。空気を貪った。むせて息が吸えない。目の前がチカチカと極彩色に瞬いた。

ほんの一瞬、意識が飛んだ。気づくと、体が中に浮いていた。水面のきらめきが目に入り、続いて太田の巨体が真下に見えた。椛島の体は、太田の両腕でバーベルのように持ち上げられているのだ。首を動かすと、再び沈んでいくバルバドンの姿が見えた。

「アニキ、大丈夫かい？」

荒っぽくプールサイドに投げだされた。

豆源が立っている。表情を見ただけで、怒り狂っているのが判る。ゆっくりと上半身を起こした椛島に対し、豆源は怒鳴った。

「クビだ！　出入り禁止だ。二度と俺の前に現れるな」

太田がプールに浸かったまま、言った。

「えー、そりゃないよ。アニキがクビなら、僕もクビだよ」

「こんなヤツの代わりくらい、いくらでもいる」

「嫌だよぉ。アニキでなくちゃ、やらないからねぇ」

「やかましい。おまえの意見は聞いていない。俺は監督だ。俺がこうしろと言ったら、その通りにするんだ」

「えー、そんなの……」

「止めろ、太田」

椛島は立ち上がり、金網にかかるブルーシートに向かって叫んだ。

「もういいよ。お疲れさん」

「はーい」

返事を聞きながら、椛島は太田をプールから上げる手助けをする。

水を滴らせながら、太田は普段通りの大あくびを見せた。

「アニキを助けるの、二度目だね」

「ああ。今回も助かったよ」

「でも、びっくりしちゃったよ。いきなり落っこちるんだもん」

「お待たせ」

出入口に、飛田冨子が姿を見せた。

「首尾は？」

「ばっちり」

指でオーケーマークを作る。そのジェスチャーを見て、豆源の顔に初めて不安気な様子が見えた。

「何なんだ、これは？　おまえらいったい……」

「監督、さっきからの一部始終、撮らせてもらいました」

「何？」

「彼女、ご存じですよね」

「雑誌のライターだな。何度か顔を合わせたことがある。しかし……」

「音声、聞かせてくれる?」

冨子はニッと笑って、手に持った録音機のスイッチを押す。

まず聞こえたのは、派手な水音だ。椛島が着ぐるみごと転落したところである。一瞬の静寂があり、豆源の怒鳴り声が響いた。

『おい、太田！　早く、早く、早く！』

こうなることは、太田には一切、知らせていなかった。太田に芝居はできないだろうし、あまり素早く行動されても、本来の目的を達成できなくなるからだ。

太田がもぐもぐ言う声が入っているが、何を言っているのか判らない。すぐに豆源の声が割って入った。

『何をグズグズしている！　溺れちまうじゃないか。あんなことは、二度とごめんだ。早く飛びこめ』

『ええっと』

『早くしろぉ』

やがて、太田の飛びこむ音が聞こえた。その後は、一人、水面を見つめているのであろう豆源の、つぶやきとも慟哭ともつかない声が録音されていた。

『何てことだ……あの野郎……くそっ……米倉め……あいつ、まだ……』

冨子が再生を止めた。

豆源にも事態が飲みこめたようだった。顔色がみるみる青ざめていき、がっくりと両肩が落ちた。そこにいたのは、スタジオの神として君臨する男ではなく、華奢な一人の老人だった。

冨子は録音機をしまうと、ずぶ濡れの太田に寄り添い、ハンカチで頭を拭き始めた。

豆源が擦れた声で言った。

「おまえ、この一言を俺に言わせるために、飛びこんだのか」

「ええ。一か八かでしたけれど。上手くいきました」

「俺としたことが、してやられたよ」

「余計なことをしてすみません。ただ、米倉さんに何が起きたのか、どうしても知りたくて」

「あれから二十年以上たつ。まさか今になって、ヤツの名がよみがえってくるなんてな」

「米倉さんは、この撮影所の中で亡くなったんですね。場所は大プールですか」

「そうだ。今はなき、大プールだ」

「見つけたのは、誰です?」

「俺だ」

「本当ですか?」

豆源の目が光った。

「今さら嘘をついて、何になる。あの夜のことは、よく覚えている。珍しく撮影が予定通りに終わり、スタッフたちもそろって引き上げていった。俺は残って、撮影の段取りを確認していた。気がつくと、スタジオの隅に米倉のカバンが残っていた。まだ残っているのかと探しに出た。大プールに向かったのは、何となく予感めいたものがあったからだ。あいつは、再三のダメだしに参っていた。その へんは、肌で感じていたんだろうな。焦っているのも判った。あの日は昼間に海用ていた。実際、海上戦の撮影は無理だと思っていたから、それとなく鈴木に復帰の打診をしていた。ナツベロンの着ぐるみが搬入されていた。あのころは、着ぐるみも、スタジオに置きっぱなしだった。海ナツベロンも大プールの脇に置かれていた。プールに行くと、誰もいない。ライトだけがついていた。海ナッツベロンの着ぐるみがないことに気づいたのは、しばらくたってからだったな。慌てて、プールの中を見た。黒いものが沈んでいるのが見えた。俺は後先の見境なく飛びこんだ。ヤツを引っぱりだし、引き上げた。もう息をしていなかった」

「救急車を呼ぼうとはしなかったんですか？　警察に知らせようとも」

そう言ったのは、冨子だった。豆源は力なく首を振る。

「状況を見る限り、不幸な事故だった。米倉はプールサイドで海用スーツを見つけ、それを勝手につけた。練習をするつもりだったのか、単に興味があっただけなのか判らん。そしてヤツはプールに転落した。自力で上がることは不可能だ。そのまま溺死してしまった。

あのとき、俺の頭にあったのは、映画のことだけだった。『メドン対ナッツベロン』には手応えがあった。何としても完成させたかった。これが最後の作品になってもいいとさえ、思っていたんだ。もし、米倉の件が公になれば、映画の製作そのものが危うくなる」

「人の命より、映画が大事だったんですか」

「何とでも言え。あんただって、もう何年も俺らを取材している。俺らの考え方は判るだろう」

「判りません！」

「それならそれでけっこう。とにかく俺はあいつの遺体を車に積み、海に運んだ。それがすべてだ」

椛島は言った。

「米倉さんの名前を消したのも、海のシーンをすべてカットしたのも、監督の？」

「ああ。さすがの俺も、あの着ぐるみを使って撮影することはできなかった。米倉の……棺桶になった着ぐるみだからな」

冨子は何か言いたそうに、険しい表情で顔を上げた。椛島はそれを制し、言った。

「監督、それは変だ」

豆源がカッと目をむいた。

「何だと？」

「米倉の遺体を、あなたが一人で引き上げるのは、不可能だ。それに、あなたの車には、遺体を乗せるだけのスペースはない」

「車は別のものを使った。遺体を引き上げることができたのは、火事場のくそ力ってヤツだろう」

椛島はあえて追及はしなかった。

「ナツベロンを最後に降板したのは、米倉への罪滅ぼしですか？」

「罪滅ぼし……かどうかは判らん。ただ、これ以上、映画に関わってはいかん、そう思ったんだ」

「では、なぜ伊藤監督まで巻きこんだのです？」

豆源が顔を顰める。体のどこかが痛むのかと思ったが、そうではないらしい。

「伊藤は俺につき合っただけだ。止めたんだがな」

冨子の方をチラチラとうかがいながら、言う。椛島より、彼女の存在が気になるようだった。

冨子は冨子で、義憤を隠せない様子だ。海へと運ばれ藻屑《もくず》となった米倉への哀れみだろう。

椛島は最後の質問へと移った。

「ではなぜ、今ごろになって復帰したんですか？」

豆源は答えない。

「病気のせいですか？　かつて、途中で降板した……」

豆源が手を挙げて、椛島を制した。覚悟を決めた、そんな表情だった。

「もういい。すべて、おまえの言う通りだ。多くの時間が残されていないことを知り、やり残したことをやろうと決めた。この世に未練を残したくないってやつだ。かつて伊藤たちと作った映画は、理想の形に近づいていた。あと少しだった。時代も変わっているし、俺たちの技術が通用するのかどうか判らなかったが、とにかく、やりきりたかった。それだけだ」

「大怪獣バルバドン」は、怪獣映画としては異例の大ヒットを記録した。往年のファンも新しいファンも巻きこみ、ちょっとした社会現象にまでなった。椛島自身、劇場では圧倒された。呆然として声もでなかった。今、これほどのものがどうやったら作れるのか。豆源の告白を聞けば、すべてが理解できる。覚悟と執念のなせる業だったのだ。

豆源は椛島たちに背を向けた。

「どう対処するのかは、おまえたちに任せる。いずれにせよ、撮影は明後日から再開だ。濡れた着ぐるみを乾かしておけ」

放りだされた着ぐるみの頭をまたぎ越え、豆源は歩み去る。それを止められる者は、誰もいなかった。

十二

暖かな日が一変して、朝から氷点下の寒さとなった。有楽町にある劇場には、続々と人が押し寄せてくる。初日の初回チケットは瞬く間に完売し、最終上映回も、まもなく八割方が埋まろうとしていた。

「大入りだな」

通りを挟んだ歩道の端に立ち、豆田はつぶやいた。

「試写会の評判も上々でしたし、前売りの売れ行きもかなり良かったですから」

横に立つ椛島も感慨深いものがあった。

「おまえの相方は、舞台挨拶か？」

「ええ。赤バルの着ぐるみつけて、ステージに上がる予定です」

「大丈夫なのか？」

「最近はコツを覚えたみたいなので」

「進歩だな」

「本人に自覚がないのだけが、問題です」

「確かにな。そろそろ完全に独り立ちしてもらいたいところだがな。ところで、おまえの方はどうなんだ？　少しはできそうなのか、スーツアクター。たしか、テレビの話が来ていたんじゃあ……」

「ええ。布施の世話で、宇宙人の役が」

「どうだった？」

「ダメでした。一時、宇宙人のマスクくらいは平気で被れたんですけど、あの夜、着ぐるみごとプールに突っこんだのが悪かったみたいで……」

「けっ、誰に頼まれたわけでもないのに、あんな危ない真似するからだよ」

「振りだしに戻るです。まあ、布施の紹介で医者には通っていますし、焦らず、がんばります」

「そうだな。気長に考えることった。この調子だと、怪獣映画ブームはしばらく続く」

初回の上映開始時間となった。一階のチケット売り場は落ち着きを取り戻してきたが、劇場前には、テレビカメラやレポーターの姿もあり、お祭りはまだ続きそうな気配であった。

「あいつにも、見せたかったたな」

ふいに豆源がつぶやいた。手には小さな写真がある。カチンコを持って笑う伊藤を写したものだった。

「編集作業が終わってすぐでしたね。亡くなったの」

「試写会にも間に合わなかった」

「監督にはすっかり騙されました」

「だから、ただの風邪だって言ってただろうが。おまえが勝手に尾行して、勝手に勘違いしただけだ」

「あの三日間の撮休は……」

「伊藤がな。もたなかった。少し休ませて、体力を蓄えさせたかった。実際、あの後のがんばりで、何とか完成にまでこぎつけた。鬼気迫るとは、あのことだ」

「伊藤監督の体調が悪いなんて、誰も気づかなかったって話です」

「執念だ」

「あのとき病院に行ったのは、見舞いだったんですね。伊藤監督の」

「ああ。まさか、おまえらが尾けてきているとはな。うかつだったよ」

「どうして、あの場で言ってくれなかったんですか」

「伊藤に口止めされていたし、おまえは米倉の件に首を突っこんでいた。脅迫者の正体も不明であったし、注意を俺に引きつけておきたかったんだ。伊藤には、映画に集中していて欲しかった」

劇場のチケット売り場周辺には、再び人が集まりつつあった。カップルの姿も多い。全席ほぼ完売という状況を見て、皆、驚いている様子だ。

正月映画ということで、洋画、邦画を問わずライバルは多い。だが、今日の様子を見る限り、「バルバドン対バルバドン」は圧勝のようだ。

劇場の様子に目を細めていた豆源に対し、椛島は言った。

「もうそろそろ、本当のことを話してくれても、いいんじゃないんですか?」

「本当のこと?」

「誰が米倉の遺体を運んだのか」

豆源はマフラーに顔を埋め、目を閉じた。いつの間にか、伊藤の遺影はしまわれている。

「そうだな……」

豆源はつぶやいた。

「話すにはいい日かもしれないな……。だが、おまえにはもう、判っているんだろう?」

「いえ。ただ、あなたでないことだけは、判っています。あなたが米倉を見つけていたら、その場で警察に連絡していたでしょうから」

「ふん。そいつは買いかぶりだよ。俺だって、同じことをしたと思う。それくらい、あの映画にかけていたんだ」

「遺体を見つけたのは、伊藤監督。それに、鈴木さん」

「そうだ。二人が見つけ、二人で遺体を運んだらしい。俺は後で話だけ聞いた。とはいえ、二人に上手いこと丸めこまれたわけだから、同罪だよ。今でも、米倉が夢に出て来る」

「あなたと伊藤監督が降板したのは、やはり米倉のことが原因なのですね？」

「ああ。鈴木もすぐ後に引退した」

この件で、心に傷を負った者は多い。倉持もその一人だ。彼は米倉が自殺であると信じ、その原因を作ったのが自分であると今でも苦しんでいる。彼以外にも、いまだ苦しみを抱えている者もいるに違いない。

しかし、その原因を作った二人は、もうこの世の人ではない。

豆源は前を向いたまま、低い声で言った。

「贖罪というわけではないが、二度と映画と関わることなく一生を終える。俺はそう決めていた。伊藤の病気を知るまではな。伊藤は新しい怪獣映画の構想を持っていた。メドンシリーズでやりきることができなかった部分だ。俺は、ヤツのため、ひと肌脱ごうと考えた。自業自得とはいえ、未練を引きずったまま死んでいくのは、あまりに哀れだった。ダメモトで企画をだした。後は知っての通りさ」

新しい怪獣は多くの人に受け容れられ、シリーズとなった。これは、伊藤、豆源にとっても予想外のことだったろう。

「大怪獣バルバドンが大ヒットして、すぐに続編を作れとの命令がきた。俺たちは素直に喜んだよ。まだまだ、いけるんじゃないかって。だが、悪いことはできないものさ。脅迫状がきた。それも、ナツベロンのチラシの裏に書かれていた」

「そこがよく判らないのですが、脅迫状を書いたのは、監督の体を心配した娘さんだったわけですよね。どうして、ナツベロンのチラシを使ったのです？」

「本人にも意識はないそうだ」

「え？」

「俺の自宅には地下室があってな。関わった映画の資料が放りこんである。娘はそこに行き、手近にあったものを適当に取ったらしい。それが偶然、ナッツベロンの貴重なチラシだったわけさ」

豆源の顔色は蒼白だった。それは、寒さのためだけではない。

「捜査を始めたおまえは、すぐに米倉の件を嗅ぎつけた。本当に震えたよ。人知を越えた何かを感じたね」

豆源は再び沈黙する。椛島にも、もうきくべきことは残っていなかった。それでも、沈黙は居心地が悪かった。

「娘さんは……大丈夫なんですか？」

「ああ。ケロッとしたものさ」

「僕らを襲った男たち。彼らをどこで見つけたんですかね？」

「仕事で知り合ったらしい。宅配やっていると、あちこちでトラブルが起きる。その度に、自分で乗りこんでいくらしいんだな。そんなことを繰り返しているうちに、金次第で動く奴らを手なずけたってとこさ」

「まさに、女傑ですね……」

「誰に似たんだろうな」

あんただよ、の一言を飲みこむため、椛島は「へへへ」と笑った。

「娘と言えば、おまえの方の女傑、あいつをよく黙らせることができたな」

「飛田さんですか？　当初はかなり憤っていましたけど、実際に遺体を移動したのは、伊藤監督と鈴木さんじゃないかっていう、俺の推理を聞いたら、黙っていることに納得してくれました。彼女、鈴木さんの奥さんと親しいから。それに……」

「それになんだ？」

「太田のことを一番に考えたんじゃないかと」

「……それもあるか。あの二人、まったくお似合いじゃないが、息だけは妙に合ってるからな」

「ええ。最近では、俺より上手いですよ。太田の操縦法」

豆源は複雑な表情で低く笑った。

「ますますなっちまうじゃないか。おまえの居場所」

「そうなんですよねぇ」

椛島は首を傾げながら、頭を掻いた。状況は極めて深刻であったが、不思議と悲壮感はわいてこない。

「ふん。気楽な野郎だよ」

豆源は苦笑して、また劇場を見上げた。空は雲一つない冬晴れだ。劇場の壁面に書かれた、『バルバドン対バルバドン・大ヒット公開中』の巨大な文字が、日の光を浴びて、ギラリと光った。

本書は書き下ろしです。

大倉崇裕

（おおくら・たかひろ）

1968年、京都府生まれ。学習院大学法学部卒業。97年「三人目の幽霊」で第４回創元推理短編賞佳作、98年に「ツール＆ストール」で第20回小説推理新人賞を受賞。著作に『七度狐』『白戸修の事件簿』『オチケン！』『聖域』『生還』『凍雨』『ペンギンを愛した容疑者　警視庁総務部動植物管理係』『GEEKSTER 秋葉原署捜査一係 九重祐子』など多数。TVドラマ化された『福家警部補の挨拶』をはじめとする「福家警部補」シリーズがある。

スーツアクター探偵《たんてい》の事件簿《じけんぼ》

2016年６月20日　初版印刷
2016年６月30日　初版発行

著者　大倉崇裕

発行者　小野寺優

発行所　株式会社河出書房新社

〒151-0051　東京都渋谷区千駄ヶ谷 2-32-2
電話　03-3404-1201（営業）
　　　03-3404-8611（編集）
http://www.kawade.co.jp/

組版　KAWADE DTP WORKS

印刷　株式会社亨有堂印刷所

製本　小泉製本株式会社

Printed in Japan　ISBN978-4-309-02475-2